U0477880

有一种力量,叫文学;
有一种美好,叫回忆;
有一种感动,叫青春;
有一种生命,在鲁院!

鲁迅文学院「百草园」书系

栀子花飘香

何凯旋 ◎著

ZHIZIHUA PIAO XIANG

生命不仅是在时限上
也是在本质上被时间所决定。
「昔日」是自我绝对存在的一种确证，
是滋补「现在」的一种手段，
是生命的自我关怀和抚慰。

江西高校出版社

图书在版编目（CIP）数据

栀子花飘香 / 何凯旋著. —南昌：江西高校出版社，2017.6（2020.7 重印）
（鲁迅文学院"百草园"书系）
ISBN 978-7-5493-5535-8

Ⅰ.①栀… Ⅱ.①何… Ⅲ.①中篇小说—小说集—中国—当代 Ⅳ.①I247.5

中国版本图书馆CIP数据核字(2017)第123537号

出 版 发 行	江西高校出版社
社　　　　址	江西省南昌市洪都北大道96号
总 编 室 电 话	（0791）88504319
销 售 电 话	（0791）88595089
网　　　　址	www.juacp.com
印　　　　刷	北京一鑫印务有限责任公司
经　　　　销	全国新华书店
开　　　　本	700mm×1000mm　1/16
印　　　　张	15.25
字　　　　数	188千字
版　　　　次	2017年6月第1版 2020年7月第2次印刷
书　　　　号	ISBN 978-7-5493-5535-8
定　　　　价	42.00元

赣版权登字-07-2017-580

版权所有　侵权必究

图书若有印装问题，请随时向本社印制部（0791—88513257）退换

目录 Contents

栀子花飘香……………………………… 1

昔　日……………………………………… 42

红蒿白草………………………………… 95

泥　声…………………………………… 153

妈　妈…………………………………… 204

它已经不再是一匹马………………… 228

栀子花飘香

南所胡同36号的冯官仲和明光胡同3号的孔家璧在街口分手。孔家璧顺着新璧街拐进红楼和煤厂之间狭窄的西夹道。孔家璧站在西夹道拐角处的厕所外面,抬头看见自己家的门楼。明光胡同数孔家门楼气派。夜幕下,黑黢黢地高人一头。

"咦!怎么没有灯呢?"

这天晚上,门楼下面的彩灯没有亮,台阶上那对石狮子显得黯淡无光。

侦缉队吊着冯官仲两个大拇指头,冯官仲两脚悬空的时候,冯家大小姐桃儿刚好看见钢儿摔到地上。

冯家大小姐桃儿和奶奶住西屋。奶奶一大清早颠着小脚迈过高耸的门槛,走进小大院霞光里。冯家大小姐穿好斜纹布的藏蓝色旗袍,坐在冰凉的槭木条案上梳理着齐肩秀发。

北屋哗哗啦啦响起麻将骨牌声。

"姐——"后妈五岁的儿子钢儿在跨过门槛的喊声里摔到屋内。钢儿的哭声溅得满院都是。

"官印你去看看她又在做什么妖。"后妈皱紧眉头,继续摸牌,没有瞅冯官印。

冯官仲吊着一只烂眼的弟弟冯官印冲出北屋,钢儿已经不哭,已经爬上条案去看镜子里的姐姐梳头,看到姐姐的头发被突然向外拽去、姐姐咬紧牙关凝然不动的情景:钢儿觉得姐姐头发像猴皮筋那样绷直起来，听到姐姐的牙缝里发出来痛哭吸气的咝咝声。

"啊——"钢儿的哭声再次骤然回响起来的时候，双脚悬空的冯官仲已经挨过耳光，已经看见侦稽队烧红的烙铁，已经知道老孔家里出了大事。

"你是不是跟他一起进的家门？"红烙铁接近冯官仲赤裸的胸部。

"我们在街口分手我已经说了多少遍。"冯官仲的脚尖能够感觉到地板，两个充血的大拇指肿得像灯笼果一样。"啊——"冯官仲惨叫声中，通红的烙铁按了下去。

"牌也不让玩，玩牌也玩不成！"后妈推门出来，站在北屋台阶上。

西屋的竹帘子正在一攒一攒地动弹。

"官印你真是废物，还叫他嚎！"后妈喊道。

桃儿蓦地感觉到这话是在骂她。冯官印的血管中也涨起一股黑血。

"你就挑拨离间吧！"桃儿拽开头发，一头撞开门帘。

后妈叼着细长的烟卷，浑身闪着深紫色的绸光。

"叫你骂叫你骂人……"冯官印从后面追出来，松开桃儿头发的手臂挥过去，桃儿气白的脸在阳光里扑上一层胭脂红色儿。桃儿感到北屋台阶上发射过来的眼光欣然地跳动一下，二叔冯官印的脸颊映入视线。桃儿吐出的唾沫与一句清脆的声音："走狗——"同时射向冯官印的脸。

北屋窗前站着水电部宿舍过来打牌的姚和门房里住着的账房梁先生。他们俩没有听到桃儿后妈悄然进屋的动静，隔着窗户纸上面的玻璃窗看见：桃儿抓住了冯官印挥动的手臂用力推向天空。桃儿18岁丰腴结实的身体，在旗袍下跳动得成为一枚愤怒的葡萄。姚异常白净的脸颊猝然一愣，松软的分头受到某种感染往后一甩："真棒——"一声发自内心的赞叹没有惊动账房梁先生。梁先生眯缝着眼睛，隐隐约约地露出一脸愁苦的笑容。后妈听到这个和自己年岁相仿的白衣秀士由衷的赞叹声为之一惊，马上横过去一眼，刚要吱声质问的工夫，门洞里响起来第一声苍劲的声音："不好啦——"桃儿的奶奶那双小脚迈进大门坎，冲着迎面而立的影壁墙呼喊出来第二声："不好啦——"然后就一头晕倒在了石板地上。

事后，对孔家噩耗唯一有发言权有裁决权的便是桃儿的奶奶。老太太一大清早就去推孔家的大门，发现大门没有上插销，更没有上顶门杠。大院内的假山石上的喷泉，如同往日一样呈现出来花朵的形状。那只短毛尖耳的牧羊犬没有吠叫，躺在硕大的无花果树下奄奄一息。桃儿奶奶推开北屋的门。"怎么没人哪？"老太太纳闷地喊着孔家的太太喊着孔家的蓉蓉，喊声里逐个门地推起来……

冯官仲被驾回家时已是古城黄昏时分。全家人挤在北屋里想起天没亮冯官仲被侦稽队叫走的情景时，桃儿已经骑坐到门口的石狮子头上对着向晚的霞光，倾诉着自己一腔的幽怨。

报童沿着古城黄昏的街巷奔跑着。这天的《夜光周报》新闻栏目通栏醒目的黑字标题：一家六人一命呜呼，黑夜杀手逃之夭夭。《夜光周报》详细记述着孔家烫着金字的朱红大门上，孔家璧临终前蹬到上面的脚印清晰可辨。那正是他在厕所里粘上的污物。

报上分析：孔家璧是被勒死的。与他同时勒死的有孔家璧独生女儿蓉蓉孔家璧的太太珍及孔家司机老妈子和一位厨子。统共六人，摞在东屋仓库的地板地上，刚好顶到纸棚顶上。

孔家璧被勒死的时间是1947年10月。古城四合院枣树、核桃树、葡萄秧还在绿意盎然地跃过墙头爬上屋顶，窥视着人间风景。

小大院的人们习惯了冯家大小姐歌唱般的倾诉。桃儿每每从学校放学，后妈的儿女们吃完水果及糖馅点心，剩下大半笼屉荤香馅包子，桃儿一声不吭地吃着包子，看着北屋屋檐下流过一抹夕阳，聆听着东屋门前葡萄藤上两只蝉不息地嘶叫。桃儿吃干净包子，喝足了凉白开水，润好嗓子，坐到石狮子头上，拢好额前的发丝，开始把家中的幽怨编织成歌谣："小大院的叔叔阿姨们你们听着——今天我的后妈买了苹果买了桃子买了糖馅点心，给她的儿子还有黑心肠的冯官印叔叔吃了，给我剩下半笼屉荤香馅包子。叔叔阿姨们——你们放心我吃得饱饱的,我要让你们知道让你们记住:他们都是些什么东西……"

桃儿和奶奶住的西屋里面,冯官印正在描述着自己早年微不足道的漏粉经历。屋子里聚满了打牌的人。姚在刚才桃儿的唱骂声中尽出错牌。桃儿进到屋里,姚用一种异样的眼光盯住桃儿。围着冯官印一圈人聚精会神的神态当中,姚的眼光与众不同起来。桃儿脸上激动的潮红尚未褪尽,胸脯还在一起一伏地颤动。桃儿的后妈一瞥眼间逮住了姚异样的眼光。

"色鬼!"她马上想到。

牌桌上,后妈不止一次地踩过姚的脚:"别老三心二意的,出牌!"姚陪上来一副笑脸。"冲你这一笑就不是好东西。"

"谁是好东西呢?"姚姣好的额头上耷拉着一缕柔软的头发,斜睨过去一个飘忽不定的眼神儿。

"天总有下不完的雨……"桃儿爱听雨滴打在玻璃窗上的动静,爱看雨中满院里泛起的水泡儿。

雨天里,钢儿总爱倚在姐姐身上睡觉。

《夜光周报》开始连载有关《3号凶宅案始末》的章回小说,署名:小飞。地点:新壁街明光胡同3号。人物:孔家被害人及夜行刺客。故事从一批稀世珍宝落入孔家之手开篇,演绎出来《3号凶宅案始末》的小说,成为1947年轰动古老京城的特大新闻,街头巷尾争相传阅。

《3号凶宅案始末》连载到第五回,作家一支抒情的妙笔回到1946年隆冬的某日。那天,孔蓉蓉骑车来到陶然亭公园后湖。孔蓉蓉支好车,穿上花样冰刀。后湖冰面上没有人滑冰,冰面上反射着冬日的青光。孔蓉蓉身穿黑色紧身溜冰服旋转起来。陶然亭后湖一片寂静,湖岸柏树林间翻飞着无数的寒鸦,天空低垂着雾状的白气,湖面偶然响起咔叽咔叽冰缝爆裂的动静。孔蓉蓉没有留意一条白色的影子穿过七孔石桥,轻松自如地倒背双手,不躲不闪朝孔蓉蓉冲过来。咫尺之间,跑刀兜出来一道弧形,刀刃闪过耀眼的寒光。孔蓉蓉感到衣服轻微地摩擦一下，惊叫的声音在冰湖上尚未消失，白色的影子已经在冰面上压住刀，长长的刀刃溅出大片扇面形冰碴儿。飞溅的冰碴儿当中，孔蓉蓉惊魂未定，脚下的花样刀刀刃卡在冰缝里，身子轻柔地扭动几下，就要跌倒的刹那间，胳膊被托住。定睛一看，那个年轻男子微红的面孔上，一双明眸满含着笑意。孔蓉蓉对这张笑脸没有表示什么，却仍拽着他的手。整个刀刃卡在冰缝里面，前面的刀牙掰掉一排。

"真够呛！"孔蓉蓉松开手叫道。

"对不起。"青年男子急忙道歉。

孔蓉蓉坐在岸上解开冰鞋。冬日阳光已经倾斜，青年男子身影正好落在她的手上。孔蓉蓉听见刀尖来回来去戳动冰面的声音。

"我赔你一双新刀！"他说。

"你赔得起吗？"孔蓉蓉乜斜着他。

他那一身白色的溜冰服格外显眼。

"你的和我的是一个牌子：熊牌。"

"是吗？我打穿上也没有看过。"父亲在她生日那天送给她时只说是美国货。孔蓉蓉翻过冰鞋，一只熊铸在鞋底的刀架上。"这么大的冰面你非往我这边滑！"孔蓉蓉抬起头。

斜阳在他们之间流淌。

"好像有某种吸引力给吸过来的。"

"是吗？"孔蓉蓉轻蔑地笑一下。

"我低着头也没看见有人呀！"刀尖继续往冰面上戳，戳出来两个洞。"一抬头已经到你跟前。"

"那就是说没你事啦，你走吧你滑吧。"孔蓉蓉站起来把破损的冰刀缠在自行车后架上，蹽腿上车。

"我没说我没说……"青年男子穿着冰鞋跳上岸紧跑几步，拽住自行车后座。"对不起对不起……"望着孔蓉蓉那张已有愠色的脸，他起劲地道着歉，手一直没有松开。"你告诉我你家在哪呐。"

"干吗？"

"我赔你冰刀。"

"赔？你真想赔呀——"

"怨我怨我怨我……"

孔蓉蓉觉得不住道歉的脸上变得憨态可掬。

"嘻嘻嘻……"孔蓉蓉开心地笑起来。

孔蓉蓉认识白少鹏就是在这个冬天的下午，白少鹏转天叩开孔家紧闭的大门。白少鹏穿着一身挺实的西服，手里拎着崭新的熊牌冰鞋。孔蓉蓉收下冰鞋，没加思索，便同他去游北海公园。他们在公园白塔下面，自然而然手拉上手，到达九龙壁后面，自然而然第一次接吻。这时候的北海公园寂寞无人，长椅上落着几只灰白色的信鸽。两个身穿旗袍梳五号头的女学生，玩着石头剪子布，学唱着一首英语歌，间杂着汉语。

"我发现你不是那天的样子。"他们倚在石壁上。

"那天什么样子。"孔蓉蓉脖颈上的白线围巾耷拉到腿上。

"那天你的样子还像个中学生。"白少鹏没有说话。

"中学生什么样子啊？"

"就是那个样子啊……"白少鹏趴在孔蓉蓉肩上，吸汲着她脖颈里面散发出奶香的气味，朝着中学生方向看一眼。

"是吗——"孔蓉蓉用肩头捅一下。

"嗯嗯……"白少鹏迷蒙着眼睛抬起头。

"是不是？"

"什么？"他又俯到孔蓉蓉头上闻起来。

白色的冬阳照着不远处隆冬的湖面，湖面上有两个外国人滑冰。

孔蓉蓉想起来他们初识的日子其实就在昨天，她的心微微颤动了一下。

"昨天的天气没有今天这么晴朗呀——"她转念间想到。

桃儿读着那张叫她读烂的报纸走进胡同的阴影里，午后的阳光斜贯着掠过灰色的瓦脊，落到一棵愉树冠上。煤厂的汽锤咣咣当当地敲响着。整整一天孔蓉蓉活脱脱地在桃儿面前跳动。姚这个时候像是随便地站在红楼门前，手插在裤兜里观看照亮榆树冠上的阳光。想着去不去打牌。桃儿一拐弯听见喊桃儿的声音。桃儿照例喊姚叔叔好。

"天怎么老是不下雨呢?"姚好像是自言自语着。

桃儿没有吱声。

"走上去坐一坐去?"

桃儿正在想着孔蓉蓉与白少鹏在北海公园接吻的情景。

"走上去坐一坐去——"又说一遍时候,姚上来拽了一下桃儿,就把桃儿轻松拽走了。

桃儿坐在一把老式转椅里面,手捂住一只发黑的茶杯,环视着有门厅有雕花阳台的屋子。

姚坐在另一把转椅里,梳理着自己打好发蜡一丝不乱的头发。

"你今天怎么没有去打牌?"桃儿直接省略了姚叔的称谓。

"我正在想去不去哪。"

"你不是说天怎么还不下雨吗。"桃儿想到姚在楼下面说的话。

"不下雨煤厂煤灰随风吹得满楼道都是。"

"那你还不去打牌。"

"我其实不想跟他们玩。"

"那还你总去。"

"吃惯了嘴跑惯了腿吗!"姚在椅子里不经意地往后一仰,差点仰倒过去。

"嘻嘻……"桃儿笑出声来。茶水撒到桃儿手上。

"你在家可没这么笑过。"

桃儿的笑容立刻收住。

"你别提我家。"桃儿放下茶杯。屋子里有一股樟脑丸的气味。

"我知道我知道。"姚弯下身,头和桃儿拿茶杯的手近在咫尺。

桃儿扭过头,看见一丛文竹后面走出来一只猫。桃儿的手颀长细腻,手背上有一排小坑儿。桃儿的手指轻轻地敲着玻璃杯子。阳台那边阳光低垂下去。那只猫走进屋内阴影里,猫眼一只黄的一只蓝的。猫从他们脚中间穿过的时候,桃儿俯下身想去逮猫,伸出的手没逮着猫,却叫姚给握住了。桃儿颤抖了一下:姚眼神里的东西叫桃儿忽悠间想起北海公园白塔下面,白少鹏嗅到孔蓉蓉领口里散发出来奶香气息时的神态。

"松开——"

姚没有松开桃儿的手。

"松开——"

他们僵持一会儿工夫,桃儿的手才抽回去。

"咕噜噜——"桃儿听见一种粗闷的嗓音,像猪的呼吸声。伴随着这嗓音的是竹椅咯吱咯吱的轻响声。桃儿感到手背上有一种濡湿的感觉。桃儿低下头。姚已经单腿跪下去,抱住桃儿的双腿,嘴不住地亲吻着桃儿的手背。桃儿听见一阵极其细微的抽泣声,像胡琴拉出来的动静。

"别这样。"桃儿往回抽手。

"我爱你。"胡琴一样的啜泣声夹杂着喑哑的呜咽声,混合着男人变粗变重的呼吸声。桃儿看着姚的肩头抽动的情景,桃儿的身子随即哆嗦了一下。姚感到桃儿的手在他手里颤动,仰起脸,看见少女光洁饱满的脸颊上流下来两行泪珠儿,姚伸过那双异常白皙的手,去擦桃儿脸上的泪水。

"不用。"桃儿说。

泪水一滴落在地板上,一滴落在姚的手上。

"桃儿你哭出来吧,我知道你哭出来会好一些的。"姚说。

"你知道什么。"

那只猫蹲在门厅的鱼缸旁边。

"我知道你在家里……"姚的脸上抽搐一下没有力气说下去。

"我在家里挺好!"桃儿抽回手,朝着门口走去。那张报纸扔在枣红色的地板上。

人力车载着冯官仲和弟弟冯官印,一路走街串巷,直到午日抵达城郊五里铺景致迷人的群山前。远离闹市,松柏围绕着那个叫吕祖阁的戏院。戏院已属于旧日风景,四面的柔风从松树林中钻出来,吹落戏院已失早年风采的青砖绿瓦。冯家兄弟拾级而上,迎面扑来汪汪的狗吠声。"狼狗——"冯官印即刻躲到哥哥冯官仲身后。如今这戏院已是古城有钱人家安置亡灵的寂静之地。良好的山风吹进戏院里面，戏院把门的耄耋老人，身边围绕着五只德国狼青犬，长舌拖地，各逞威风地注视着山下上来的冯家二兄弟。几只喜鹊在松林间吵吵闹闹。冯家二兄弟捋下长衫的衣袖，迈进戏院的大门。一片漆红的棺材，在幽暗的香火中跳动。冯家二兄弟走在台下棺材夹道中间，排列有序的棺材丛中升起缭绕的青烟，青烟当中传来隐约的哭声。冯官仲每每这个时候，总能看见父亲冯璋国从台上的棺材里徐徐坐起的面容。那个山西榆次乡下粉房雇工的形象，满脸的核头纹木讷地向他摊开手掌。冯官仲禁不住激动地对弟弟说："撒钱——"冯官印正盯住台下一位孤寂的姑娘。那位姑娘手捧一束鲜花，一身青色学生装束，剪着微微勾拢的学生头，这模样很像桃儿。姑娘默默地停立在一樽棺木前面的侧影，极其哀伤极其凄婉，棺木上端放着一帧照片。"一定是位青年男子的形象。"冯官印想。"撒钱——"冯官仲提高了嗓门，才召唤回弟弟官印痴迷的眼神。

飘向阴间的纸钱徐徐撒在通往黄泉的路边，夹道上已有厚厚一层。

"点着——"

冯官印擦了五颗火柴才擦着火。

捧着三炷香火望着飘摇而上的青烟，冯官仲思绪回到自己掮着担子独闯京城的情景：那时候父亲冯璋国在粉房里漏粉，弟弟冯官印趴在蒸气弥漫的灶台前吃着灰白的粉片儿……这情景笔直地延伸下去，如一只灯盏，照亮一个月黑风高的暗夜：帘子胡同带套院的老宅，被翻译官史可本洗劫一空的残酷冬夜，冯官仲抱起5岁的桃儿逃出老宅，子弹在他们身后台阶上爆出一片蓝光。屋顶上已经站满了史可本手下的杀手。

寂静漫长的冬夜，桃儿在父亲怀抱中发出欢乐的笑声。

"桃儿——"冯官仲不禁心头感到一阵柔情涌来。

冯官仲转身朝戏台下走去。阳光从戏院四开的气窗中射进来，照亮浑黄的尘埃照亮幽蓝的青烟。

冯官仲在那个冬夜抱着桃儿直奔明光胡同3号叩开孔家壁紧闭的

大门。孔家收留这一双落难中的父女。直到日后冯官仲重振家业，他们一直寄居在孔家上等客房里。

冯官仲一直把纸钱撒到孔家璧及孔家母女棺材旁边，又一次点燃三炷香火。孔家璧那张面善的肉脸在香火中向他微笑起来。这一景象使冯官仲心如刀绞，毅然离去。

跟在后面的冯官仲走得跟跄狼狈，一脸惊慌。

通过《夜光周报》，古城大街小巷的男女老少感到白少鹏与本城警备司令官白连城的公子有着不言而喻的契合。白连城家拉着电网的墙头上从此架起机关枪，黑洞洞的枪口对准每一条狭窄的小巷、每一条宽敞的大街。

古城像桃儿这样妙龄的少女们似乎并不留意报上刀光剑影血溅京门的格斗场面与神秘狡黠的杀手。影响着桃儿的后来，在桃儿的印象中影子一样悄然无声的故事大约只是孔蓉蓉与白少鹏那段情感经历中最为迷人的片段。

白少鹏攀跃孔家高耸院墙的手终于抓住房檐下的青瓦，飘过墙头的花香令他一阵激动，激动中脚下一滑，整个身子坠落下去。

第二天，他们相约在陶然亭石舫上面，这是他们邂逅之后第一次故地重游。

"哎呀——"白少鹏青肿的额头，缠满纱布的双手，令孔蓉蓉不禁潸然泪下。

白少鹏擦去孔蓉蓉的眼泪，天空阴霾下来，洁白的石舫上面没有游客，白少鹏吻着孔蓉蓉泪湿的脸颊，手顺着孔蓉蓉的衣领伸进去。

"不——"孔蓉蓉说。

"我想！"白少鹏一头扎入少女的怀中。

孔蓉蓉听到嘤嘤的抽泣声。少女的胸怀泛起激荡的热潮。

在一个晴朗的夜晚，古城的天空映照着灯火的辉煌。白少鹏按照孔蓉蓉的指点，从另一处墙角攀爬上去。这面矮墙表面叫院内葡萄藤遮得严严实实。白少鹏抓住藤条纵身上到墙壁的顶端。孔蓉蓉早在上面放上一块木板，压住尖锐的玻璃。墙下面一片阴暗，阴暗处是孔家的厕所。孔蓉蓉早就站在厕所里，数着天上星星的数量等待着心上人到来。

"我已经数遍了天上的星星。"孔蓉蓉沉迷地说。

白少鹏拥抱着迷蒙的她走进满院阴影当中，一只狗冲着白少鹏低吠一声。

"去——"孔蓉蓉当啷下来的脚踢到狗的嘴巴上。"我冷啊——抱紧我啊！"

白少鹏搂紧她。

"还是冷啊——"

白少鹏亲吻着她。

孔蓉蓉的屋内散发着鲜花的芳香。月亮的青色微光里，隐约可见屋内玫瑰花的紫色和一丛丛栀子花的杂色。孔蓉蓉进屋后轻轻地倚住墙，细巧的双眼紧紧闭上，吸气的声音呼呼地响起来。白少鹏挨近少女的身体，嘴唇从她的额头开始一点一滴地亲吻起来。

"行吗？"他还喃喃地询问。

"我不知道啊——"少女的头颅像折断树干的枝头垂向一边。

"谁——"院内一阵拖沓的脚步停在大门口。

"我爸打牌刚刚回来。"孔蓉蓉挺立起来。"抱我啊——"

白少鹏抱起她向床上走去。他们拥抱着聆听院内的动静，院内一串脚步朝北屋奔去。白少鹏的手始终没有停止抚慰。抚慰中，孔蓉蓉舒展开来保养极好的胴体，渐渐尽收眼底。

"我把你亲个遍！"白少鹏轻声地说。

"不、不——"孔蓉蓉接下来一连串呢喃的推托声逐渐降低下去。"哦——真好啊——真好！"从脖颈下面开始的亲吻愈加舒缓起来。"喔——"孔蓉蓉感到那亲吻使得周身奇痒难忍。"哥——哥！"情不自禁地叫道。双手抱住他的脑袋，压到自己少女的乳房上。"我受不了啊我受不了啊——"她呻吟着。

"松手——"白少鹏终于挣开了孔蓉蓉的手臂。他抬头看见窗外大片的月色。月亮在一棵枣树后面。初秋的枣树仍然枝繁叶茂。西北面四面钟银行的钟声叮叮当当地报告着午夜过后的准确的时辰。孔蓉蓉在白少鹏奇特的亲吻当中颤抖不已。"行了吗——"已经完全像泥一样柔软下来的少女,白少鹏仍然俯在她耳朵旁边询问道。

"你别离开我!"孔蓉蓉睁开惺忪的眼睛。

"不离开!"

"爱我吗?"她问。

"爱你爱你……"白少鹏流下来热烈的泪水,滴滴落到她洁白的胸脯上面。

孔蓉蓉被这晶莹的子弹彻底击毁,她周身一阵战栗,又一次张开白皙的手臂,搂抱住心爱人那颗蓬松的头颅。

"啊——我要死了啊!"她最后透彻的呼喊声,没有完全散发出去,白少鹏及时地用嘴接住,连同那后来死亡般挣扎的呜咽,从她嘴里笔直地通向他的嘴里,经过那一条通衢大道,白少鹏渐渐感到少女痛苦而短暂的战栗,这战栗同时传染到他的周身,白少鹏感激的泪水流到孔蓉蓉脸上,他们的泪水合二为一流到孔蓉蓉绣花枕头上。

余下的时间里,他们始终拥抱着度过的。

"你屋子里怎么都是栀子花?"白少鹏问。

"我喜欢栀子花。"

白少鹏想起随父亲去南京参加授衔仪式的漫长旅途:火车在山影间穿越不止,铁路两边生长着姹紫嫣红的栀子花,栀子花的气息令人为之心醉,使他永世难忘。

"这么多的栀子花!"白少鹏现在已经适应屋里的光线,看见沾着墙壁满屋都是半人高的栀子花树。

"只有一棵玫瑰。"孔蓉蓉告诉他。

他们在栀子花的气息中一直躺到小巷深处响起更夫的铜锣声,以及卖水人独特的大头鞋鞋跟声。

"我得走啦。"白少鹏翻身下床推开门。门口守候着孔蓉蓉心爱的牧羊犬。

"出不去吧!"孔蓉蓉那双明亮的眼睛又一次令他心旌摇曳起来。

"出不去!"白少鹏重又扑上去。

孔蓉蓉在下一阵荡气回肠的幸福中晕死过去。

白少鹏离开时，古城天空已诞生黎明前深紫色的光芒，有几只鸽子在晨曦中划过去。

桃儿骤然沉寂下来，使得后妈格外关注起屋外的雨季。雨季里的牌阵如往日般兴隆，后妈把牌位让给对门过来观阵的马婶。后妈站到窗户前面，桃儿的安静与姚在牌阵中一蹶不振的神情，没有逃过后妈敏锐的眼睛。

"官印，最近桃儿好像安静多啦。"后妈叼着细长的烟卷，观望着沿着窗檐流下来大股的雨水。

"桃儿是乖多啦。"冯官印眨着眼打出翡翠绿的四饼。

"姚你说是不是哪？"后妈用染红的指甲敲着牙齿问道。

"桃儿——"姚的手颤一下，停下来听见后妈敲出来的牙声。

"对——桃儿！"后妈的目光从雨檐下移开。

"桃儿——"姚脸上阵阵发红，缕缕软发耷拉下来。

"乖了好乖了还不好吗？"冯官印插嘴道。"她不乖我们都没有办法打牌。"

"照你说她死了更好不是？"后妈盯住他。

"对——死了更好！"冯官印频频点着头。

"放屁——我是她妈！"后妈断然的叱喝令冯官印手里的骨牌哐当一声掉到桌上，惊动满桌沉迷牌阵里的人们。

"你们家的桃儿最近好像总拿那张周报看个没完。"马婶抬起头缓缓地说。

"那上面连载孔家命案的言情小说。"转移了念头，姚便恢复了常态。

"哎唷——你们还说老孔家哪！那天我去烧纸——"冯官印抓住古旧的太师椅跳起来。那只红烂的吊眼即刻变大：冯官印从戏台上下来，走过孔家的棺木，像冯官仲一样双手合十，朝着安放孔家亡灵的三口樟木棺材鞠着躬，弯下腰的冯官印陡然看见："我的大袍就这么着、就这么着——"冯官印紧瞪着眼睛，拎起自己大袍的下摆，"就这么着自个儿往上撅起来。"沿着棺材丛逃亡的情景又一次回到冯官印的面前。

"那是老孔跟你闹着玩儿。"马婶拍着大腿说。

"不是、不是!"冯官印烂眼淌下眼泪。"就这么样自己撅起来。"

牌桌上的人们停下来,注视着冯官印栩栩如生地描绘着五只长舌拖地德国狼狗,以及戏院里香火缭绕的情景。

"人说冤魂都不会安息!"马婶说。"说不定找官印的还是老孔的太太哪。"

以前孔家璧的太太也是这牌桌上的常客。人们记起那个打着眼影涂着口红染着指甲、一身绫罗绸缎的闽南女人,满口蹩脚的京腔,常常令满桌的牌客忍俊不禁。

桃儿后妈没有离开雨幕中的窗前,她看见站在东屋葡萄架下面的桃儿,也正凝视着满院的雨水。雨水溅起的水花儿,绽放开来一个又以个发亮的水泡儿。

在一片连绵的雨水声里,桃儿走进水电部宿舍的红楼,叩开姚的家门。姚对桃儿突然的出现不知所措的样子,叫桃儿松了一口气。她拎着一把油伞站在门口,姚家的光线由于雨天关系显得潮湿起来。那只长毛的白猫在窗台上望着雨幕缩成一团。

桃儿放下油伞,进屋脱鞋,直接坐到那把老式转椅里,直勾勾地盯住姚。

"我穿上上衣。"姚穿着一件棉布睡衣。

"不用,"桃儿说。"你不用穿上衣服。"桃儿的脸上激动的红润,与姚家晦暗的气氛截然相反。

"那天我真不应该,"姚坐在桃儿对面的床上。"后来我想起我那天的样子,搧了自己好几个嘴巴。你比我小那么多,你该是我的小妹妹,还管我叫姚叔叔哪。"姚使劲地抽着一支烟,烟头发出嗞嗞的响声,一截一截快速地燃下去。

桃儿没有听姚发自内心的忏悔,环视着这间雅致的房间:书架上放着盆吊兰,拖曳到地板上的花茎及枝叶上有一层纤细的绒毛。门厅里的透叶莲硕大无朋的齿形叶片,粗壮黢黑的气根,一齐向下垂落。

窗台上一盆文竹,一盆君子兰,一盆鸡冠花。阳台上的无花果树延伸上来,挺拔矮健。

"扑哧——"桃儿生动的笑声,使姚从忏悔中猛醒过来。"你应该把屋里这些花都换掉。"桃儿说的时候,脸色绯红,手握在胸前,转椅上一双雨雾一般的眼睛。

姚感到头脑一阵胀热。

"换掉?"姚渐渐地挺直身体。

"换掉!"桃儿重复着。那双雨雾的眼神愈加浓烈。姚在雨雾中摇晃了一下。

"桃儿——"姚调整到逐渐正常的语调里,想从床上离开,腿一站地,却一下子软下来。

桃儿的目光从跪在眼前的姚身上挪开,独自去看那只猫,猫已经掉过头在看他们俩。

"你把它们都换上栀子花。"桃儿说。

雨使阳台以外世界变成一片灰白的迷濛。

"都换上栀子花……"姚的脸埋到桃儿两膝之间。

从这个中年男人稀疏的头顶上,桃儿渐渐嗅到了栀子花的气息。桃儿闭上眼睛,又一次看见孔蓉蓉和白少鹏那个迷人的夜晚,那个夜晚在桃儿的思想里完全是一种花的形状花的气息。

"你把屋子里都放满栀子花。"桃儿从转椅上离开,抱起那只白色的猫,猫迅速从桃儿怀里逃掉。"你把它布置成栀子花的房间。"桃儿说。

"我把它布置成栀子花的房间。"姚缩在转椅下面,像碎了骨头的患者,脸上完全是一副病态的神情。

"从这里开始,"桃儿站在门厅里,挓挲开双手。"两边放上栀子花,"桃儿从门厅往屋里走。"两边的栀子花一直延伸到这里,"桃儿停在床前。"把整个床都环绕起来,"桃儿画一个圆圈。"都摆上栀子花。"

"摆那么多栀子花?"姚不解地望着桃儿。

"你起来,"桃儿示意着姚走到自己跟前。"我们走在栀子花中间,"桃儿把姚带到门厅,夹住他的一只胳膊。"我们闻着栀子花的香气,"桃儿继续带着姚往前走。"那时候天已经下雨了,"桃儿望着窗外。"那时候,夜空一片星光灿烂!好吗?"桃儿扭头问姚。

"好!"姚完全沉迷于桃儿的遐想之中。

"你从明天开始就买栀子花吧!"桃儿要求道。

"明天就买栀子花!"姚的睡衣带子已经松开。桃儿看着松松垮垮的睡衣里面,清瘦的姚在睡衣里像一只鹤。

"那时候你来吗?"姚忐忑地问道。

"我来!"桃儿闭上眼睛。桃儿遥想着一个栀子花飘香的夜晚。

桃儿继续盼望着黄昏之际报童给她带来的栀子花迷人的馨香。《夜光周报》的故事发展并不令像桃儿这样的少女满意,却是唤起冯官仲这代人在这个故事里追忆着自己的往事。

冯官仲面对雨后灿烂的秋阳,站在雨季打湿的台阶上,手扶着门口石狮子巨大的头颅。

杀手出现的那个场面,对于珠宝商孔家璧来说无疑是始料不及的。杀手其实早就像影子一样踟躅在孔家老宅左右长达一年之久,这就更使伫立在秋阳之中的冯官仲感到不寒而栗。

冯官仲逃避翻译官史可本追杀的场面历历在目:因为一批皮货生意,冯官仲与同是山西榆次老乡的史可本反目为仇。史可本带着宪兵砸了冯官仲府右街市面上的首饰店。柜台玻璃的碎片以及价值连城的玉器,满目狼藉地映入冯官仲的眼帘。面对雨后的秋阳,史可本那张鲜族人特有的扁平大脸,栩栩如生地展示出阴险的笑容。这阴险的笑容最后化作冯官仲逃亡的枪声。枪声穿越岁月的帷幕,依然在他胸膛中回响。冯官仲隐约地感到扇日本宪兵耳光的左手,与日后在山西榆次乡下小站,等待史可本回家过年的那个冬日复仇的左手,在八月秋阳中,两只手同时微微地颤抖起来。

随着阵阵汽笛在胡同里回响,小大院对面牛家门前停下两辆汽车,司机是身穿戎装的军人,随后下车的是牛家的主人。一个50岁左右,文气十足的男人。在冯官仲的记忆中,牛家两扇朱红色大门,似乎永远封闭着。

空中不时有飞机的轰鸣声,城外隐隐约约传来炮声。这一切对冯官仲身后麻将骨牌声毫无干扰。冯官仲望着小大院一扇又一扇紧闭的大门,想到满院昔日的热闹场面:赶驴车送蜂窝煤的、蹬三轮收破烂的、摇拨浪鼓卖杂货的……这些情景像春风一样消失,唯有院墙内的枣树、核桃树、常春藤,以及墙头上丛生的衰草预示着1947年深秋的来临。

古城花店1947栀子花告罄的消息,同样以新闻形式出现在《夜光周报》的中缝上面。记者写道:"买一束栀子花的少女站在阳光下,一遍又一遍地亲吻着枝头上的花朵。也有成批购买者,估计大多是一些不肯露面的富贾大亨。"记者断言:"这番景象与作家小飞的《3号凶宅案始末》不无关系。"

姚在牌桌上消失与桃儿频频出现在院内水池与西屋之间,使后妈松了一口气。

桃儿怀抱着钢儿,坐在葡萄架下看见二叔冯官印朝厕所奔跑的背影,看见窗帘后闪过后妈那张警觉的面孔。

"小燕子穿花衣,年年春天来这里……"桃儿教着钢儿一首童谣。钢儿和姐姐手拍着手。钢儿的童音与桃儿清丽的嗓门,使得院子里出现未曾有过和谐安详的气氛。

"桃儿你不过来玩牌?"后妈从门帘后面闪出来。

"不玩。"桃儿依然一脸笑容。

"钢儿别坐你姐姐腿上。"后妈说。

"不——"钢儿抱住桃儿的脖子。

"桃儿你看见姚了吗?"后妈在台阶上站住。

桃儿没有吭声。

"姚最近好久没来打牌。"

桃儿开始教钢儿另一支童谣:"一个老头上山头砍木头砍了这头砍那头……"

"桃儿跟你说话哪。"冯官印从厕所出来瞪着桃儿。

"什么?"桃儿问。

"你妈跟你说话那。"冯官印肩头上沾着厕所墙壁上蹭上的白灰。
"说什么?"桃儿拍着钢儿的脸蛋。
"你说说什么!"冯官印抓住桃儿的头发。
钢儿又一次看见姐姐的头发绷直起来。
桃儿这回没有咬紧牙关。桃儿随着二叔的拽动站起身。桃儿的身子向着冯官印倾斜过去。桃儿脸上依然是教钢儿童谣时的神情。
"啊——"钢儿的哭声骤然而起。
"冯官印——"后妈的断喝叫冯官印红烂的眼睛里满含水意。"冯官印——"后妈从台阶上冲下来的速度,令钢儿的哭声戛然而止。"冯官印——"后妈嘴里咬紧牙齿地嘀咕着冯官印的名字。
"我、我、我……"冯官印吊着一只烂眼没有松开双手,一阵轻微的哆嗦过后,面颊蓦然地一热。
"啪——"
桃儿感到踉跄中的二叔松开了自己的头发。
"你护她?"冯官印捂着脸嚷道。
"桃儿,"后妈望着桃儿说:"扯疼桃儿头发了吧?"
桃儿没有理会。桃儿已经坐在板凳继续抱住钢儿。钢儿在姐姐怀里眼中含着两颗凝然不动的泪珠,想着刚才那幕惊心动魄的场面,那场面叫钢儿百思不得其解。

姚在人力车市场找到两个南方口音的车夫,满载着栀子花的三轮车,随着姚穿街走巷。三轮车停在水电部红楼铁门下面。两个车夫看见洋楼四周的雕花围栏,几乎叫绿色的藤蔓遮住,像花店里养花的房间。
车夫首先把门厅那盆阔叶莲装上车。阔叶莲占据整个平板车,繁茂的枝叶伸展开来,耷拉到车厢板外头。
"这么大起码得养五年。"车夫望着老绿的叶子说。
"十年!"姚说。
"差不多吧。"车夫说。
"给你们就算你们的车费。"姚指着阔叶莲对车夫说。

"这个给我们当车费?"车夫惊诧着脸。

"嫌少?"姚说。

"不不不……"车夫赶忙解释道。

"把这些栀子花运上去。"姚没有理会车夫满脸的惊诧与惶惑。

鲜艳的栀子花堵在楼洞门口,花香弥漫红楼周围场所:煤厂、粥铺、弹棉花的简易作坊。

栀子花搬到楼上,车夫发现宽敞幽暗的房间有种人去楼空的感觉,只是那张镂刻着戏水鸳鸯的木床,孤独地立在空旷的室内中间。

"这些栀子花怎么摆?"车夫问。

"沿着门厅两排。"姚想着桃儿的吩咐。

栀子花花盆不大,栀子花树有半人之高。车夫们摆好两排。两排栀子花分别为紫色和黄色两种。

"楼道外面的都拿屋里绕床一圈。"姚指挥着。

这些栀子花都是鲜艳的红色。

"怎么样?"摆完后,姚问车夫。

"干吗?"车夫问。

"睡觉。"姚说。

"睡觉?"车夫睁大眼睛。

"睡在花丛中!"掩饰不住的兴奋诞生在姚瘦削白净的脸上。

桃儿踏进栀子花飘香的夜晚,古城的夜空恰如作家小飞描绘那样:"星星在城市暗淡灯火里依然显得璀璨,晴日夜空笼罩下阡陌纵横的胡同,黑影重重。"桃儿从奶奶身边悄然离去,仰面朝天地望着如此亲切的夜空。姚已经在红楼夹道口处等候多时。姚抱住桃儿。桃儿并没有孔蓉蓉那般的激动,那般柔情四溢的状态。桃儿依然迷恋着头顶上的夜空,夜空带给她始终如一的迷醉。

栀子花蓦然出现的情景倒是令桃儿感动得泪流满面。栀子花在灯光下郁郁葱葱。优雅的房间宛若烂漫的山野。面对如此绚丽的栀子花,桃儿对古城的记忆荡然无存。

"关灯!"桃儿倚在门框上,像孔蓉蓉一样柔软下来。姚关上带灯罩的电灯。屋里的气氛马上变换成另一番花团锦簇景象。栀子花飘出的香气更加沁人心脾。

"桃儿。"姚在黑暗中沿着桃儿身体的陡坡缓慢地爬行起来:嘴在桃儿的双腿之间滑动,喁喁的私语叫桃儿从栀子花气息中苏醒。

"起来。"桃儿说。

"起不来。"姚的声音完全丧失了力量的作用。

"是不是因为花香?"桃儿问。

"不是。"

"噢——"桃儿失望地仰起头。"起来!"桃儿低下头命令道。

"我起来……"姚攀援着桃儿的身体站起来。

"你怎么不迷恋这花香?"桃儿说。

"我不行。"姚说。

"你怎么不行?"

"我激动我爱你。"

"不是这样的。"桃儿觉得白少鹏对孔蓉蓉不是这样。

"哪样?"

"抱住我。"

姚抱住桃儿。

"走向床去。"

姚抱着桃儿向床的方向走去。雕花大床深陷在栀子花丛中,幽暗而且神秘。

桃儿顿时激动不已。

姚满面的泪水流到桃儿的脸上。桃儿已将一些细节背得烂熟于心。这泪水激起桃儿的阵阵战栗。

亲吻终于开始,并且始终伴随着姚的泪水,桃儿浑身浸没在泪水磅礴的湖泊之中。有那么一瞬之间,栀子花在桃儿视线中消失,同时栀子花的气息也消失在那么一瞬之间。那是姚的嘴唇触到桃儿少女的乳房上,叼起乳头的牙齿不停地咬噬着吸唆着,一种钻心的疼痛和瘙痒,挑起桃儿内心无比刺激的幸福,栀子花及栀子花的气息消失。

"啊——"桃儿透彻的欢乐之声穿透墙壁,一直传向外面的夜空。

姚在桃儿的叫声里兴奋起来。

在日后桃儿的回忆里，这一段没有时间概念没有姚没有作家小飞描写下的情景，出现了空白。

桃儿记得在一阵坠落下去的感觉中，最后一眼看见栀子花绰约的影子，最后闻到栀子花飘香的气息。

"我没有感到泪水的滋味儿。"桃儿安静下来说。

"泪水沾你了一身。"姚吸着烟说。

"不是。"桃儿望着包围自己的栀子花丛。

"那是什么？"

"我没觉得泪水像子弹一样。"

"子弹？"姚问。

"是子弹，"桃儿说。"叫泪水的子弹击毁。"

"哈哈——你不是已经被击毁了吗！"

"没有！"

栀子花围困中的桃儿，重新回到栀子花的怀抱。

"你说我爱你吗？"桃儿吸汲着花的香气。

"我爱你。"姚的声音颤抖。

"我是说我爱你吗？"桃儿问。

"你爱我。"姚说。

"不——"桃儿否定道。"我爱它们！"桃儿指着幽暗中盛开的栀子花，"我爱栀子花飘香，"桃儿睁开眼睛，张大嘴巴，栀子花的气息流进桃儿视线流进桃儿张大的嘴里面。"我爱在花香中死去！"桃儿幸福地畅想着。

《夜光周报》再一次把古城花市上栀子花的买卖推向高潮。《夜光周报》笔墨饱满的描写已经逼近孔蓉蓉惨遭厄运的前夜。栀子花在小飞那充满激情的倾诉中，如汹涌澎湃的海洋，变得神秘莫测，变得激动人心。

白少鹏再一次潜入孔蓉蓉的闺房，是一个没有星光的黯淡之夜。

古城四合院四角天空上的乌云，压迫着城市的灯火，城市的辉煌仿佛笼罩在迷雾当中。

孔蓉蓉饱含泪水的等待唤起白少鹏无限的怜悯无限的怅惘。珠宝商孔家璧独生女儿孔蓉蓉完全沉湎的脸庞隐匿在栀子花散发着芳香的阴影里。白少鹏揭开早已熟悉的少女的帷幕。城市古老的四面钟总是在他们激情高亢时奏起优美的音乐，这音乐每每都使得白少鹏汗水淋漓当中凝神静睇地聆听到古钟铿锵之声。

"哥啊——你会想死我呀！"孔蓉蓉流淌下来的眼泪混合着白少鹏流淌下来的汗水，汗水与眼泪又一次浸湿枕巾。

"别胡说！"白少鹏用嘴压住孔蓉蓉的嘴。

"你看你的都不一样大啦，"少女两个迅速隆起的乳房已不像从前那样匀称。"你摸的。"

"我摸的？"

"你总摸一个不摸另一个。"

"那我摸这个。"

"不！"孔蓉蓉向一侧躲开脑袋。不、不——我要跟你说说话儿。"孔蓉蓉躲开白少鹏的嘴。

"以后说话的日子多着哪。"

"以后没有日子啦。"孔蓉蓉饱含热泪的眼光转向一边。

已经停止了抽泣，孔蓉蓉的声音里现在有一种预兆的意味。

这意味使这声音变得幽远而宁静，仿佛是异域洞穴传来的回声。

"不——"白少鹏从自己柔软的心灵深处昂扬起的头颅上面，优越傲慢的脸庞上凝固着夜色一般宁静的泪滴。"不——"这位本城司令官少爷以从未有过的柔情喃喃自语着。"不——"他在自语中渐渐地坚硬起来。"不——"当那坚硬如岩石的瞬间陡然来临之时。白少鹏听到了令他粉身碎骨的钟声。

"啊——"狮子般怒吼起来，是要压住铿锵的钟声。

孔蓉蓉听到怒吼声，看见白少鹏疯狂的身体像一块钢板严丝合缝地压下来。

"我不想，别、别、别——"孔蓉蓉以一种顽强的意志抵抗着。"我想跟你说话儿，"孔蓉蓉的手抵住他并不算强健的胸肌上，奋力地支撑住。"我就想跟你说话儿，"孔蓉蓉咬紧牙关发出如丝如缕纤细的恳求声。"我就想跟你说话儿，"这恳求的细声充满坚毅的力量。两张近在咫尺的面孔，看到的全然不是以往柔情似水的神情。"我就想跟你说话儿……"两张面孔紧紧绷着，像旷野疆场上两位相遇的敌人，在失去枪枝弹药之后，一场生死攸关的肉搏的开始！

　　轰然倒下的白少鹏，像轰然倒下的脚手架，完全丧失硬度的身体再一次瘫软下来，再一次回到孔蓉蓉温暖的怀抱。

　　"呜呜呜……"白少鹏发自内心的呜咽声，在柔软的乳房之间的山谷里回荡不息。

　　"我真的就想跟你说话儿。"孔蓉蓉抚弄着他那蓬乱的长发。

　　城市古老的钟声再一次地敲响，再一次伴奏起清新悦耳的音乐。

　　"我说的全是真的我不会有太多的时间啦。"

　　悦耳的音乐令无数沉醉于爱欲中的头颅清醒。

　　"我的那些栀子花告诉我的。"

　　清醒的头脑聆听爱人的絮语。

　　"它们总是时时提醒着我。"

　　爱人的絮语来自灵魂的深处。

　　"我从来就把它们看得很重。"

　　灵魂深处辽阔平坦无边无际。

　　"我不能不听从它们的预告呀！"

　　无边无际的原野葳蕤着灵性的植物。

　　"它们默默无语的告诫我不能不听呀！"

　　灵性的植物与日月同辉。

　　"我的栀子花默默无语！"

　　与日月同辉的原野与忘川相连。

　　"我知道它们会永远和我在一起。"

　　忘川的景物恰似冰莹的世界。

　　"无论我在那里它们都与我相伴相随。"

冰莹的光芒之上有灰草茸茸的天空。

"只有我的栀子花我会举着我的栀子花。"

茸茸的灰空之下黄尘大道上飘浮着悄然无声的影子。

"我沿着一条陌生的大道走啊走!"

忘川与日月同辉。

"我会喊你的我会举着我的栀子花呼喊你的!"

忘川与日月同辉!

"我的栀子花啊我的栀子花啊……"

在孔蓉蓉如泣如诉的絮语当中,白少鹏对栀子花的仇恨与日俱增着,他的手依然抚弄着那对令他沉迷令他难以忘怀又永不属于他的柔软的乳房。

"你别骂它们,它们能听见。"孔蓉蓉告诫道。

"操!"古城司令官少爷在有生以来第一次畅然地道出的粗俗词语的鼓舞之下,愤然跃起,直逼向那些布满屋宇的栀子花丛。

"别动它们。"孔蓉蓉最后的声音软弱无力。

白少鹏在满屋的阴影里,向着那些栀子花树奋力冲去。

"我要把它们撕碎我要把它们撕得粉碎!"白少鹏想着。

"啊——"孔蓉蓉听到一声发自内心恐惧的惊恐的叫声。

在城市上空那一抹接近黎明的曙光里,白少鹏一把接一把地抓着紧挨墙壁耸立的栀子花树。花朵的鲜艳以及花枝的柔韧早已不复存在,它们已经变成一丛又一丛的枯枝败叶。

"它们都死啦,"孔蓉蓉在床幔后面平静地说。"昨天夜里最后一棵死去了。"

"我不相信。"

"昨天我一直等你。"

"我不相信。"

"我一直盼着你来。"

"我不相信我不相信。"曙光已经照亮窗棂,白少鹏颓然倒在一把木椅上,呆呆地等待着穿越黎明的曙光把他照亮,照彻他战栗的灵魂。

桃儿选择了同样一个阴霾的日子再次潜入栀子花的房间。姚经历了无数个阳光明媚的晴天，面对兴奋地破门而入的桃儿。姚一张痛苦不堪的面孔出现在卵黄的光线下面。

"怎么还是这番景象，"满屋旺盛的栀子花令桃儿大失所望。"不该是这样的景象！"

"那该是怎样的景象？"姚抱住桃儿。

"不该是这样的景象！"桃儿凄然一笑。

"你知道我这日日夜夜怎么度过的，"姚跪在桃儿的眼前。"我的眼睛上起了好多的我眵目糊。"

桃儿坐到转椅里。姚眼皮上起了两个"针眼"，巨大的"针眼"使他面目皆非。

"我的头发大把大把脱落。"

桃儿嗅到满屋花香。

姚抓一把自己的头发，手指间夹住许多发丝。

转椅转向窗口。

"就是这样的夜色。"桃儿说。

"什么？"姚看见阳台以外夜色以及夜色下煤厂的房屋。

"那里叽里咣啷发出来声音。"姚咒骂着煤厂的汽锤声。

"关上灯吧！"桃儿站起来，朝着栀子花丛中的大床走去。

幽暗中，桃儿对于栀子花的气息充满了厌恶。

姚的抚慰依然饱含泪水。

"它们怎么还这么旺盛？"桃儿在抚慰中凝视着围绕床边的栀子花丛。"它们不应该这样旺盛！"桃儿喃喃道。

"我爱你！"姚战栗的语气在桃儿耳边回响。"我爱你！"姚不能自制的手掠过桃儿柔美的秀发。"我爱你！"姚跪在床下，伏在床沿之上的面孔抽搐中泪水涟涟。"我爱你！"姚落满栀子花阴影的身体凝然中发出瑟瑟的战栗声，战栗振动着整个床板。

那只白猫在布满栀子花角落里潜伏着，猫眼在花枝后面闪烁不息。花枝的成长在夜色下尤为旺盛。花香的芬芳在夜色里同样尤为猛烈。阳台之外的夜色充满雨意，充满煤厂汽锤之声，充满彻夜难眠的少女推开窗幔发出怀想的吟唱之声。

"怎么它们还没有死去？"桃儿望着花影绰约的屋顶，"我以为它们已经死去。"桃儿闭上眼睛，"我等待着它们死去。"桃儿回到柔软的感觉中，也是这样暗淡的晚上，桃儿沿着印满文字的脑海展开遐想的声音丝丝缕缕游荡在烂漫的栀子花丛之间。"我等了很久这样的夜晚。"桃儿伸展出去的手臂四下里摸索着。"不会辜负我的期待的。"伸展的手臂最后摸到栀子花的枝叶。"哦——"桃儿睁开眼睛。"怎么还是这样旺盛？"桃儿抓住两手鲜艳的花瓣。

"下雨啦。"桃儿听见阳台之外，打到屋顶和石灰地面上的雨声。"我得回去啦。"桃儿穿上衣服。

姚始终坐在栀子花丛中，听到门厅的门轻微关闭的响声。

"多好的花朵，多美的花香啊！"姚瘫软下去，鼻翼翕动中依然呼吸着栀子花的气息。

秋风已近尾声的时候，冯官仲看见牛家大门终于四敞大开，鱼贯地走出来一行人。牛家有这么多女人是冯官仲所料不及的。女人们浑身的绫罗绸缎绸光在阳光下闪耀。冯官仲看见她们挨着灰色砖墙排开站住。女人们的眼睛似乎还不能适应西面瓦檐上倾泻而下的阳光。她们眯缝着眼睛，手搭在眉毛上面，遮住强烈的阳光。西墙瓦棱上面的青草变得枯黄。这些女人身上穿着羔羊皮袄，丝织的花边从脖颈处露出来。

牛家门前停着三辆轿车，和一辆军队上用的卡车。身着戎装的司机们把一些重要家什装上卡车。门洞里走出来牛家的男主人，那张斯文的面孔上戴着白色镜片后面的目光，正与冯官仲的目光相遇。冯官仲感到他微微地把头上礼帽往起抬了一下又放下，白净的脸上掠过一丝不易观察到的笑容。冯官仲以同样的方式抬了一下礼帽又放下，同样回应一个不易察觉的笑容。

"快照吧！"倚墙而立的女人愈加受不了阳光的折磨。

牛家的主人用相机给她们拍照。

冯官仲听到咔嚓咔嚓拍照的动静。

"我进去。"牛家男主人走进女人中间,凑近一个淡眉毛别发卡岁数最大的女人身边。"照吧!"

同样斯斯文文的语气传进冯官仲的耳朵。

冯官仲看着满载牛家那些女人的轿车驶出胡同,驶向大街。卡车上的家什也已经装满。牛家大门最后"咣当"一声关闭。身穿戎装的司机们往大门上钉着钉子一类的铁器。

牛家两扇漆红的大门上,有九排横竖有序铜钉镶嵌,顶上有两行鎏金大字牌匾:恩集福荟,倍置家祥。

寂静下来的小大院上空的秋风,吹落院墙内枣树上的叶子,枯黄的叶子重又飘到院内。

"冯先生您看这形势咱何时动身?"账房梁先生一直站在他身后。

"我们上哪去?"冯官仲望着这位跟随自己多年的同乡。"我们不比人家。"

"是啊——从不知道牛家院子里有这么多人,"梁先生想起刚才那一幕。"这么多女人。"他又想到。

"不知道的事情多啦。"冯官仲望着小大院一扇一扇紧闭的木门。

那些上等红松木门都漆得很漂亮,都有横竖有序铜钉镶嵌,都有鎏金的牌匾装饰。

"但这庭院深深的里面……"冯官仲的思绪又回到那个杀手降临的深夜。

《夜光周报》在最后的篇章里面:杀手的出现与宪兵密布的风高月黑的暗夜不谋而合。杀手从孔家厕所那片葡萄藤上跃过矮墙潜入院内。杀手头上蒙住黑色纱布。而那个风高月黑之夜,冯家老宅屋顶上站满史可本手下宪兵,宪兵的影子如同那些杀手一样令冯官仲深感彻骨的寒凉。杀手勒住孔家厨子老妈子司机和孔家母女二人之后,坐在大厅里呷着香茶等着打牌归来的孔家璧。那条已经勒住母女二人的长绳,另一个活扣躺在院地上,等着孔家璧的脖颈伸进来。

"喔——"冯官仲喟然的长叹汇入一片萧瑟秋叶之中。

城外的炮声隐约传来。

"听说要攻城啦。"梁先生说。

"攻吧攻吧攻城好!"冯官仲依旧沉浸在对杀手的恐惧中。

"好多人都往南边逃去。"梁先生望着飞机轰鸣着掠过的碧空。

"都是军人。"冯官仲说。

"也有商人。"梁先生说。

"那轮不到我们。"冯官仲说。

萧瑟的秋风盘旋着扎入院内的空场,吹响遍地的落叶,卷起遍地的黄沙。冯官仲和他的账房先生聆听着落叶之声,感到一丝初冬的寒凉。

后妈看到冬天的第一场清雪落到瓦棱上,缺少姚的牌阵依然如故。桃儿在西屋和奶奶厮守的日子里,奶奶那深陷的眼窝以及三寸长的小脚每每映入桃儿眼帘,桃儿就感到心烦意乱。

奶奶的小脚在床沿上不停地跳动。

"奶奶您不能不颤抖吗?"桃儿看见镜子里自己憔悴的面容。

"我没有颤抖。"奶奶深陷的眼窝射出两道深不可测的寒光。

"怎么没有颤抖我都感觉到啦。"桃儿感到连接条案的樟木箱子上面的镜面徐徐颤动。

"你的脸色这么黄!"奶奶盯住桃儿。

"我的脸色不好我心烦!"桃儿把木梳扔到条案上,木梳从栗色的条案上蹦到地上。

"我给你把把脉。"奶奶抓过桃儿的手,三根枯枝一样的指头放在桃儿的腕部。

"我就是心烦!"桃儿说。"我总是心烦意乱的。"

"不对!"奶奶突然断喝道。

桃儿奶奶从桃儿虚脉上测出桃儿怀孕之后,桃儿猛然感到一阵恶心。桃儿跑出西屋,直奔厕所呕吐起来。

桃儿带着呕吐后毫无血色的愁容走回院中,没有逃过北屋窗户后面一双窥视的眼光。

冯官印听过桃儿奶奶的细说之后,奔出房间抓住桃儿的头发,头发绷直的桃儿无力地盯住二叔。

"不要脸的东西!"

后妈在冯官印扬起的手臂下面,看见桃儿一张纸一样苍白的面孔。

"住手!"后妈在台阶上喝住冯官印。

"丢人现眼!"冯官印冲着后妈瞪起眼睛。

"桃儿,瞅你这样子。"后妈没有瞅冯官印。

"我的样子挺好!"桃儿说。

"我没说不好。"后妈想扶一下桃儿。

"我要睡觉。"桃儿躲开后妈的手。

"桃儿我问你!"后妈拽住桃儿。

"问我什么?"桃儿转过脸。

"我问你他是谁。"后妈颤抖着声音说。

"不用你管!"

"我得管。"

"你管不着。"桃儿说。

"我是你妈!"

"你是谁妈?"桃儿挪开脸。

"我就是你妈!"

"你不是。"

"好好、我不是。"后妈松开桃儿。"姚!"后妈咬住牙,"是不是姚!"后妈目光从桃儿无力的脸上移开。

"揍她!"冯官印手里攥着一把笤帚疙瘩。

"你敢!"后妈逼视过来凌厉的目光。

"我怎么不敢?"冯官印高举着笤帚疙瘩。

"啪——"后妈扬起手准确地打在冯官印手腕上。"滚——"后妈压住声音厉喝道,笤帚疙瘩落到地上。

一路上穿红皮鞋的女人都在抽泣。桃儿随着红皮鞋女人再一次走进栀子花房间,房间里的栀子花树依然如故。栀子花的芳香扑向桃儿。

"桃儿你看——"穿红皮鞋的女人指着花丛说。

姚坐在里面。

"怎么会是这个样子!"桃儿不禁吸进一口凉气。

"是桃儿……"姚听出桃儿的声音。姚的眼睛和手臂都叫纱布缠住。"是桃儿吗?"姚在亲切的呼唤中向前挪动。

"别动!"穿红皮鞋女人拽住桃儿喊道。

"是桃儿?"姚在花丛中挣扎。

"是我!"桃儿说。

"我回家一看。"穿红皮鞋女人开始耸动双肩。"我回家一看成了这个样子。"女人抽泣着说。

"我一直等着你!我一直盼着你来!"姚嘶哑的声音徐徐传来。

"你怎么弄成这个样子?"桃儿望着他满头缠满的纱布。

"呜呜呜——"穿红皮鞋女人的哭声逐渐增大。

"我不怕!天塌下来我也不害怕!"姚说。

"你怎么成的这个样子?"桃儿又问。

"是你妈!"穿红皮鞋女人伴着哭声,描绘着桃儿后妈闯进姚家的情形:桃儿后妈手里攥着一根捅炉子用的炉钩子,推开门。

"'桃儿——'"姚以为是桃儿。姚在等待的煎熬中已经变形的脸上重放出异样的光彩,姚张开手臂,轻声呼唤着桃儿的名字向门口扑去。

"'滚!'"后妈推开扎入怀里的姚。

"我看见是你妈。"姚在栀子花丛中挺直身子。"我看见你妈脸色不好看,我想躲开。"

"'站住。'"后妈追赶着姚。姚绕着栀子花树逃窜。猫从姚的脚下跳上阳台。后妈的炉钩子劈向旺盛的栀子花,栀子花瓣纷纷落下。

"'你别动它们。'"姚猛然迟疑一下,后妈的炉钩子够着姚的手臂。猫在阳台上的喵喵地乱叫。后妈左右挥舞起来的炉钩子,都准确地打在姚的两只手臂上。

"我往花丛中跑,我没有办法,我往花丛下面钻。"

桃儿看着软弱无力的姚。

"她把我胳膊打坏啦。"

桃儿的后妈一声不吭地打着。

"我倒在花丛中。"姚的手臂不能动弹。

"'你打吧!'"姚说。"'我爱她!'"

炉钩子落在姚骨瘦如柴的脊背上。

"'我爱桃儿。'"

"后来我不能动了,"姚说。"后来我听见你妈用炉钩子向这些栀子花砍去。"姚感到花枝落到背上,花瓣落到鼻翼旁边。姚呼吸着栀子花的香气,"我一闻它们我就没有疼痛的感觉了,我睡着了。"姚在花丛中晕厥过去。"我在睡梦中仍然看见鲜艳的栀子花开放,"姚的手臂在花枝上摸索。

桃儿后妈把栀子花房间砍得一地花枝与花瓣,猛地听见阳台上猫的嚎叫。

"'号丧哪!'"后妈向阳台扔过去炉钩子,猫蹿上阳台,炉钩子在楼下传上来回声。

"你的眼睛怎么回事?"桃儿望着依然盛开的栀子花问道。

"他的眼睛叫树枝给扎的。"穿红皮鞋女人满脸泪水。

"没事吧?"桃儿问。

"不知道。"

"我爱你桃儿。"姚缓缓向前走。

"你是谁?"桃儿问穿红皮鞋女人。

"我——"穿红皮鞋女人把姚按住坐下来。"我是他太太。"穿红皮鞋女人颤抖着声音说。

"太太?"桃儿纳闷。

"他把我哄出门让我回老家去看看,你不知道?"

"我不知道。"桃儿轻声回答。"我真的不知道。"

"我不想离婚!"穿红皮鞋女人满面凄然。

"离婚?"桃儿怔住了。"什么离婚?"

"你不知道?"

"我知道什么。"

"他跟我说的。"穿红皮鞋女人望着姚。

姚已经站起来。

"是你,你说的吗?"桃儿问姚。

"我爱你!"姚拨开栀子花枝面朝桃儿的声音走来。"我受不了。"姚脸上的绷带沤出两行水印。"我要离婚、我要离婚……"

"我不离婚。"穿红皮鞋女人倒在床上。"我不离婚。"响起来呜咽的哭声。

"哈哈……"桃儿陡然大笑起来。"离婚?你离婚跟谁结婚?"桃儿止住笑声仍满脸笑意。

"我娶你桃儿我要一辈子爱你!"姚的眼泪浸湿整个绷带。

"我可没想跟你呀!"桃儿笑着说。

"不!"姚痛苦地喊。

"不什么?"桃儿正色道。"我真的没想过。"

"没想什么?"姚问。

"什么也没想过。"桃儿从转椅上站起来。"我走啦。"

"别、你别走。"姚向着栀子花丛倒下去。

桃儿在惨败的花枝间走向门厅。

"等等——"穿红皮鞋女人追过来。

"干吗?"桃儿望着她。

"你的肚子。"桃儿看一眼已经显形的腹部。

"我要。"桃儿说。

"我给你找个地方。"穿红皮鞋女人说。

"干吗?"桃儿问。

"做掉!"她说。

"我要!"桃儿说。

"真的我给你找个地方。"

"我要我要……"桃儿脸上密布着愠意。

"那你不要找我们麻烦。"桃儿看见穿红皮鞋女人掏出一沓钱。

"给你!"

"我不要钱。"

"你要钱我就相信你。"

"相信我什么?"

"相信你不找我们麻烦。"

"那我要。"

桃儿在大门口堵住后妈。

"你打的他?"桃儿问。

"谁?"后妈说。

"姚!"

"我打的!"后妈说。

"你把他打成那样。"

"活该!"后妈扶住门。

"你把他打成那样。"桃儿眼里闪动着怒火。

"我为了你。"后妈说。

"狼心狗肺!"桃儿喊。

"不是!"后妈倚到门上。

"狼心狗肺!"桃儿喊。

"不是我不是——"后妈喃喃道。

"狼心狗肺!"桃儿回头朝小大院喊。

"桃儿。"后妈神情黯然。

"谁让你把他打成那样的。"

"桃儿我为了你。"

桃儿啐过去唾沫。"啪——"唾沫粘到门上面。

"狼心狗肺!"桃儿跨过大门的门槛。"啊——"桃儿肚子一阵剧痛。

"桃儿——"后妈扶住她。

"我不用你扶。"桃儿用最后一点气力睁开眼。

后妈把晕过去的桃儿抱在怀里。

"来人呀——"她朝院子里喊道。

桃儿躺到床上以后看见的情景给她留下难以磨灭的印象。这印象恰恰都集中在1948年三月初春的日子里。这一日，冯官仲坐在椅子里感觉到城外日趋猛烈的炮声异常清晰。

北屋的麻将骨牌声自桃儿怀孕之日起便销声匿迹。

桃儿首先看见的一幕是由二叔冯官印引起的。桃儿仰面望着西屋低矮的屋顶，顶棚上一只熬过冬天的苍蝇，苍蝇嗡嗡之声令桃儿难以忍受。

"奶奶——"桃儿喊道。

桃儿的奶奶坐在院子里的无花果树下哄着钢儿。

"姐姐——"钢儿始终想回到姐姐的怀抱。

"奶奶——"桃儿的喊声把二叔冯官印召进屋来。

"喊什么？"冯官印红烂的眼睛瞪着桃儿。

"苍蝇！"桃儿说。"苍蝇总是叫唤。"

冯官印一只脚迈进门里，看见桃儿突起的肚子。

"把它轰走。"桃儿说。

"你自己轰！"冯官印说。

"我起不来。"桃儿望见二叔投过来的轻蔑的眼神。

"那就叫它叫唤。"

"我烦——"愤怒的叫声里，桃儿的头在枕头上辗转反侧。"我烦——我烦苍蝇叫唤——"

"活该！"冯官印没有察觉身后站着桃儿的后妈。

"官印——"后妈听到这里才插进话说。"你去把苍蝇给轰走。"桃儿后妈平静地说。

"她连苍蝇都不能轰？"冯官印回过头。

"你轰不轰？"

"她自己轰！"

"你轰不轰？"桃儿听见后妈逐渐提高的嗓门。

"我不轰！"冯官印从门里收回脚。

"你不轰哈？"后妈朝冯官印逼近一步。

"我不轰。"

"好你说的。"后妈指着他。"你躲开。"

"干吗。"

"你躲开。"

桃儿通过窗户看见他们近在咫尺的侧影。没有僵持多少时间,冯官印走进桃儿屋里,踩在床沿上去轰苍蝇。苍蝇愈加飞得快起来,叫声也愈加尖厉。

"把窗户开开——"冯官印喊。

"开窗户桃儿怕受风。"后妈说。

"操——"桃儿听见二叔这一声咒骂之后闭上眼睛。

冯官印用鸡毛掸子把苍蝇逼到角落里,苍蝇看到门口的亮光飞出去。

"啊——"桃儿的惊叫声中,冯官印迅速把鸡毛掸子扔进床铺下面。

"怎么回事?"后妈进屋。

桃儿捂着肚子,眼泪流进两鬓。

"怎么回事?"后妈盯住冯官印。

"她还哭!"冯官印说。

"怎么哭的?"

"丢人现眼还哭。"

"我问你哪。"

"不知道。"

桃儿听到肚子里的孩子也在哭嚎,桃儿泪如泉涌。

"你打她肚子啦?"后妈终于问。

"我没有!"

"你打没打她肚子?"

"我没有。"

"我叫你打啊!"

桃儿听见接近墙角炉盘上咣当一响。

"炉钩子——"桃儿蓦地想到栀子花房间头缠纱布的姚。

后妈从炉盘上拎起炉钩子。

"我打怎么啦?"冯官印红烂的眼里流下一行泪水。"我不应该打吗?"

"不应该!"桃儿听见二叔冯官印第一声惨叫。"不应该!"后妈的炉钩子全打在冯官印的头上胳膊上后背上。

"啊——"

冯官印惨叫声骤然响起许久之后,冯官仲才从自己对杀手的恐惧中苏醒过来。冯官仲看见逃窜到院子里弟弟冯官印头上流下来鲜红的血,看见盛怒之下桃儿后妈奋力追赶的身影。

"住手!"冯官仲断喝道。

后妈这才停下手。

冯官仲发现弟弟冯官印吊着的眼睛里满是泪水。

"你你你——"冯官仲的声音颤抖起来。

"你问他!"后妈毫不示弱。"跟你哥学学你干什么来着。"

"我打她就应该打她!"冯官印似乎要将一腔怒火喷发出来。"大姑娘生孩子——丢人现眼!"

"啪——"钢儿被这一炉钩子的声响吓得从桃儿奶奶怀里跌下来。

"啊——"冯官印甩着胳膊痛苦地叫着。

"你——"冯官仲越过门槛,向着后妈逼近的手指,一直逼到脸上,在眼前哆嗦着。

"他打桃子!"后妈说。"他往桃子肚子上打!"

"唉——"冯官仲喟然一声长叹。"你们还有这些闲心哪!"冯官仲扬起的手拍在自己的脑门上。

夜幕降临,桃儿听到古城上空掠过屋顶的风沙声,听到院子东边厕所门忽嗒忽嗒的响动声。奶奶尖厉的磨牙声也夹杂在这些声音中传出来。奶奶这般的磨牙声桃儿从未领教过。磨牙声在黑暗里越传越大。桃儿感到被惊醒的孩子在腹中踢打起来。厕所的门声和屋顶的风沙声也随即变得大起来。

"奶奶——"桃儿终于在无法忍受后喊道。

"是桃子吗?"桃儿听到奶奶异常粗闷的喉音。"是桃子吧?"

桃儿感到一阵惊慌地回答道:"是,我是桃儿,奶奶——"

"我是你孔大大!"奶奶"嗵"地从床上坐了起来。

"哎呀——"冯官仲首先听到桃儿惊慌的呼叫。随后听到桃儿呼叫的是后妈、是冯官印、是门房里的账房梁先生。一行人穿过漆黑的院落进到西屋。桃儿已经拖着凸突的肚子站在西屋中间。

"开灯——"冯官印镇定地说。

灯光下,人们看见坐在床沿上桃儿奶奶昔日衰老疲惫的容颜已不复存在。

脸膛上神情显示依然沉浸在睡意当中,睡意中的神情超然悠远,栩栩动人。

"我是老孔啊!"桃儿的奶奶粗重的喉音又一次响起。"嘻嘻……不认识我啦,老冯?我是老孔呀!"徐徐上升的嗓音回响在西屋低矮的空间里。

"认识,我怎么能不认识老孔哪!"冯官仲倚在墙壁上望着端坐起来的母亲,

"老孔你好吗?"冯官仲问道。

"我冤哪!"桃儿奶奶干瘪的嘴巴一阵抽动,发出来哽咽的动静。"我冤哪,老冯呀!——咱俩那天在街口分手之后,我上了一趟厕所。"

孔家璧从厕所出来,站在自家台阶上揿响门铃。

"我从来没有揿那么长时间的门铃。"桃儿奶奶翻动一下惺忪的眼神。

门开了。

"'怎么才来开门?'"孔家璧以为开门的是宋妈。黑影在门里一闪。"我感到口中被东西捂住。"桃儿奶奶挥动着手臂向自己嘴上捂去。"我就什么都不知道了。"桃儿奶奶说。

孔家璧先是被蒙药捂住嘴巴。杀手把晕过去的孔家璧拖到院内,院地上躺着勒死孔家母女俩的长绳,长绳顺利地套进孔家璧的脖颈。

"他们把我们一家三口拖到东屋装粮食的仓库里面。"

仓库里挂着成扇的猪肉半子,摞着整袋的大米白面。东屋铺板上已经摞上去司机老妈子厨子三个人。孔家的三人再摞上去。

"我们六个人正好顶到东屋顶棚上面。"桃儿奶奶手臂往上比画着,随着比画的手臂,桃儿奶奶站起来。"我不认识他们,我到死也不知道谁杀了我们,我冤哪老冯——"

"是图财害命!"冯官仲想起《夜光周报》上这样写的。

"图财——"桃儿奶奶放下手臂。"人为财死鸟为食亡啊!"

"人为财死鸟为食亡!"冯官仲想罢一阵心寒。"老孔你安心走吧,"冯官仲说。

"我不安心哪,冤魂是不得安心的呀。"桃儿奶奶说。

"那你坐吧,孔先生。"账房梁先生说。

"老梁——看你,要不是你我还进不来门哪。"

天一黑下来,孔家璧在门口等到半夜,还没有人出来。

"你们家门口的门神不让我进去,老梁后来你出去关门。"账房先生出去给大门加上顶门杠。"我藏你大袍下面进来的。"孔家璧藏在账房先生的大袍下面进门来。"我得走啦,蓉蓉还在等我哪。"

"再坐会儿吧。"冯官仲说。

"不啦,蓉蓉他妈也在门口等我哪。"桃儿奶奶突然大步流星地走起来。"我出来的太久啦,"桃儿奶奶边走边说。"瞧——官印,那天给你吓得,"桃儿奶奶指点着冯官印停下来。"那天你们在我旁边停下来,给我点上一炷香,是不是?"

"是是是!"冯官印忙闪开路。

"我跟你闹着玩儿,拽一下你大袍,瞧给你吓的!"桃儿奶奶继续迈开大步。

桃儿奶奶从门槛上走过去,咣当一声门槛绊住桃儿奶奶的脚。

"哎唷——"桃儿奶奶叫着跌到院落里。"哎唷好疼啊——"冯家二兄弟扶起她来,桃儿奶奶跌肿了脸部。"你们也不管我叫我躺在外面。"桃儿奶奶到屋里完全苏醒过来,完全恢复了往日形神枯槁的样子。

1949年10月1日，冯官仲站在小大院水泥台阶上面，面对着满院无数挥舞的红绸。秧歌队在大街小巷里宣传着新世界的来临，沿街的喇叭里正传颂着一个高亢有力的声音，这声音同时向全世界庄严地宣告：中华人民共和国成立了，中国人民从此站起来了！

"总算过去啦！"冯官仲在这个秋阳满目的日子里感到轻松自如。

"那天晚上可把我们吓坏啦。"梁先生也想起孔家璧阴魂附体的夜晚。

"我们以为那时灾难就要临头。"冯官仲如释重负地与账房先生相视一笑。"我们以为杀手就要来到。"

那天夜里，南所胡同36号做好了迎战的充分准备。

后妈抱着桃儿两岁的儿子来到他们身后，让孩子看这满院的秧歌队、舞龙队。

秧歌队由一头威武的龙头领着，随着鼓点，龙头浑身金色的流苏跳动起来。这一日，小大院紧闭的大门全部打开，出现在秋阳之下的人们，冯官仲觉得他们都很陌生。

"你们都认识吗？"他问桃儿后妈和账房先生。

"都面惚的。"桃儿后妈说。

"面熟。"梁先生说。

"都许久没有露面了。"冯官仲想。

"官印哪？"桃儿后妈问起冯官仲吊着一只烂眼的弟弟冯官印。

"参加了工作队。"冯官仲想起冯官印甩袖而去的日子，正是冯家感到大难临头之夜的转天黎明时分。

"桃儿你来看这热闹场面。"后妈喊着院里埋头洗着尿布的桃儿。

"我抱着吧。"桃儿接过去孩子，他们一齐观看着秧歌队。

"这孩子长了一副机灵相。"后妈望着男孩的眼睛说。

"叫姥爷亲一下。"冯官仲抱过去。

"不像桃儿。"后妈说。

"不像嘛？"冯官仲举起孩子看着。

"眼睛太小。"后妈说。

桃儿也觉得那个地方不像。

"桃儿眼睛大他眼睛小。"后妈发现。没有人再吭声,都去看舞龙队和秧歌队。桃儿脸上闪过一丝阴云。那是栀子花飘香的夜晚留在心灵上的阴影。

冯官印再次出现已经是一身洗白的军便装,一顶同样洗白的军便帽。冯官印把一个惊人的消息带给冯官仲:

"桃儿必须去兴凯湖劳改农场。"

冯官印坐在院内葡萄架下说这番话的。成串的葡萄嘟噜在他的肩头左右。

"为什么去?"后妈问。

"她有了没爹的孩子。"冯官印把成熟的葡萄往嘴里扔着。

"那怎么着?"后妈说。

"怎么着?——罪恶!——婊子!"冯官印鄙夷地皱着鼻子。

"不去!"

"那好,别跟我吵!"冯官印起身舒展一下四肢说。"我在这家里受尽了剥削和压迫。"

"你——"后妈哆嗦着。"你胡说八道——冯官印!"

"怎么着?还想用炉钩子打我?"冯官印冷笑着朝门洞走去。

"为什么——"后妈颤抖着声音喊道。

"我去!"桃儿堵住冯官印的去路。"我去!"桃儿盯着他说。"把孩子给我,"桃儿转身对万分悲痛的后妈说。

"去找你妈。"后妈说。

已经长大的孩子走到桃儿身边。

"我去看看姚。"桃儿望着一筹莫展的冯官仲说。

桃儿走进姚的房间。房间已经恢复原来的格局,只是依然用栀子花装饰着门厅窗台和阳台。姚坐在花丛后面望着窗外。

"姚——"桃儿叫道。

姚没有看她。是他的眼神没有移动。

"你的眼睛?"桃儿看见他的眼里没有光泽。

"瞎啦。"他说。

"看不见啦！"桃儿惊叫一声。

"就是那回以后——"姚平静地点点头。"但我能够看见你。"姚说。

"别说啦。"桃儿心里很乱。"我走啦，我这一走恐怕很难回来。"桃儿说。

"我听说啦。"姚在花丛中流下眼泪。

"孩子给你，你是孩子的父亲。"

桃儿叫孩子过去。孩子奔向那些灿烂的栀子花。

"这么香这么漂亮。"孩子的鼻子伸进花丛里。

桃儿的鼻翼蓦地一酸。桃儿深切地感到栀子花的芳香。桃儿转身离去。

桃儿乘上一列开赴黑龙江省密山市的火车。同车的有妓女一贯道主旧社会的军警宪特，都是新时代的渣滓儿。密山市境内的兴凯湖三面环水，犯人插翅难飞。兴凯湖属于北京公安五处的劳改农场。桃儿是于 1953 年 3 月被判劳动教养三年的。

昔　日

　　桃儿关上公猪舍木板门，饲料间墙壁上有人正画着漆画。漆画上白的黑的母猪，领一群同样白的黑的小猪。疤拉张队长从猪舍中间穿过，蹚起道路上的麦秸与尘土，土黄色军装上下攒动。夕阳顺着猪舍铁皮屋顶照亮对面墙上的漆画。画漆画的女孩站在梯子上，梳着和桃儿一样的五号头。画漆画女孩有一张不苟言笑孩子般的脸庞。桃儿远远观望梯子上画漆画女孩。疤拉张队长叼上烟，也去看一墙的白猪黑猪。

　　"张队长——"桃儿清晰地喊道。

　　画漆画女孩没动。

　　疤拉张队长跟着桃儿走进猪舍。疤拉张队长有一张叫子弹打碎颧骨的脸。

　　"真他妈有才！"疤拉张队长没有瞅桃儿说。

　　"她是北京学生。"桃儿在宿舍里听说她写反动标语。

　　净是猪声。

　　"她父亲是一贯道主。给镇压之后，她往大街小巷上贴。"

　　疤拉张队长没有吱声，看着桃儿肩上柔和浅黄的头发，手搭到桃儿肩上。桃儿回头笑着，笑出来咕咕的声音，像瓷罐里发出的动静。

　　"我一听这动静就受不了！"疤拉张队长颤一下。

　　"怎么啦？"桃儿踮起脚尖，脸挨一下那侧叫子弹打歪的面颊。

　　"我受不了。"

桃儿抚摸着军装下面的背。他们走在猪圈中间夹道上。

净是猪声。

他们坐到值班房炕沿上。疤拉张队长目光没有从桃儿脸上移开。

桃儿身子偎过去。

"你真是不一样。"他说。

"怎么不一样?"他们听不见猪声。

"你扇曹的耳光时候真不一样。"

"曹推朱推来推去的。"

"你手里攥着一把镰刀。"

"朱给他哭给他跪下,他还推他。"

"曹可是'菜市口老四'。"

"我敢拿镰刀砍他,我敢。"

"你敢!"

"真的。"

"我信。"粗糙的手摸她的脸。玻璃上爬行着一只绿色的苍蝇。

"杨队长给我带来了场部技术员。"桃儿抓住粗糙的手盯住苍蝇。

"跟我说啦。"

"你说哪?"

"我说什么。"

他们不再吱声。听见猪与苍蝇的声音。

"我和他没有话说,"她说。就是坐一块也不会说什么。

"他当过特务。"疤拉张队长说。

"我不喜欢我们没话说。"

"说你们在北京你们都干什么,你们就有话了。"

"干什么也不愿意听他说那些。"

"是你愿不愿意。"

他们不再说话。子弹打歪的脸上流出黄色的东西。

"我以前的,看我带来我以前的一张照片。"

"是你吗?"

"不像吧。"

"留着光头。"

"村里的男孩子都留光头。"

"挺精神的,特别是眼睛真干净真有神。"

"再看现在。"

"现在也挺好,我就爱依你身上,不记得我依过谁身上。"

"你父亲身上。"

"我父亲开绸庄米店首饰店我是后妈,"桃儿咽一下口水。"我不愿意说他,他给我娶了后妈。后妈把好吃的都留给自己孩子吃,我骑在门口石狮子上骂她,我不愿意说她。"

"那你就不说她。"

"要不是孔家一家给勒死那桩事,我就忘了我们家。"

"我看过《夜光周报》连载过,我那时在北京外围打仗。"

"后来孔家的魂儿附在我奶奶身上。不说他们了。"

"那就说那个场部技术员。"

"也不说他。"

"那干吗?"

"我想睡觉。"

"睡吧。"

"依你身上睡。"

"噢——睡吧!"

一枚漂亮的蘑菇放在水闸水磨石台阶上,苇塘里停着一艘帆船,光沿着太阳岗骑车过来,湖面上出没着野鸭,光穿着一件钢扣色的短袖汗衫,口袋里装着球赛时间表。天光挺亮,小湖里下甩钩的人看一眼劳改农场场部球队主力边锋在水闸上支住车。桃儿回一下头,没有站起来,紧抿着嘴唇,齐肩短发梳成一个独辫,独辫有玻璃丝缠住,玻璃丝黑色的。湖岗上摇曳着苣荬菜的黄花儿。

"有一场篮球赛。"光说。

"和谁?"桃儿问。

"八一农垦大学校队。"

桃儿没有再问。有一艘帆船在湖面上起伏，湖对面隐约出现密山县城的轮廓。

"场长来了。他说他妈的谁也别想溜号，得给我拿下三十六分。拿不下三十六分进禁闭室待两天。"

桃儿没有表情。湖面上吹过来一阵风，桃儿头发给吹到后面，露出耳朵，耳朵嫩得像去皮的水萝卜。

疤拉张队长穿过厚实的树林，选择一棵粗壮的杨树，躲在树干后面。阳光斜射过来，树干一半落进湖岗的阴影里。迎风而坐的桃儿两手微拢双膝，头朝一边偏去。桃儿的背影构成一种优雅的姿态。有一股学生味儿。北京海军大院的学生在八一湖垂柳下面早读时候就是这种姿态坐着。疤拉张队长是海军大院里的炊事班长。班长带一支竹笛来到湖边，面对早晨平静的湖水，吹一支《三大纪律八项注意》，再吹《东方红太阳升》。太阳正好升起来，染红了八一湖整个的湖面。女学生们没有留意过谁吹笛子。他听不见桃儿说话，传过来的是技术员的嗓音。身材颀长的光技术员始终站在台阶上，一只手拢着中间分开的头发，一只手插在腰间，瞭望着湖面。

"在北京你是特务？"这是桃儿第一次主动回头问话。光愣怔一下。"特务单位在哪儿？"

光说出自己的单位名称：晋察冀辽特别活动站。光挺好的情绪陡然降落下去。

"她那咱还是学生。"光想到。

"我骑车把整个北京城转遍也没瞅见你说的那地方。"桃儿说。

"那儿不挂牌子。"

"在哪儿？"

"后马场12号。"

"那我知道，在那门口我被人撞过一回。我骑一辆车他也骑一辆车。他是钢铁学院的学生，带一副眼镜，我一抬头看见那门脸儿可够阔气的。"

"你说的是门脸儿上两排像金镏子一样的东西，闪闪发光。"

"我问我父亲，我父亲说那是王爷府。"

"我们进驻之前王爷就被镇压了。"
"怎么回事?"
"那家王爷给日本人干事儿。"
"那你知道北京3号凶宅吗?"
"我知道,开首饰店的一家三口人一大早晨给勒死啦。"
"那地方远离后马场,在西城。是新璧街明光胡同3号,我家在新璧街南所胡同16号。我们两家隔着一条西夹道。我和他家蓉蓉最要好。"
"我知道那是个命案,好像是图财。"
"和我奶奶说得一样。"
"那家王爷其实也是这么给暗杀的,安个罪名罢啦。"
"你怎么知道的?"

光想起一个夏日的午后,在一面墙壁上碰到那个暗门机关,随后暗门打开,看见一些东西:烟枪、字画、云南普洱茶,还有一张名单,上面写满京城首富们相互拜见时送礼的姓名,蝇头小楷写在老道林纸上。光想起那个遥远的夏日午后。

"后来《夜光周报》全文给登出来,叫《3号凶宅始末》,"光说。"是署名小飞的作家写的。"
"编的,"桃儿说。"你在场部科室里干什么?"桃儿站起身问。
"管畜牧场。"光回答。
"你认识蘑菇吧?"桃儿的目光示意那蘑菇。
光顺着桃儿视线看见水磨石台阶上一枚白色蘑菇。
"别动,有毒!"桃儿说。
"动一动没事儿,"光举起蘑菇。"花脸蘑!"蘑菇叫斜阳照出条条的花纹儿,甚是漂亮。
"'鹿圈'毒死三个人,"桃儿又去望湖水。"还有一个送医院路上死的。"
光想起不久前那个叫"鹿圈"的地方。
"她们刚来就去给鹿挖野菜吃,看见树林里许多蘑菇。她们采一篮子好吃好吃就都吃光。"桃儿说。

"你怎么也采了。"

"在猪号粪堆上一片一片的。"

"蘑菇越漂亮越有毒,有虫子眼的才能吃。"

"她们不知道,她们都才17岁,她们都给埋在太阳岗沙土里,"桃儿说。"场部发电报叫她们家里来人,一个人也没有来。"桃儿想要是换上自己家里也不会有人来的。桃儿抬起目光,他们的目光第一次相遇,他们的目光在一起持续了一会儿工夫。

他们面对面叫斜阳照亮头发。湖面上升腾起雾一样的水汽。下甩钩的人下了湖岗,沿着树林里的一条窄道走过去,没有发现树干后面有人。

疤拉张队长紧赶几步,打开木板门。桃儿从褥草后面看见他。麻雀从他们头上飞过,桃儿脸颊挂满汗水,疤拉张队长坐到门口腐烂的木头上抽烟。

"你进去吧。"桃儿说。

"我得洗把脸。"疤拉张队长仰脸瞅见桃儿叫褥草割红的脸和脖子,阳光照彻那张歪斜的脸,桃儿正好看见,马上调转目光去看猪舍外面的粪堆。粪堆上生长着粗壮的蒿子。"我的脸是不是很难看?"疤拉张队长说。

"我没觉得难看。"桃儿说。

"嘿嘿嘿——真的。要是我的脸不这样……"

"不这样干吗?"桃儿手挨一挨那张脸颊。"我的手上都是汗。我忘了带手套。"

巴拉队长不言语。公猪们站在猪圈的泥里朝这边看。它们脚下散落着麦粒。

"我的手拉不拉脸?"桃儿问。

"我明天不叫你放猪啦。"疤拉张队长说。

"不放猪干吗?"

"你去饲料间。"

"我喜欢它们。"桃儿指着圈里的猪。猪背上粗硬的鬃毛叫阳光照亮。它们在湖里游完泳，一个个精神抖擞地围住桃儿。它们一个接一个用嘴拱一下桃儿的脚，哼叽一声卧倒一片，一片干干净净黑的白的公猪。疤拉张队长靠在猪舍红砖墙壁上。它们的首领叫"小猫"的公猪站在槽子旁边。桃儿指着圈里的"小猫"。"小猫"的獠牙最长。"谁的獠牙长不一定厉害。'小猫'厉害'小猫'胆子大有心计，'小猫'就是它们的首领。"桃儿说圈里猪的时候，双手压在墙上。

疤拉张队长感到桃儿脸上生动的神情。

"行啦。"他的手停在桃儿的腿上，桃儿的腿正在他端坐的脸部。桃儿的腿在打着补丁的工作裤下面粗壮白皙。"我一看她的样子就受不了。"他向往着。"你总这么大声说话。"他说。

桃儿收住声音。

疤拉张队长无声地笑着，继续拍桃儿的腿。

"你知道我打过仗。你知道我打仗的时候，和我一块参军的小子们叫炮弹轰的一声炸得粉碎，一条大腿落下来砸到我背上，"疤拉张队长眯缝起眼睛注视着阳光下猪圈和猪圈前面饲料间的墙壁。"你猜怎么着？"疤拉张队长说，"我一脚给踹下去骂一声去你妈的蛋吧就完事啦。"

"你干吗说这些？"桃儿说。

"我看你刚才说猪的样子，我就想起这些东西。"

"你一说这些东西脸上一点表情也没有。"

"嘿嘿嘿——我没有表情……我看到你说起那些牲口都那么带劲儿。"

"你别瞅它们是牲口，它们像人一样也有感情。"

"我没有感情吗？"疤拉张队长问。

"你走在道上脸总绷着。"

一辆牛车停在饲料间门口。牛缰绳拴到树干上。车板上用席子卷成的席筒，装满玉米粒儿。玉米粒儿黄澄澄地冒出尖来。

"你不用去卸车。"

牛把式在喊人卸车。

"我得去。"

"你不用去。"

"卸车都要去的，一个人不行。"

"不用去。"

"也正好没有洗手。"

"我说你不用去。"

"你进屋去吧。"

"不用去！"疤拉张队长没有抓住桃儿一双灵活的腿。

桃儿伏在猪圈木板上回头说："等我一会儿回来，里面大锅里可以洗澡。"桃儿冲他莞尔一笑。

阳光里，疤拉张队长在砖墙上仰着头，一支烟粘在嘴唇上，青烟从那张叫子弹打歪的面孔前面掠过。

依然是在那棵树后面，依然是夕阳西下湖面泛起雾一样的水汽。疤拉张队长看见那两个身影，那两个身影在天傍黑里偎在一起的。

"城墙上有好多黑天天果儿，一蓬接一蓬的，"桃儿说。"我背着一只小红皮包儿。我九岁时候就背着小红皮包，跟着我爸出入四川饭店。就是西绒线胡同那家四川馆子。"

他们背后有树的声音，湖面上泛着一波一波幽幽的波光。

"你怎么不说话？"

"嗯——"光的声音缓慢得有些暗哑。"我在天津上学时候，我骑的是一辆德国'蓝'牌车子。"

"'蓝'牌车子我也骑一辆。我和钢铁学院学生在你们单位门口撞上，就骑一辆'蓝'牌女车。"

"我父亲那咱干'红帽子'。"

"什么'红帽子'？"

"就是在火车站帮人拎包的。比如谁带烟土大麻进不去站，我父亲就凑过去，问好价钱拎进站。"

他们的头发粘上湖里飘来发涩的水汽。

"你闻一闻。"桃儿说。

"什么？什么味儿？"光环顾一下四周。背后的树林厚厚实实。

天空上还有一抹淡青色，已经是一空的星星一片的蛙鸣。

"你说怪不怪，"桃儿说，"我总也忘不了那个钢铁学院学生。我那回膝盖蹭出血，他问我要不要看大夫，我说不用看大夫。他朝我望一眼，那脸白净细腻，就那么一眼，我就记住那张白净的脸，怎么也抹不掉。"

光始终没有言语，光的手现在是另一种语言。桃儿的肩膀圈在那双手里，桃儿也不再言语。光闻到了苇塘里苇子散发出来的气息。他们听到背后树林的回声，这气息与这回声在他们心中翻腾。

"他们坐在水泥闸门上，他们的影子叠在一块。"疤拉张队长对自己说。疤拉张队长往怀里抱紧树干没动。一种声音从树上掉下来，砸了他满头满脸，砸得他有些晕眩。手在树皮上开始哆嗦，身子挤破树皮，挤进树干里面。

光站在洒满白灰的风化石道路上，两边是畜牧场的猪舍，猪舍左边有一片是茂盛的柞树林，柞树上面盘旋着大片的乌鸦。光拎着网兜捎着行李卷。光新理的头发从中间分开。光想着桃儿会出现在这条大路中央。正午时分，站在大道上的光又想到桃儿并不知道我来。柞树林旁边一条粗实的木案，木案上仰卧着一头褪去毛开了膛的白猪，另外一头没褪毛的黑猪趴在铁锅里，铁锅里发出开水沸腾的声音，褪毛的刷子刮出猪皮的动静，像开动电刨子的声音。

畜牧场的屠夫裸着膀子扎着油布围裙，叼着半截烟卷，眯起一只眼睛看着走近的光。

"下放了？"屠夫问。屠夫一口京腔。

"下放了。"光说。

树林上空乌鸦骚动起来，开了膛的白猪下水扔了一堆。下水的气息在空气中流动。

"来——"屠夫示意着。

"干吗？"

"抓住耳朵。"

光凑近锅沿儿，看见浮满猪毛的沸水。光抓住依旧浑身是毛的猪耳朵。

"抓住了吗?"屠夫问。

"抓住了。"光叉开腿。猪翻一下眼睛朝光看去,猪眼像死鱼的眼睛没有光泽。"活的!"光叫道,松开手,猪重新滑进沸水里。

"嘿嘿嘿——没见过吧?"屠夫说。

"活的——"光说。"怎么会是'活的'?"

"没干过吧?"

"没干过。我看过都是褪毛前捅完一刀的。"

"哪还叫杀猪?"

"场部都这么杀猪。"

屠夫把半截烟吐进沸水里,烟磁地叫一声。锅下面燃着劈柴,劈柴哔哔叭叭一阵一阵爆响。光重新叉开腿,躲开向上蹿出的火苗。

"那不叫杀猪,"屠夫继续说。"翻个个儿。"让光把趴着的猪翻过来。

火苗在阳光下变成微暗的火,猪整个翻过来,四蹄冲着天。开始刮猪肚皮上的毛,猪毛一片一片掉下来,猪皮上泛起一层粉色的斑点儿。

"在北京你就干这个?"光想到。

屠夫有一头浓密的硬发。

"我住在牛街里。"屠夫说。硬发笔直地长在头顶上。

"牛街——"光叫道。"牛街怎么可以杀猪!"光一脸惊愕,松开手,猪又缩进锅里去,沸水溅出来,他们同时一步跳出去。

"杀羊杀牛对吗?"屠夫说。

"对呀!"光知道那条街上住的全是回民,但他没有问。

"还杀人!"屠夫说着,重又去刮猪四个蹄子上的毛。四周只剩下刮子刮出猪皮的声音,屠夫盯着猪蹄的眼光里有一股杀人的红色。

光垂下目光,锅里的水泛起泡儿来,猪毛浮在上面一层。

光站一边看着屠夫褪完猪毛。

他们把猪抬到木案上面,屠夫转身抽出一把斧子,屠夫先把猪头劈开,猪骨渣儿和猪血四处溅开,直到露出来猪脑子为止。猪脑子很白很嫩。猪脑子完整地放在案头一角上，那里已经有同样完整的一副猪脑子。

"你来开膛。"屠夫说。

"不行，我干不了。"光觉得胃里上下蠕动。

"那你看着别让苍蝇爬上来。"

"我拿什么看着苍蝇。"

"拿这个。"屠夫找一块木板递给光。

光来回来去扇动着木板，苍蝇四处乱飞起来，苍蝇一身绿色的茸毛发出亮光。

疤拉张队长来取猪脑子的时候，正好上工的钟声响起。疤拉张队长认出来半截袖衬衫掖进腰带里、机械地挥动着木板的光。

疤拉张队长一路上惊动满地乌鸦。

光和屠夫停下来，下水上面仍站着一只乌鸦，叼起一条白色的肠子腾空而起。

"你是光？"疤拉张队长问。

"我是光。"光说。

"你是左边锋。"屠夫说。

"我是左边锋。"光说。

疤拉张队长那张歪脸颤动一下，光感到那张好眼里柔光闪烁。

"张队长——"

屠夫身子向前倾斜，胸前油布围裙打起一堆褶子。屠夫手掌里托着两个完整的猪脑子。

疤拉张队长接过来，手指插进去扣一块放进嘴里。

"热乎的。"疤拉张队长说。

"热乎的。"屠夫说。

"挺好吃，你来一块儿。"

"是挺好吃的。"屠夫吃一块儿。

"你也来一块儿。"

"我不行。"光说。

疤拉张队长托着两副猪脑子离开，树林那片乌鸦在争夺一条猪肠子。

　　桃儿在下班之后,在那条白灰大道上看见光。他们并肩朝太阳岗走去,一路上没有声音。
　　湖面依然如往日平静往日妩媚,苇塘和树林显出深绿的颜色。
　　桃儿拉住光的手。
　　"你怎么不说话?"桃儿问光。
　　"没怎么。"光脑子里叫粗实的木案和雪白的猪脑子装满。
　　"你平时不是这样的。你是不是下放了觉得不好受。"
　　"我没觉得不好受。"
　　"场部热闹。场部还有动物园。"
　　"不是,不是这个。"
　　"哪是什么?"
　　"我想脑子。"
　　"脑子什么。"
　　"猪的脑子。"
　　"都说猪没有脑子,其实猪有脑子的,"桃儿想起"小猫"。"'小猫'最知道我要干吗,"桃儿脸上放出兴奋的光芒。"我一举鞭子'小猫'就停下来。"
　　"什么'小猫'?"
　　"我养的猪呀!"
　　"噢——不说它们。"
　　湖面上折射过来的湖光照亮他们的脸,和他们身后的森林。树林里有人在伐树。树伐下来破成板子夹成猪圈。斧头杀进树干,咣咣的闷声沉重有力。

　　光拎着注射器去给母猪打针。整面墙上画满漆画,漆画上异常肥硕的猪们,闪烁着刺目的光芒。拉草的马车从光身后经过,新鲜的麦秸金黄金黄,疤拉张队长出现在马车后面。他们面对面。疤拉张队长咳嗽一声,光清瘦的脸上布满笑容。

"把猪舍墙上都画满它。"

"真不错。"光说。

"光是黑的白的不好再上上彩儿。"

"那更不错。"

"猪要是像画上的就好了。"

"那就更好了。"光说。

"你用不着这么早上班你先转一转。"

"我去5号猪舍给母猪打一针催产针。"

"你先跟我转一转。"

他们朝前面一栋崭新的猪舍走。有人正在钉猪舍的新圈。木板松软，散发着柔和的光。斧子和锯在忙乎着，斧子的声音四处可闻。

"你在场部整天打球?"

一堆木板堆在路中间挡住他们去路。

"我吃完了晚饭才打一场球。"

"那个中锋个子比你高一头。"

"他以前在'壳'牌石油公司专业队打主力。"

"你呢?"

"我没有打过专业队。我就在天津上中学时打过校队。"

"你投球比中锋准。"

疤拉张队长坐在木板堆上。一头母猪带着七八只小猪停在木板堆前面。小猪们钻进木板缝里，母猪的肚皮下垂着两排奶，粉红的像两排倒扣过来的碗。

"它们怎么钻出来的?"疤拉张队长冲着那边钉圈的人呼喊。喊声刺耳。

"母猪圈的板子烂了猪给拱开的。"手握着锯的人紧眨着眼，眼上面有两团又黑又浓的眉毛。

光摇那堆木板轰着小猪。

"母猪一走它们就出来。"疤拉张队长说。

光继续摇着那堆木板。并不见小猪出来。

"我说你还得打球。"

"我晚上骑车去场部用不了多长时间。"

"我喜欢看球，喜欢看赢球不喜欢看输球。"猪舍的铁皮房顶反射着光芒，像一面巨大的镜子。"就跟打仗一样，喜欢打赢仗不喜欢打输仗，"疤拉张队长在木堆上侧过身，看见那些刺眼的屋顶。"你打过仗吗？"他问光。

"我没有打过仗。"

"你怎么能没有打过仗？"

"我没有放过枪。"

"你怎么能没有放过枪？"

"我当的是文职，再说北京是和平解放的。"

"那也得放过枪！撒谎！"

"真的，我真的没放过枪。"

"哪天我找子弹咱们比一比。"疤拉张队长手做成枪的样子瞄准铁皮屋顶上的烟筒，上面有一个抽烟机呜呜地叫唤。钉圈的人跃过水沟，轰走母猪。母猪硕大的耳朵扇动中嘴里哼叽着，木板堆里的小猪纷纷追赶上去。

腰里缠满速猪的绳子。屠夫手摇着绳子的另一头。圈里的泥散发出臭味儿。雨靴陷进去，猪从一个角落逃到另一个角落。桃儿看着挤成一堆的肥猪，桃儿弓着身子趴在猪圈板杖上面。

疤拉张队长站在旁边。

"吓得它们脖子上的毛都竖起来了。"桃儿指着母猪说。

"你没看见杀它们时候，屎都拉一地。"

"我光听到猪叫，你别叫他晚上也杀猪。"桃儿在宿舍里深夜听见杀猪的嚎叫。"我一听见那动静就受不了就得捂住耳朵。"

"你不是胆子挺大的。"

"我胆大可我听不得猪叫。"

"那为什么？"

"杀它们我想我养的公猪也得被杀！"

"养它们干什么？"

"你问我？这还用问？"

"哪天我用枪打它们，"疤拉张队长脸抽搐一下。"哪天我和光比一比，用枪看谁打得准。"

"他没放过枪。"桃儿说。

"他跟我也说没放过枪。"疤拉张队长看着桃儿。

身子滚圆的猪被绳套套住脖子。

屠夫朝他们望去。

"这头不是最肥的。"疤拉张队长说。

屠夫松开打着活扣的绳子。

"那头挤在里头的最肥。"疤拉张队长说。

屠夫开始向里面进军。猪都转移到另外的角落里。

"该杀的东西。"屠夫骂道。

"你和我去看看。"疤拉张队长说。

"我看不了杀猪。"

"你跟我去看一遍就不害怕了。"

"我其实不是害怕。"

"那是什么？"疤拉张队长从板杖上离开向大道走去。

桃儿怔怔地站着的工夫，饲料间的粉碎机转动起来，整个的倭瓜扔进铁皮翻斗里，从老高的卷筒里射出来，堆到墙根下面。阳光下，粉碎了的倭瓜鲜黄的一大堆，渗出浓浓的水珠儿，散发着甘甜的气息。

桃儿和疤拉张队长说话时候，屠夫把打活扣儿的绳子抛出去，绳子在空中飞成一个圆圈儿，套住那头肥猪的脖子，屠夫把它拽出猪圈。

"你去不去？"疤拉张队长站在大道上喊。

桃儿跟他们拉开一段距离走在大道上。

屠夫边走边放着满腰的绳子，越放越长。

肥猪趁机往旁边水沟里跑，绳子绷紧拽回来，肥猪经历几次失败，只得沿着满是白灰的大道走。

屠夫向后仰着身子，仿佛他是猪拉着的一辆车。

"我不能看杀猪。"桃儿停下来。

屠夫和疤拉张队长在阳光里走进一堵墙墙角,墙上面没有漆画。为吓跑狼,墙上面用白灰画满圆圈儿,夜里分外耀眼。疤拉张队长重新出现在那些圆圈下面。桃儿看见那张叫子弹打歪的脸。

"我不去。"桃儿眼睛闭一下。"我看不了。"

"不去就不去,我们沿着大道去太阳岗站一会儿。"

"我得给猪添料。"

"你不愿意去。"

"我愿意。"

"那就走吧。"

"我不愿意看杀猪的场面。"桃儿说着跟着疤拉张队长朝前走去。

"我知道你不愿意跟我去湖边。"

"我愿意。"桃儿说。

拴住的猪出现在大道旁边。屠夫在冲刷着杀猪案子。苍蝇轰的一声四下散开。杀猪案子叫猪血浸得发黑,厚厚一层淤积的血。流下来的水在地上散漫开几缕,屠夫举着杀猪的刀砍下去。刀刃陷进去,剩下刀背。屠夫用力一弯,弯出一块仍不见黄色木茬儿。

"有三指厚。"屠夫举着那块其实是淤积的血,让疤拉张队长和桃儿看。

"快走吧,"桃儿说。"刀一会儿就要该捅进去。"

苍蝇重新回到案子上。桃儿最后看一眼即将挨杀的猪。屠夫进锅炉房去换围裙。锅炉房四围和房顶都钉着石灰瓦,石灰瓦灰白灰白的,锅炉房顶上也就是灰白灰白的。

饲料间房山上的漆画画完最后一笔,画漆画的女孩从梯子上退下来,漆筒挂在梯棱上。房山洒满阳光。上面的猪硕大的耳朵、短短的腿、没有脖子。猪仍是黑的或白的。阳光把它们照亮。画漆画女孩胳膊肘杵着牛车的车辕,斜着头瞅那面墙。桃儿拎着空水桶看见她。水流进圈里的石灰槽中,猪嘴埋进水里,吸水的动静像一台抽水机。桃儿看见她斜倚着牛车。牛车上放着牛的用具。桃儿隔着牛车和一个偌大的猪圈看那幅画,桃儿觉得那上面的白漆有些耀眼,所以看不清白猪的模样。黑猪显得更醒目更鲜明。猪的头都很胖,四肢和身子更胖,极像年画上抱鱼的男孩。桃儿目光转向画漆画的女孩,她的脖子后面头发剪得短,和领子之间有一条白杠儿。画漆画的女孩始终没有回头,画漆画女孩咬着手指,一只脚踩在另一只脚上,头发上也粘着星星点点的白漆。一头牛顺着大道拣着道路上的豆秸,缓慢咀嚼着。牛一路上摇动长长的尾巴,赶走牛蠓。牛开始在画漆画女孩后面嗅自己的牛具:嚼子牛鞦和皮鞭。

光随着牛踏上一条石板。石板那边是猪舍的木门,这边是猪舍的大道,污水从石板下面流过。牛哞哞叫起来,太阳扎到柞树林后面,墙上的漆画在暗下去的光线里,完全显出它们的轮廓。画漆画的女孩吁口气,她发现强烈的光线穿过树林之后就变成微灰的颜色。

"你看她。"桃儿拎着一把竹扫帚。

光才看见那个倚着牛车倾斜的背影,和背影有一段距离的那面墙壁及墙壁上的漆画。

"这些漆画都出自17岁女孩的手。"桃儿说。

"我从没见过她的脸。"光说。

"她总在上面画画,她从不和人说话,"桃儿说。"我看见那些猪就想笑,她把它们画得叫人绷不住想笑。"

光看见淡紫色光线里的画面:猪脸上挂着笑容。猪圈里的公猪们喝完水,画漆画的女孩调过头。牛仍在那里嗅着自己的牛具。光和桃儿已经转移了视线。他们的手在一块翘起的木板上攥在一起。画漆画的女孩看见青年男子的侧影,穿越树林的斜光从光的头顶鼻梁嘴角和平直的前胸掠过。猪圈木板的影子及他们身后自己的影子一起落到墙壁上面。

他们顺着叫作太阳岗湖岗往上走。湖面及树林很寂静。

"我们去树林,不是后面这片树林。"桃儿从光肩上朝下看去,树干一律在太阳岗的阴影里,树梢在向晚的霞光中,湖面徜徉着晚霞的光芒。树林里有一只归巢的喜鹊叽叽喳喳地叫唤。树林里面空气沉闷，喜鹊从一个枝头跳到另一枝头。"不上这个林子，"桃儿听着喜鹊的叫声。"上猪舍那边的柞树林。"

疤拉张队长盯住喜鹊，喜鹊躲着他头顶的树穿行，上上下下碰不着树枝。

水闸下面一条渠干。他们走上胶泥铺就的凸凹不平的道路，渠干在他们身边。

"那里的院子很大，有个叫吕祖阁的庙，"桃儿开始说。"尖顶的庙，尖顶上面有个小神佛龛，里面有个欢乐佛。一个男的和一个女的搂在一起的欢乐佛。钟一响，出来一个和尚在庙门口舍粥。枣和季米做的粥黏得厉害。我每天早晨起来就去喝粥。我爸说你干吗偏喝那地方的粥？我说我就爱喝那地方的粥，我抱着大碗去打粥。那时候我还没有后妈，和我爸两个人住着带套院的大宅子里。"渠干里有充足的湖水，渠干上面是一排草顶坯墙的家属房。烟囱正冒着烟，青烟在夕阳里飘进柞树林。树木沿着渠干越往前越显得密，走着走着听见猪舍的猪叫。"后来我家带套院子的宅子叫史可本霸占去。史可本给日本人当翻译官。我正在睡觉，我爸抱我我知道，我听见房顶上有咕咚咕咚脚步声，我们跑出门，房上人就开枪了。"

光停下脚步，柞树锯齿一样的叶子在他们周围悬挂着，弯曲颀长的树干，枝叶繁茂。光朝树林外面望去，猪舍影绰可见，只是由于光线的作用，猪舍极像电影胶片里的一些景物。

桃儿双手抱住光的脖子。

"我后来就和我爸逃回山西榆次老家，我爸在快过年的日子里成天去车站堵截史可本。史可本老家也在山西榆次。史可本是大年二十八回来的。一下火车，我爸上去抓住他领子就给他一记耳光。"桃儿笑起来。

光看见桃儿满脸笑容。光脸上没有笑容，光的脸叫柞树叶遮得黯淡无光。桃儿闪亮的眼睛顺着细长的柞树干看见天空渐渐转入微紫的色调。

"你怎么不说话？我跟你一说过去就特别高兴，你呢？"桃儿问。

"我也是。"光说。

"你后来呢?"

"我后来什么?"

"你不是说你在天津上学。"

光的手伸进桃儿脖颈下面,在桃儿光滑的脊背上滑动。

"我在天津上学,我念的是日惠学校,升日本旗唱日本歌儿。我要去日本念书的时候,我父亲腿断了。我有一个亲戚,那亲戚那时候任保定特别活动站站长,后来任晋察冀辽特别活动站站长,再后来转为北平站站长的。"

柞树下面一寸高的小草,桃儿躺上去,舒展开身子,桃儿目光游离出去。

"我在北平站当上了译电科科长。"

"我爸后来找了后妈,"桃儿说。"我记得我妈因为我爸总带一个烟馆的女人,那女人外号叫傻子,其实精得过分。我爸后来把傻子带家里打牌。我妈是那种老派女人,从不爱说话,总回里屋生闷气,气得后来肚子就大了,胀得像气球亮晶晶的,里面都是水。我爸在我妈死后也没有娶傻子。"四周变得模糊不清。桃儿把一根草茎放在嘴里嚼。光去亲她,先是亲到绿色草根味道。桃儿的嘴仍在动。"我后妈不知道怎么的,我就是恨她,我骑在石狮子上骂她。后来认识那个水电部姓姚的,他总来我家打牌。"光咽下桃儿嘴上草根的味道,光为了听见桃儿的声音,光亲吻桃儿的耳朵。"你怎么啦?"桃儿的耳朵叫她像梦一般骤然醒来,停止回忆。

"我刚才亲你亲一嘴草根味道。"

"我把一根草都嚼了也没觉得苦。我说着说着就忘了,就把它嚼碎了,就把它咽进肚子里了,那草味儿我没觉得苦。我现在觉得苦啦,你闻一闻。"

疤拉张队长在渠干上蹲着,柞树林不像杨树林树干挺拔,柞树树桠从树根滋出来。疤拉张队长没有进入柞树林深处,渠干哗啦哗啦流水,流水里跳上一只青蛙,在他脚边草丛间跳跃,鸣叫,扰乱着树林里发出的声音。

拆圈的木板堆到锅炉房前面。炉灰一筐接一筐倒出来，积累得像一座小山的样子。光和兽医所另外俩人用锹把炉灰扬开。没燃尽和燃尽的煤渣铺得满地，煤渣里冒出缕缕青烟。屠夫赶着一辆牛车驶过来，牛边走边反刍。

"看你们就不像干这活的人。"屠夫说。另外两个兽医戴眼镜。戴眼镜的兽医看见屠夫。"帮我把它们周下去。"牛车上面扣着两口大锅。"不行你不行。"屠夫摇着手阻止他们俩过来。"左边锋你来，咱俩干活挺搭手。"

"你们怎么搭手他刚来？"戴眼镜的兽医踩着锹问。

"我们一起杀猪来着。"

"我和他杀猪来着，"光一边紧着腰带一边说。"我刚来的那天。"屠夫抠住锅沿儿。"那天有好些乌鸦，"光想到。"你这里总有乌鸦吗？"光也抠住锅沿儿。

"不只是乌鸦还有狗。有时候从树林里窜出几条狗。"

"狗？也没人养狗啊！"戴眼镜的兽医插嘴说。

"我也不知道。有一次我正在锅炉房里睡觉，睡到半夜叫狗给吵醒。"锅被移到牛车边上。"一、二——"屠夫咬住嘴唇，鼓起腮帮看着光。

"怎么啦你说你给吵醒怎么啦？"兽医问。

"我从窗口往外一看，"锅给扣过来，锅底儿黢黑。"那天没有星星没有月亮，满地一对儿接一对儿狗眼睛。"

"狼吧？"兽医问。

"狗和狼叫不一样。"

锅已经扣在地上不能直接翻个个儿，光和屠夫走到同一边，抠起来一起使劲周过来，尖尖的锅底来回来去地摇晃，压得新铺的炉灰咔咔直响。

"后来呢？"两个兽医身体压在锹把上。

"然后它们用爪子抓门。"

"就你这扇门？"光问。

锅炉房门上是油苦纸，用板条横竖钉起来。

"就我这扇门。"屠夫和光在周第二口锅。

"怎么呢?"兽医压得锹扎进地里。

"我扔出去两只烧好的猪腿。"

"你还有烧好的猪腿?"

"我准备叫人往北京带的。"

"你是回民你怎么往回带猪腿?"

"我是回民?我是回民吗!"屠夫朝光笑一笑。另一口锅没有挪,在车上就往下面直接扔下去。"你以为我杀过人?"屠夫夯着两只手。

"对——那天我跟你说我杀人来着,我看你一眼你把眼睛马上躲开。"

"你那么一说我再看你这一身穿戴……"

"我这一身穿戴怎么样?"

"你的眼睛真有那种东西……"

"什么东西?"

"杀人的东西。"

"嘿嘿嘿……"屠夫抬起手撸一下脖颈。"我是一名记者。"屠夫终于说。

"记者?你是一名记者!"光惊叫道。

"你知道北京有张报纸叫《夜光周报》?"

"我知道。那是一张八开小报。八版上有个专栏每期都有小说,专登一些情节性的小说。是那个叫小飞的作家写的。"光说。

"我采写的最后一桩北京的凶杀案,取名为《3号凶宅案始末》。那是一家老小在西城给勒死的故事,老少三口加上老妈子司机和厨子统共6人,3根绳子,一根勒两个。"

"作家小飞就是你?"

"是我,"屠夫叼上烟。"那篇东西写到一半,我打算连载一年,结果连载到四八年七月。那张报纸男女老少都喜欢。"

"我就喜欢我上街总要买一张。"光说。

"我想登它之后,再集成一本书。所以我就故意把每周的东西写得长一些。"

"我读的时候没觉得故意长,你是分章分回写的,写得挺吸引人。"

"那时候张恨水东西最吸引人,人人都习惯看他分章分回写的故事。"

"你的东西不是他的内容。他的东西儿女情长。"

"所以我想我必须有别于他,写硬派的故事。我想写成独树一帜的东西。写给男人看的东西,那件凶杀案正好是块好料。其实好多东西都是编出来的。为了引人入胜,我把它们扯到军统中统特别活动站里面去了。"屠夫说的时候,眼睛投到锅炉房那边。锅炉房烟囱正冒着烟。那两个兽医把两块晒干的腊肉从房檐下拽下来,腊肉上有一层灰尘,他们吹去灰尘,腊肉亮晶晶的透明。他们举着腊肉来回来去地看。屠夫拍一下光短短的平头。

"你住在牛街,"光说。"那你肯定做过礼拜、吃过斋饭?"光终于问出来

"当然,牛街住的哪有不做礼拜、不吃斋饭的。我还是阿訇!"

"你还是阿訇!"

"驾——"屠夫朝牛的胯骨踹一脚。牛车的木楔儿四处乱响起来。"干活吧。"牛车的轴辘压出煤渣咔巴咔巴的动静。屠夫坐到车辕上,两腿挨着牛肚皮耷拉下去。屠夫穿一件圆领的黑衬衫。光站在原地在想着阿訇这回事儿。"上车——你不是去兽医所吗?我去小湖拉水正好路过。"

光这才蹿一步跳上去。

"你跳得这么快不愧打篮球的。我喜欢看你打球。"屠夫没有回头说。

光站在牛车上。牛车载着他们上了白灰大道。剩下3口锅和一地炉灰渣在光的眼里晃动着远去。

"要是把上面涂上彩呢?"疤拉张队长问桃儿。桃儿正梳着潮湿的头发。"要是叫她把公猪也画上去呢?"桃儿身后的储水罐,罐表面生满铁锈,渗出水珠儿。疤拉张队长侧身卧在褥草上,头和身子构成一个直角,咬住一根麦秸棍儿。

"我是不是挺白的?"桃儿肩膀和腿白皙细腻。

"穿上衣服吧。"

他们在崭新的猪圈里。铺板散发出松油的香气,木板新锯出来的木茬儿黄澄澄的。

桃儿披上上衣。

"你跟我说说你家。"疤拉张队长没有瞅桃儿。

"我不愿意说我家。我是后妈。"

"你不愿意跟我说。"

猪在门外阳光里睡觉。

"我喜欢听你说你小时候,你小时候的样子——"桃儿想起一张相片上的光着头的疤拉张队长,桃儿抿着的嘴唇隐隐有些笑意。

"我小时候跟我爹干木匠,"疤拉张队长深深感到那笑意。"我推刨子比这帮家伙推得好,"他指着桃儿周围光滑的木板。"我后来没念书直接参了军。打仗的时候——打锦州。那子弹不像电影上演的。我跟你说过:老兵不怕炮,老兵怕号。号一响就得拼刺刀。"桃儿坐在麦秸上,阳光落在没有镶玻璃的窗框上,窗框的影子落在疤拉张队长后背上。"我记得大青山那一仗,我们推着死人往上冲。"

"推着死人?"桃儿问。

"把死人横过来,"疤拉张队长说。"号一响,老兵嘴里喊着完了完了,老兵还怕机关枪。机关枪一响,像下雨一样,哪个也跑不掉。"一只麻雀落到窗框上,印在疤拉张队长后背上,麻雀在窗框上跳跃,麻雀在他后背上跳跃。"老兵不怕炮。炮一响,趴下别动。轰轰隆隆一阵,天都炸黑了别动就没事儿。"手指在桃儿湿发上滑动,手指骨节像树上的树结。"我当兵的时候,头一仗打大青山就挨了炮。新兵听到炮响心就毛啦,像猪崽子一样:小猪一吓唬,四处乱撞。幸亏有个叫郑五的老兵按住我的头趴着。趴着看着和我一样的新兵猪崽子一般乱撞,看着他们像麦捆儿一个一个炸飞起来,胳膊腿呀和泥呀树桩呀一起飞上天。"桃儿抓住头发上那只手,桃儿抚摸着粗壮的手指,桃儿的腿在麦秸上伸展开来。窗户上的麻雀飞进来。猪在外面阳光里哼哼叽叽。麻雀绕着屋梁转悠。"老兵郑五最怕机关枪。

机关枪一叫唤，郑五就没办法啦。郑五是草原上的人。在草原上当王爷的卫兵，外号叫'双枪郑五'。草原上都知道'双枪郑五'。草原上的人马骑的特好，郑五是收编过来的'解放兵'。在东北我们打过一次围子，土匪的围子。没打枪土匪就跑了。我们在围子里刚刚睡下来，枪从窗口伸进来一排，对着满炕的人，叫我们投降。郑五说投降吧！把大枪咣啷咣啷扔出去，围子里的土匪就缺钢枪，都去拣钢枪啦。我们从窗户爬出去，上到围墙上边，一人守一个墙垛子，用短枪乒乒乓乓……逮篓里的鱼一样。一家伙打死一大片。你没听？"太阳叫乌云遮住，窗户的影子从疤拉张队长背上消失。

"我得放猪去。"

"你不爱听。"

麻雀在屋梁上落下，屋梁黢黑，长长的蛛网挂满灰尘。没有风，尘土也不摇晃。

"你跟我说说。"

桃儿穿上带背带的工作裤，裤子膝盖补着补丁。

"我得放猪去。"

"外面在打雷。"疤拉张队长看着桃儿扣着背带扣子。窗户上的光线和猪舍里的光线一样黯淡。

"打雷也得放猪，要不猪就闹圈。"

"你跟我说说你跟你爸上山西榆次。"

"我上山西榆次——"桃儿停下来，一条被带耷拉下去。"我说过我上山西榆次吗？"

"我瞎说的。"疤拉张队长说。

"我是上过山西榆次。"

"我瞎说的。"

"我说的？我跟你说过吗？"

"说过，老早说过。"

"老早什么时候？"

"你刚来上班，我们第一次在外面。"

"我不记得。"

"我记得。"

"我没说过。"

外面的猪开始拱圈的板子。外面雷声轰轰隆隆。

"你不愿意跟我说,也不愿意听我讲。"疤拉张队长攥紧崭新的麦秸,朝旁边一把一把扔。"我的脸要是不被打中。"

"不是——你别想那么多,我得放猪去啦,"桃儿弯下身抓住疤拉张队长的手往自己胸上按一下。"你现在不愿意摸我啦,"桃儿站起来。雨顺着空荡的窗口打进来。"好久没有下雨了。"

窗框上噼噼啪啪响起来。

"你信不信我一枪把那只灯泡打碎。"疤拉张队长用嘴努一努,示意着屋梁上垂下来的灯泡,灯泡上粘满麻雀屎。

"我信。"

"你不喜欢吗?"

"什么?"

"打仗。"

"我没见过。"

"你不信。"

"我没见过。"

"你不怕——你喜欢什么?"

"我喜欢我的公猪。"桃儿走进雨里。猪圈和圈里的猪叫雨淋湿。猪在泥里沉思,听着雨打在自己背上,猪安静得像一片石头。雨锤打着大地和大地上一切事物,它们发出共同的雨声。

"我一枪打着它,一枪打得粉碎!"疤拉张队长想。

画漆画的女孩望着雨水浸透的白灰大道,铁皮屋顶和视线里远处的树近处牲口拉的车。雨里的道路尤其引人瞩目,被人或牲口踩出无数土坑,坑里积满水。雨里的房顶逐渐在生锈,生锈的铁皮瓦像农田里的垄,突出着起起伏伏的瓦棱,雨顺着瓦棱流下一缕一缕的水流,水流在墙根下汇集,顺着墙根流进水沟。引人视线的树木和卸去牲口的车,已经不是阳光下峥嵘的景象。猪圈的木板失去了以往干裂的灰色，濡湿得像穿一件雨淋的上衣。这些东西发出声音：道路屋顶树和木板。画漆画的女孩听着它们的回声。她托着腮坐在饲料间延伸出来的草棚下面，棚上苫着茅草，茅草上兜着一块白色的塑料布。画了半截的那面墙，雨水刷得干干净净。许久没有下雨了。拉车的菜牛站在她旁边，菜牛反复地嚼着青草，嚼出咔叽咔叽的雨声。

"你在这里一坐一上午一动不动。"喂牛的出来，从棚顶铁丝上摘下水瓢舀出来水。

"许久没有下雨了。"画漆画的女孩道出思想里面终于捋清楚的一句话。

"她从来不爱说话……"屠夫在距离很远的锅炉房里想念着画漆画的女孩。

一张衰老面孔的喂牛人，吹开瓢里水面上浮着的一根草，凑上去。"我不知道它们怎么样。"棚里响起喝水的动静。"它们在雨里这会儿想着什么？"喂牛的嘴边滴着水。"它们会像喂牛的一样，"屠夫想。

他们相隔着茫茫雨幕。

"想我们看到的东西。"屠夫说出来。

"我们看到什么东西？"画漆画的女孩说。

"树和大地上的事物。"屠夫说。"她在想什么？"屠夫想。

"我想它们在雨里都一动不动，像那辆车和木头。"

"你是说你画上的猪吧？"喂牛的瓢举到她的嘴边。"喝口水。"喂牛的说。

"我不渴，我喜欢听雨里的声音。"

瓢停在那里。

"雨里的声音是不一样的。雨里的声音能唤起钢琴的声音。"

喂牛的脸转向雨里。

"钢琴——"喂牛的也就想到钢琴。

画漆画的女孩轻轻地长吁一口气。

"那条道路上那么多水坑。"屠夫想到。

水坑里叫雨点儿溅起无数水泡儿。画漆画的女孩看见。

"你看它们。"屠夫看见画漆画的女孩。

"我喜欢下雨,喜欢下雨的日子。"画漆面的女孩说。

"下雨的时候你是不是一动不动地看着。"屠夫说。

"我可以不吃饭不喝水。"画漆画的女孩说。

雨里有人喊:"套车拉饲料啦。"

喂牛的解开牛绳。

"雨里我什么也不想画。"

牛走进雨里,缰绳拖在泥地上。

"除了太阳可就什么都没意思,太阳下面就想画画。"

牛走进车辕里。

画漆画的女孩自言自语着。

牛车开始在雨里穿行。喂牛的扬起手,这双手:手指依然细长细长,硫酸烧过,骨节变形,已经像冬天虬乱的树枝。

"钢琴——"喂牛的享受着雨的声音,享受着钢琴的声音。

牛走在雨水的道路上,腿向两边撇去,压出的辙迹弯弯曲曲,像两条爬行的蛇。

画漆画的女孩陡然发现:雨里始终站着一头雪白的猪。

"我们还从渠干上走。"湖面叫雨笼罩。渠干上难走都是泥。"我就想在泥上走。"湖水往上蒸发着雾气,雨雾里汽笛声声。野鸭从苇塘里浮出来。苇塘隐在雨里。"我刚才放猪,我披着雨衣坐在水闸上,猪在雨里头并不吃岗上的苣荬菜。"桃儿坐不住了。"它们赶都不走,它们站在雨里。"桃儿更坐不住了。"我去叫'小猫','小猫'也不愿意走。'小猫'还是走了,'小猫'在每个猪屁股上咬一口,都被咬走了。"

"你找我我吓一跳。"光正在读一本俄文版的《养马学》。

"我看见你我先敲你的窗户。"

"我没听见你敲玻璃。"雨声太大桃儿没敲过雨声。"雨天里看书特别好。"

"我闯进去吓你们一跳。"

"我没害怕。"

"我说你们屋那两个人。"

"他俩在洗工作服。"

"他俩在说什么说得正带劲儿。"

"没说什么。"

"我不管。"

"你上去就拽我,差点儿把我从板凳上拽倒。"

"他们肯定会说他们没见过。"

"他们可见过世面。"

"他们那么老。"

"他们说在糯米仓胡同的烟馆。"

"糯米仓胡同离我家很远,在东城。"

"烟馆其实是妓院。"

"我知道。"

"我是说他们不会说什么他们准会羡慕的。"

"咱们去柞树林,咱们还沿着渠干去柞树林,一下雨我就忍不住。"

"忍不住什么?"

"忍不住想和你在一起呀。"桃儿的手伸进光的衣服里。

"衣服里全是水。"光说。

"嘻嘻……"桃儿笑着。

他们走上渠干。渠干上泥滑,脚往渠里滑去。渠里的水涨出沿来,没了两岸的草。

"我给你讲水电部那个姓姚的。"桃儿抱住光的腰,抓住光的皮带。

"别抱这么紧,我们会一堆跌进渠里的,"渠里的水面浮出密集的水泡儿。"我们跌进去我们就得淹死。"

"淹死我也死死抱住你。"

"那可好啦,我们漂上来一看:这两个人!"

"你害怕。"

"我害怕。"
"你也死了，你怎么知道你害怕。"
"别摸，你现在一摸我就痒痒就要摔倒。"
"你看天，看天上有什么。"
"什么也看不着，什么也看不着都是雨。"
"不是。"
"我叫雨把眼睛打疼了也看不着。"
"别低头，你低头我就摸你。"
"什么也没有我们到树林里的……"
"不，你必须看，你不看我就叫你痒痒。"
"哎唷哎唷我看着呢……"
"看见什么没有。"
"看见了。"
"什么。"
"雨，雨像一根根针往下扎扎我的眼睛。"
"不对不对。"
"我疼死啦我倒下去啦。"
"不对不对。"
"到柞树林到柞树林你再摸。"
"你老也说不对我就让你痒痒让你倒下去。"
"我跑啦我跑起来啦——"

光挣开身体挣开皮带上那双手，身体在渠干上起跑来。雨把视线遮住。雨淋得两边树干发亮，还有树干上的叶子也是亮的。叶子一下一下叫雨打下去又挺起来上下颤动。雨水一寸一寸渗透泥一样化开的大地。

疤拉张队长扶住树干。
闪电，天上一个接着一个。
疤拉张队长望着它们。
闪电像蕨类植物，诞生在天上，一闪即逝的生命过程。
疤拉张队长脸上都是雨，雨把头发粘在一起。

到达柞树林，桃儿的脸粘在光的后背上。

"你甩不掉，你是不是没想甩掉我？"桃儿抱住他。

"我没想甩掉你，你给我讲你说的故事。"

"你看着我。"

"我看着你。"

"你说下雨真好。"

"我说下雨真好。"

"你说雨里头什么都没有。"

"我说雨里头什么都没有。"

"你说你看我。"

"我看你。"

光看见桃儿脱下衣服。

"穿上。"

"我不冷。"

桃儿在树林里站着。

"我给你穿上。"

"我不穿。"

"一会儿会扎你脚的，下面有树根。"

"我不害怕树根。"

"你给我讲吧。"

"好吧好吧好吧给你讲，你看天上。"

"什么也没有都是树杈。"

"刚才我说你看你没看。"

闪电下面树林发出一片紫光。

"我说总来我家那个姓姚的。"

"你说他是水电部的。"

"对，他在水电部宿舍住，开始我什么都不知道，开始我什么都没想。"

桃儿从学校放学，后妈的儿女们吃完了水果和糖馅点心，剩下半笼屉包子。

"我不吱声，我吃完那半笼屉包子，我喝足了凉白开水。我骑在石狮子头上大声喊道：'小大院阿姨叔叔们你们听着：今天我那黑心肠的后妈买了水果和点心给她儿女们吃了。我吃了半笼屉荤香鲜包子，叔叔阿姨们你们放心我吃得饱饱的，我让你们知道她是什么东西——'"

"你穿上你不穿我不听。"

"你能听清楚吗这么大雨声？"

树像一个棚子。树林的雨棚就更加硕大无朋起来。

"你穿上我喜欢，我喜欢你穿上。"

"我穿上你抱着我。"

"我抱着你。"

"那我穿上你别过来。"

"我过去帮你穿。"

"你别过来哎唷哎唷。"

"真好我真喜欢你别穿上。"

"我穿上我不给你讲啦你把我脖子咬断啦。"

"我喜欢我喜欢……"

"你别看我穿。"

"我帮你穿。"

"你把我全身都弄疼了。"

"我没有我用嘴怎么能弄疼。"

"疼死啦我不给你讲啦。"

"你哭了，我不是故意的，我给你穿上来你伸手，伸出你的手给你穿上上衣。"

"这么湿。"

"湿也得穿上。"

"湿衣服我不穿，湿了跟没穿一样，现在是夏天。"

"你也不害怕。"

"你不用看没有人。"

"我也脱。"

"你脱我看着你脱。"
"不用。"
"我帮我帮。"
"不用不用你站在那里。"
"你真黑。"
"我能不黑吗?我能像你这么白吗?"
"我白吗?"
"你白你身子白脸黑。"
"我们坐一块儿我们别动动什么也不讲。"
疤拉张队长倚在树干上泥一样粘在树干上面睡着啦。
"你说那个姓姚的。"
"那个姓姚的在我的背后说一句:'桃子你别骂,骂得我好难受。'我一下子不骂了。那是一个早晨。"
"'你上我家去吗?'"姚问。
"姚家在煤厂拐弯处,黑漆漆的铁门,上了楼,他家挺大。他家有一只猫,长毛的猫。"
"我坐着喝他给我的咖啡。"
姚有一张白脸。姚一下攒住桃儿的手。桃儿手背上有一种濡湿的感觉。桃儿低下头,姚跪下来,姚一条腿跪着抱住桃儿的双腿。桃儿听到一种极其纤细的声音:"我爱你。"姚说。
"我什么也没问。"
"你该问一问。"
"你知道那个时候……"
"你该问他。"
"他抱住我。"
"你该问他。"
"他一抱住我,我就哭起来。后来,我知道那个穿红皮鞋的女人,她有一天来找我,叫我去她家。"
桃儿进去发现这是桃儿常去的地方。
疤拉张队长感到雨停了。下了两天的雨在他眼前停止。天上的乌云显露出来，厚实的乌云一层一层仿佛由树给托着。渠干里的水面上鱼一下一下往上跳，跳起来随着流动的水往下漂。

穿红皮鞋的女人给桃儿一杯咖啡。打开唱机放一支曲子。

"他好吗？"她问桃儿。

"什么好不好！"桃儿说。

"他和你在一起好吗？"

"好啊。"桃儿说。

"我不想离婚。"她说。

"离婚？什么呀！"桃儿说。

"他没跟你说过和你结婚？"

"没说过。"

"那你怎么办？"

桃儿看着唱机上的转盘，转盘是绿色的。

"你真傻！"穿红皮鞋的女人说。

"你真傻啊！"光也说。

"我当时什么也没想，真的。"

"你真傻。"

"我对你说好不好。"

"我没说好不好。"光说。

"你的肚子。"穿红皮鞋的女人说。

"我的肚子我要。"

"你哭了？"

"我哭干吗？"桃儿流着眼泪笑一笑。

"我给你钱。"她说。

"我不要你的钱。"

长毛的猫看着桃儿。

"我走啦。"

"你别不要钱。"

"我走啦。"

"你会找麻烦的。"

"那我要。"桃儿说。

"我给你找个地方。"

"我不用你找地方我要。"

"孩子呢?"光问。

"他现在已经五岁了……"

"你为这个到这里来。"

"我不后悔。"

"我也没说过你后悔。"

"你不喜欢我讲?"

"没有。"

"那你离我这么远。"

"我离你远吗?"

"远。"

"你说的。"

"我说的时候你知道我这会儿多想哭。"

"我听着呢。"

"这会儿真想哭。"

"你别哭。"

"我想,我知道我会哭出声音。"

"你干吗不哭出声音?"

"你抱住我。"

"我这会儿不是抱着你呢。"

"刚才呢?"

"刚才我听你说。"

"刚才你不过来我真难受,你也会离开我的,我知道我什么也不怕。"

"我不会离开你的。"

"我什么也不怕,我走过来我觉得没有什么可怕的这个世界上。"

"我爱你。"

"你刚说。"

"我早就想说。"
"雨停了。"
"我没觉得怎么还有雨点。"
"雨点是树上的。"
"雨点那有雨点你看树上。"
"你别难过我不看。"
"我不难过,其实我没想什么难过不难过,我什么也不怕,难过不是害怕,是不是。"
"对难过不是害怕。"
"人不难过就不是人了。"
"对人不难过就不是人了。"
"难过过去就想哭。"
"你哭吧。"
"我哭完了。"
"我没见着你流泪。"
"我的泪水你没见着。"
"刚才光听你说来着,我们回去吧。"
"我刚才是不是疯了。"
"你是疯了。"
"疯了不是更好。"
"疯了有什么更好的。"
"疯了可真舒服。"
"那不叫疯。"
"那什么叫疯。"
"疯了不会知道疯了。"
"我刚才就不知道,现在过去才知道真舒服,走吧。"

疤拉张队长怀抱着柞树弯曲的树干。树干连接着铅灰色的天际。乌云如万匹快马,向着遥远的天边奔驰。

"我们喝一杯。"

屠夫从木板搭的架子上拿下酒瓶。架子上还摆放着皮带、牛皮围裙、屠具和一帧照片。外面还阴着天。锅炉的白铁皮散发出烤人的气息。单人钢丝床紧挨着锅炉。

"你坐床上。"屠夫说。

酒杯扣着两个酒杯。

"我坐木箱上。"

酒瓶顿在放开的马扎上,院子里有几只乌鸦,光坐下时想起它们一步一步走向自己的情景。

"来干!"屠夫举一下酒杯。他们喝下去。

"我看见它们一步一步走着。"

屠夫倒满酒杯。

"它们离不了有肉吃的地方。"屠夫说。

"屋里太暗。"光觉得。

"我把炉门打开。"

炉门往外蹿出火苗。一缕一缕青烟贴着地面爬出来,屋子里一半亮一半暗。

光坐在暗处。

"要不是你听我说是记者,你不会来的。"屠夫脸扑朔着火光。

"你说你杀过人。"

乌鸦飞起来。

"我躺在这床上老是想。"钢丝床在光屁股底下吱吱叫唤。"我想我要是杀人犯可真像,照镜子时我发现我纯粹一个屠夫。"煤燃成焦落到炉箅下面,炉箅下面籤是水,水里泛起白烟。"你正好那天走过来我看你文文静静,你倒像原来记者的我。"乌鸦在阴霾的空中盘旋。"要是原来的我,看见一个屠夫也会像你那样。"

"我信啦我真信啦,你就是一个屠夫。"

"我看你一眼赶快把眼神藏起来。"

他们碰一下杯。

"我要是现在就不那么写。"

"你说《夜光周报》八版。"

"我要是再写，我不会写得那么飘那么热闹。"他干下去酒。外面的三口锅已经支成三角形状。"我在杀猪的时候其实心里没想着杀猪。白天我把刀捅进去，晚上睡下来就像看见一样：血从一片白沫中洇出，猪吸着气，吸一下气血洇出一股，根本不像我描写的那样。"

"你是这么写的，我记得你说白连成手下的每人头上蒙着黑布，照着进来的司机就是一刀。"

"现在我绝不这么写，我要写就不会写血磁地射那杀手一身，那不是那么回事。"屠夫站起来添几块煤，煤压住火，屋子里暗下来。"还有开膛的时候，拉开肚皮有一种声音。"暗下来的光线里屠夫生动的脸上出现横横竖竖的肉棱，像一朵盛开的菊花。"那种声音像什么？"屠夫提高嗓门。

"像什么？"光想。

"像售货员柜台上撕崭新的布。"屠夫瞪圆眼睛。

"磁的一声。"光学出来布的声音。

"不。"

"那是什么？"

"是磁——嚓的声音。"

"磁——嚓的声音。"光想。

"磁和嚓两个动静的合音。"屠夫张开双手，去撕思想里那块崭新的布。屠夫的手徐徐向上升起。"然后是一种气味，扑面而来的气息。"手往鼻子上扇动。"这气息不同凡响。"鼻翼开始翕动。"像你闻到最好的花香最好的椴树蜂蜜。"

"后来呢？"光感到花香感到椴树花酿造的蜂蜜。光闭上眼睛。

"然后你看到五彩缤纷的一片，隔着薄薄的一层膜，一层薄薄的白膜，像什么？"屠夫突然问。

"像什么？"光睁开眼睛。

"像动物园隔着玻璃看到热带鱼、隔着玻璃看到蛇或蟒。"

"对对对……是蛇或是蟒：活的、蠕动着——"光的手软了，弯曲着游动起来。"你的手一下子伸进去，热乎乎的，黏糊糊的，这温暖的黏液马上令你浑身躁动，你的心随即狂跳起来。"

光的心狂跳起来，不停地翻动。光的手翻动着。

"一条是一条、一条接着一条，抓住！"

光的手猛然向空气中抓去。

"它们都是绿色的！"

"你说的是肠子。"

光的手徐徐落下。

"我说的是蛇，我说的是你抓住了蛇，滑溜溜粘你一身的黏液、鲜腥的黏液，你闻你去闻。"

光嗅到鲜腥的气息。

炉里的煤块又燃起来，屋子里重又一半光明一半灰暗。

"然后你开始使用斧子，用斧子开始砍，砍的过程：咔嚓咔嚓，像一架照相机按动快门的动静。在阳光之下，是什么——"屠夫陡然停下来。

"那么多骨渣儿四处飞溅着。"光说。"那么多飞溅出来的是骨渣儿。"

"不——"屠夫喝道。那飞溅出来的是蝴蝶，鲜红的蝴蝶，在你脸上来回地扑朔。乌鸦开始聒噪。乌鸦看不到原来的地面，原来的地面剩有猪毛和发黑的猪肉，现在地上铺满炉灰。"然后你开始砍它的头它的四肢。"屠夫的目光慢慢地散漫开来秋阳般的光芒。

"然后你开始……"光期待着。

"不喝了。"屠夫说。酒瓶剩下的底儿有一个指头那么高。"嘘——"屠夫的头向后仰去。炉火照亮屠夫尖锐的喉结，以及脖颈上的酒刺儿。

光把剩下的酒倒回去。

"一部杰作！"光听见屠夫仰脸说道。杯和酒瓶放回木架上。磨刀的石头也在木架上。磨石凹进去月牙的形状。刀排在墙上，墙上一排钉子。"我完成一部杰作！"

光走出锅炉房想起炉门没关，光反回去关上炉门。

屠夫已经倒在钢丝床上。

"我没醉。"屠夫眼睛依然雪亮。

"太精彩了!"光的手指镶嵌进木门里面。光走出来。空中露出一条蓝色的天,树林里黑黢黢一片,木板堆叫血渗透,一束阳光从云缝中漏到铁锅上面,像舞台上的灯光。看着这些景物,光张开手,手心里全是汗。"太精彩了!"光想起挂满屠刀的墙壁。

四周蒸腾着白色的气息。一面长方形的墙壁上生出青草。画漆画的女孩拔着青草。
"你别走。"她说。
"我要套车去。"喂牛的牵住牛。
"我要把它画下来。"画漆画的女孩子站在梯子上。她在雨里一动不动的样子。
"我得拉饲料去。"
"我还没有说完。"
"说吧。"
墙壁上新抹的黄泥,麦秸和土混成的泥。麦粒裹在里面,麦粒成长出绿芽。画漆画的女孩拔着它们。
"后来你走后我一个人看了半天。"
"你说的是一头猪。"
"它在雨里面站着,我以为它得走。"
"你说的是一头猪我没有看见它在雨里站着,我得拉饲料去。"
"你也在,你怎么没有看见。"
"我是在你的后面。"
画漆画的女孩回过头。
"你的眼睛都青了。"
"我总想它在雨里我后来看见它的样子我想我们比一比看谁最后走后来我睡着啦。"
"你的眼睛乌青。"
"我睡觉醒来它还站在雨里。"
牛开始哞哞叫起来。屋顶上落下几只麻雀。
"我把它画成什么颜色。"

油漆放在墙根下，油漆黑的白的两种，用铁桶装满。
"你不睡觉你会从梯子上摔下来。"
"我醒来发现它变得那么亮，它在雨里闪闪发光。"
"你会从梯子上摔下来。"
"我没有一点困意。"
"你的眼圈乌青。"
"我想把它画成什么样子呢别叫它叫了。"
牛仍在哞哞叫唤。
"它得干活去。"
"它一叫我烦得什么也画不出来。它在雨里那么亮。"
附近猪圈里放出来猪。
"你会从上面摔下来的。"
"猪叫雨淋得干干净净，一路的白猪在道上行走。"
"啰啰啰——"放猪的放牧员跟在猪后面喊。
"它不是这个样子，那天晚上它不是它们这个样子。"
画漆画的女孩喃喃着。
"你别这么站着你会摔下来的。"
牛被猪团团围住。猪去拱梯子。梯子上面两个尖头蹭下许多泥土。
"你别这么站着你会摔下来的。"
牛在猪的包围中叫声愈加大起来。喂牛人开始吆喝那些猪。猪占满整个道路。梯子发出吱吱嘎嘎的声音。画漆画的女孩望出去，望见一片阳光之下大地升腾着白色气息。
"你会摔下来的你这么站着。"
"它的样子我忘了，它站在雨里一动不动，我得把它画下来，我把它画成什么样子。"

"你跟我到麦秸垛那面去。"疤拉张队长说。
"我把猪赶回去的。"桃儿说。
猪隐没到湖岗下面，猪在泥塘里。

"你不用管它们我们到麦秸垛去。"

泥塘里开满荷花和蒲棒。

"不管它们，它们就会往里走。"隔着泥塘有一片芦苇，芦苇后面是开阔的湖面。"我得赶它们回来，它们往里走不行，我得赶着它们，啰啰啰……"猪听到亲切的声音都站住脚，"小猫"带头走出泥塘。桃儿赶着猪，沿着一条未晒干的道路走。麦秸垛在泄洪闸砖房后面。做褥草用的麦秸垛，在太阳下面，像一朵朵火烧的云彩，金黄灿烂。猪在麦秸垛周围躺下，拱起周围的土。背褥草的挖出来一个个深洞，疤拉张队长坐在洞里。里面透着陈土的气息。桃儿站一会儿还是走进洞里。外面一片绿色苜蓿地。

"我想看看你。"疤拉张队长盯住苜蓿地里一头猪。

"我什么时候没叫你看。"桃儿把身子转过来。

"不是，不是这样。"

桃儿解开工作服扣子。

他们四周的麦秸有一种发霉的粉色。

"不是这样。"疤拉张队长摇着头。

桃儿解开扣子再解开里面的衬衣。

"我不看，我要的不是这样我让你说。"

"我说什么都是你讲。"

"从来你都没说什么。"

"总是你说呀。"

"你越来越不爱看我的脸。"疤拉张队长摸着自己斜歪的脸颊。

"我喜欢我说过我喜欢。"桃儿把那张脸挤到自己大腿上。

"我要是不跟郑五在一起，我就不会这样。"外面的猪停在洞口，朝洞口里望着。"郑五一听到机关枪响就说完了完了，郑五骑马骑得好，把身子藏马肚子下面，往机关枪子弹里钻。"猪的耳朵在阳光里颤动。猪发出哼叽的声音。"你不爱听。"

"我听着呢。"

"你不爱听。"猪走进洞里，猪突起的嘴巴接近他们的脚。"我们打完围子，马上就解放了。最后还是碰上机关枪。"桃儿摩挲着那张脸，倚到麦秸壁上。麦秸山一样，压得瓷瓷实实。"你没听。"那张脸往上看见桃儿。

"我给你擦一下。"桃儿掏出手帕。手帕上绣着红色的青蛙，和一朵莲花，手帕是水绿色的。

"我不用擦。"

猪舔到疤拉张队长的裸脚。

"去你妈的。"

踹到猪嘴上。

"你别踹它。"

脚又踹出去，猪已经离开，脚踹空了。

"我不该踹它？"疤拉张队长拽下桃儿的手指。"它比我重要？"

"我给你擦一下。"

"我不该踹它？"

"我给你擦一下。"

"问你呢。"

他们不说话。

"我从不踹它们。"

桃儿终于说。

猪到苜蓿地里吃起来。绿色的苜蓿随风摇动着一片一片的叶子。

"我们快解放，可还是碰上机关枪。手帕压到脸上，嘴一努一努拱着手帕上的青蛙。我们往城里走，我们越走越害怕。我们知道快解放啦，我们越走越害怕。就剩下一个围子，看见围子的围墙，我们走在油菜地里。郑五说他妈的没有一块坡地，哪怕有一条水沟也好。郑五走在前面，我们都不吭声。郑五说：'他妈的油菜地怎么这么长，油菜地怎么这么长。'围子就那么一堵墙。静静地什么也没有。我们越走腿越哆嗦。我们坐下来，大伙挤一堆谁也不散开。油菜花遮住我们。"

"散开，"郑五喊。

"谁也不动。"

"散开"郑五喊。

"机关枪就响了。你看什么呢?"

"我在听。"

"机关枪就响了。你没有看着我。"

"我听见机关枪响了。"手帕仍盖着脸,嘴仍一努一努拱动着手帕。

"我听着呢。"

"我知道你没看我。"

手帕上有两团湿印儿。

"郑五一下子倒在我身上,油菜花落我们一身。机关枪子弹雨一样扫过来。"

桃儿发现湿了的手帕,湿印儿一点一点扩大。

"郑五偎在我身上掏出一件东西。"

手帕完全浸透。

"闭上眼睛。"

桃儿闭上眼睛。

"你别看我!"

猪在外面苜蓿地里排开。

"睁开,你睁开眼吧!"

桃儿睁开眼睛。

枪,一只手枪直指着桃儿的眼睛。桃儿没有动。手帕扔在麦秸上。

"看见了什么?"桃儿拣起手帕。

"我没有看见什么,我没看见。"

"你脱吧。"

桃儿身上还剩下衬衣。

"全脱了。"

桃儿全脱了。

"站起来。"

桃儿站起来,头顶到麦秸上。

"不、不是这样。"手枪垂下来。拉疤张队长抱住桃儿的两条腿。

"不是这样。"

"你没叫我怎么样。"

"不是不是你怎么不呢。"

"你没叫我。"

"我没叫你什么我没叫你什么我打死它们!"

疤拉张队长抬起枪,手枪上的油发出幽蓝的光。枪指向油菜地里的猪。

"别打他们。"

"闭嘴!"

"别打它们。"

桃儿流下眼泪。

"你再说。"

"你别打它们。"

眼泪落到桃儿身体上,泪像毛虫一样在桃儿皮肤上迅速爬行。猪仍躲在外面。

"我们胜利了我们胜利了我们解放了。"疤拉张队长用枪点着那些猪。"你们什么也不如你们——是猪!"

"别打它们。"桃儿声音弱下去,哭声高涨起来。在麦秸洞里回响。"别打它们。"桃儿蹲下来。蹲下来的身体叫金黄的麦秸围住。

"啪——"疤拉张队长扣动扳机。没有猪倒下。大片的苜蓿已经啃光,苜蓿的花朵踩进土里。黄色的苜蓿花在微风中不停地摇曳。

用刀豁开猪腿上一块猪皮,屠夫干完站到一边。疤拉张队长手握着两米长的钢钎。

"你怎么也来了?"屠夫看见走近的光。

钢钎锃亮闪着油光。

"他说他想来,"疤拉张队长说。"他自己想来的。"钢钎顺着猪腿开的口子捅进去。猪头已经褪尽。躺在木案上。三口锅底下都架起劈柴。三口锅里水哗哗开着。一堆捆住腿的猪在锅炉房墙根下。疤拉张队长来回拽动钢钎。猪身上突起一排一排鼓泡,像一条条游走的蛇。蛇正在被撑起来。蛇在猪身上游走一遍。

"我不行。"光说。

"你试试。"疤拉张队长抽出钢钎。

"试一试。"屠夫说。

"我闻不得那味儿。"

"你一吹它就变样啦。"屠夫说。

"我没那么大力气。"

"打球的还没有力气?"疤拉张队长说。

"那我试试。"光走过来。

"你看里面。"疤拉张队长拽起那块猪皮,光顺着猪皮看里面。"是不是有个洞?"疤拉张队长问。光接过来,筋和肉已经与皮脱离,光看到。

"我真下不去嘴。"

光把头调过来。

"你不行。"

"我以为我行。"光放下猪那条腿。

"你别走。"疤拉张队长把嘴放到猪皮里头,吸一下吹一下。疤拉张队长嘴里发起呼哧呼哧的风声。猪的那条腿开始鼓起来,随即整个身子慢慢鼓起来。"这回好啦。"疤拉张队长满嘴沾着猪油和猪血。

"真带劲。"

光拍一下发出皮球的声音。

"你再试一试。"

疤拉张队长手松开。滚圆的猪重又瘪回去。

"我再试一试!"光看看屠夫。

"吹——"疤拉张队长说。

光嘴凑上去,猪的味道直往嗓子眼涌。光张大嘴发出噢噢的动静,眼里噙满泪。

"完蛋操——"疤拉张队长说。

"我不行。"光退到一边蹲下来,往炉灰地上呕吐起来。

"我把它们吹得像不像发面馒头?"疤拉张队长嘴上又沾一层猪

油和猪血。

"光问你说像不像。"屠夫说。

光看见猪又滚圆起来。

"白不白,像不像馒头?"

"像皮球!"

光点着头。光嘴上也有一圈猪血。

"拿这个往上砸。"屠夫递给光一截棒子。棒子光滑,上面都是猪油。

"砰砰砰……"棒子捶在猪身上,猪愈加圆起来。

"我干这个行。"光说。

"差远啦。"疤拉张队长说。

乌鸦开始从树林后面飞过来。

"按住猪开始开膛。"

光重又蹲到墙根下。猪膛里的气息冲出来。

"你过来你别那么光蹲着。"

"叫他蹲着吧。"屠夫说。

"过来。"疤拉张队长说。

光过来。

"你不是想干吗?"

"想。"光说。

"你不动手你就在旁边看着。"

"我干过。"光说。

"他帮我干过。"屠夫说。

"你就站在那儿。"

猪肠子和内脏往外扔。

"我也没干过这活。"疤拉张队长歺着两只手。"是不是?"他问屠夫。手上全是鲜红的血。

"张队长也是头一次干。"

"怎么样?"

"像个老手。"屠夫说。

"叫光说。"带血的手指着光。

"像个老手。"光说。

"用你自己的话说。"

光用自己的话说一遍。

疤拉张队长举起一挂猪肝伸过来。

"你闻一下。"紫红色的猪肝在光眼前待着。"你不说你是个文官吗!"

"我闻不了。"光打了一个趔趄。

"你得习惯。"

猪肝又追到光眼前。猪肝滴嗒着血。

"我闻不了我想吐。"猪肝的气息扑面而来。"我又得蹲一会儿。"光蹲下去。

"你闻一会儿就习惯。"

"我闻一闻。"

光接过猪肝。

"吐出来好。"屠夫说。

光把猪肝放到眼前。光放出噢噢的干呕声。锅下面的木柴溢出青烟,青烟弥漫开来。

"怎么样?"光认真地嗅着。

"好像不吐了。"疤拉张队长说。

没有了呕吐的声音。

三口锅里趴着猪。它们看着光。

"行了。"光说。"我闻习惯了。"光笑起来,放下猪肝。

"你去到墙根找两头猪宰。"疤拉张队长捏着刀背,递过来刀柄,刀柄上全是油光。"你去捅两刀去。"下水吸引着乌鸦,乌鸦从地上叼起它们飞上天空,在那里它们缠成一团。呷呷的叫声响彻云霄。

"他不行他的脸又白了。"屠夫说。

疤拉张队长扭头看见光。

光已经习惯猪血的气味。

"你等于折磨他。"

"闭嘴。"

屠夫站在热气里。

光看着疤拉张队长手里沾满血的刀刃。

"我没劲我一看见血就没劲儿。"

"你得习惯就像你习惯猪肝一样。"

"他脸色苍白。"屠夫说。

"闭嘴。我跟他说话哪。"疤拉张队长蹲下去。"你是不是装的?"光看见一张叫子弹打歪的脸。

"我不是装的我干吗要装。"

"水开了。"

屠夫加上劈柴。火噼噼啪啪着。

"水都开了。"屠夫又说一遍。铁锅溢出水汽。猪在水汽里折腾。疤拉张队长从背后递过刀。

"我跟他还没说完。"

"你干吗?"屠夫朝这方面望着。

"你看着我。"

光看着疤拉张队长。

"你他妈的就能打球。"

刀捅进猪脖子里。猪发出一声尖叫,随即是闷声。

"待一会儿待一会儿,我还是下不了手。"光蹲在墙根下,猪血流过来。

"操!熊样熊吊样子。"疤拉张队长说。

"你别骂。"

"操!"

"你别骂,我会习惯的。"光说,"我不是已经习惯猪肝了吗。"

"我看你就来气,"疤拉张队长说。"我不是想骂你。"

"我知道,我做梦都梦想。"

"梦想什么?"

"梦想……"光做一个捅刀的手势。

"嘿嘿嘿……"疤拉张队长笑着望着光。

光也笑起来，光笑着去望天。天上是晴天的颜色。

"你干你的！"墙根下闭上眼睛的猪仍缠着四蹄。屠夫朝这边走来。"干吗？"疤拉张队长拽住屠夫。"他会习惯的。"

光站起来。

"给我找一套围裙。"光说。

屠夫拐进锅炉房里，找了一套围裙。屠夫扔过围裙。屠夫坐在死去的猪身上.

"都捆来了吗？"疤拉张队长看一眼墙根下活着的和死去的猪。

"还剩下公猪。"屠夫说。

天空盘旋着乌鸦。开水温泉一样喷出来，流到锅底下，没有湮灭木架上熊熊的火焰。

泥墙上涂满白色的底色。白漆盖住青草和凸凸的泥块。

"她把墙弄得这么平她往上画什么？"桃儿想。

梯子上的女孩后背叫太阳晒得褪了颜色。

"墙上会不会长出麦子？"桃儿看见一些麦芽。围巾从头上掉下来，桃儿戴着一条蓝色围巾。猪舍墙上已经画满猪。"白色太刺眼睛。"桃儿说出来。桃儿眯起眼睛看过去。她们相隔着公猪舍的房山和一条大道。挑水的女人在大道上走着。"你不觉得刺眼吗？"桃儿会问站在房山阴影里的光。

"我没觉得刺眼。"光会说。

扁担吱吱嘎嘎响。

"画上去的猪怎么像抱鱼的男孩。"

道路上布满雨里踩出来的蹄印和车轱辘印。

"她还得往上画猪。"

"我只画一头猪。"画漆画的女孩突然想到。

"她总让一头猪带多少头小猪。"桃儿说。

太阳晒干的辙迹坑坑洼洼。

"这一回我只要画一头。"画漆画的女孩夜里突然想到。

"这么大的一面墙壁。"桃儿说。"光会不吱声的。"

"就一头就画一头。"画漆画的女孩黑夜里激动不已。

挑水女人惊叫一声,水洒在道路上。

"我要用红漆,这回我要用红漆。"黑夜在眼前变成油漆的红色,漆桶挂在梯子上。漆桶外面是黑色的,里面盛满各色的油漆。"我要用红漆,你说呢?"公猪在圈里叫起来。画漆画的女孩在梯子上问桃儿。

"说什么?"桃儿说。

"这回我要用红漆。"

"你画的猪都像抱鱼的男孩。"桃儿说。

"什么?"画漆画的女孩问。

"你画的猪都像抱鱼的男孩。"

"我画的它们像抱鱼的男孩?"

猪的叫声骤然大作。

"你喜欢它们吗?"

"喜欢极了。"光也会喜欢的。桃儿说完想到。猪在圈里折腾着。"我怎么忘了。"桃儿猛然想起圈里的公猪。

他们走在那条白灰大道上:屠夫、光和疤拉张队长。光和屠夫身上扎着一样的油布围裙。

"光穿上围裙有点滑稽。"屠夫想。

"看着吧!"光说。

"看着什么?"疤拉张队长问。

光脸上激动得绯红。

"你别逞能!"屠夫想。

压道机和撒白灰的人来来往往。圈已空,周围已经没有猪声。

"他们都在看你。"疤拉张队长说。

车上的人伸出脑袋,压道机和喷雾器停下来。

"我的脸是不是很红?"

"是!"疤拉张队长说。

"球场上打球就这状态。"光说。

"你穿上这一身真滑稽。"屠夫把想法说出来。

"我滑稽吗?"光掂一掂手里的两把刀。

屠天空着手。

公猪舍的门关着。

桃儿看见他们进来。

"他们怎么一起来啦?"桃儿放下手里的水桶。疤拉张队长坏眼里流淌着黄色的东西。"嘿嘿嘿……"看见光身上的围裙,桃儿笑起来。光没有瞅桃儿。"你们脸上都这么严肃。"桃儿笑声不止。屠夫和光径直到公猪圈前面。公猪在吧唧吧唧地吃着料。

"我跟你说。"疤拉张凑过来掏出那支枪。

"你说什么?"桃儿已经熟悉手枪。

"你到后面去。"

桃儿退到后面墙上。

"你说什么?"桃儿又问。

枪发出蓝色的光。

"你看着。"

"我看着。"桃儿说。

"别害怕。"屠夫回过头。

"闭嘴!"

"我不害怕。"桃儿说。"你的眼睛又流出水,"

光用刀砍一下木板。咣的一声响。光跳进圈里。圈里泥叫阳光晒热。

"光——"桃儿喊。

光脸上全是激动的绯红。

"哪头是'小猫'?"光问桃儿。

泥发出猪肝的气息。

"手枪!"屠夫看见手枪。屠夫面如土色。

"你们怎么回事?"桃儿说。

"没有怎么回事。"屠夫说。

枪朝上抬起来,枪栓咔嚓一下。

"你别打它们。"桃儿说。

房顶上跑着一朵云的影子。

"别打它们！我跟你说过。"

"'小猫'呢？"光喊道。

"别打它们，我跟你说过。"

疤拉张队长脸颊流淌着黄色的东西。

"你杀它们？"

"你说——"疤拉张队长说。

"我说什么。"桃儿满脸微笑。

"你说。"

"我说什么。"

"你去告诉光。"

"告诉光什么。"

桃儿微笑着看着圈里的光。

光已经拉开架势。围裙拖在泥上。

"光！"桃儿喊。

猪都停下嘴巴。

"'小猫'。"光冲着它们喊。

"其余的留给我！"疤拉张队长说。

"枪！"光看见。

"砰——"枪响了。

猪倒在泥里头。猪脖颈处流出血。

"真准！"光说。

"你来。"

"我用这个。"光手里的刀一举。

"完啦。"屠夫说。

桃儿扑到猪圈木板上。

"'小猫'呢！"光抓住桃儿的头发。

"砰——"猪倒在泥里头。

"真准！"光回头看见。

猪倒下去没有动静。

光激动地用劲一拽。

"疼死啦——"桃儿龇着牙说。

其余的仍站着,仍然没有动静。一律抬头看着桃儿。

"砰——"又一枪。猪看见泥上淌出血才叫唤,向四下里逃去。

"撒手。"

"你喊'小猫'。"光用着劲儿。

"'小猫'——"桃儿低声唤道。"'小猫'——。"

有头猪被叫住。光松开手。'小猫'往泥中间走去。

"小心獠牙——"屠夫喊道。

光拉开架势。泥陷进光的两脚以及猪的四肢。

"'小猫'!"桃儿低声唤着。

"砰砰砰——"枪声响成一片。

"'小猫''小猫''小猫'——"在枪声里,桃儿徐徐站立起来。

光已经倒在泥里。

"獠牙——"屠夫不寒而栗。

"'小猫'!"桃儿兴奋地喊道。

獠牙在空中一闪。

疤拉张队长没有躲闪。

"你听。"

"我听见啦。"

"是它们发出的笑声。"

"是它们。"

猪舍已经阒寂。崭新的白灰大道伸展出去。

"像不像年画上抱鱼的男孩。"

"像极啦。"

大道尽头,满壁红色的漆画,漆画上一头巨大的红猪充满红色的笑容。

红蒿白草

——我的家园之一

打我家园障前榆树丛往北的山坡迷茫而又漫长，丛生着的葳蕤的红蒿白草红红白白地铺向天边时，天边正斜流着殷红如血的残阳，蒿草被染得浓稠而沉静。

那一年我五岁，绕着埋在院里的半截石磨，背负着自打出生就没有睁开眼皮的弟弟。我被小我两岁的弟弟一颗硕大无比的头压得气喘吁吁还得时刻告诫他使劲抱住我脖子怕他拥过去的日子已经过去许多年了。我熟悉地上的蓝蚂蚁红蚯蚓，像你们熟悉树上的鸟儿和叶子一样。

"哥——是鸟儿叫吗？"

家园前榆树冠上的归雀叽喳一片。

"是！是'老家贼'！"

我赶忙扣紧弟弟骚动不安的两腿。

"家'贼'哥——'家贼'！"

弟弟喉咙里好一阵咕噜声。

"'家贼''家贼……'"

他惊喜地喊着，欠起半截身子，扒住我肩头。

我斜眼正好看见一张白净细腻的脸蛋，和一双耸立着的漂亮的小圆耳朵，聆听时一颤一颤的。

"哥——蓝翅膀儿!"

他臆想中的鸟儿全是蓝翅膀。我不愿意打扰弟弟美丽的梦想。他于是就经久不息地欠着身喊:飞呀飞呀——张着双臂,做出鸟儿飞翔的姿势,半截身子探出来,在我头顶一攒一攒地欢呼。我咬紧牙关忍着弟弟忘我的颠簸,暗自滋生着对他的仇恨。

那时刻,正是那个无比美丽的秋日黄昏。满院里翻飞着无数甲壳虫,嗡嗡嘤嘤灌满耳鼓。遍地麦秆上栖息着飞累的甲壳虫,闪烁着斑驳的色彩,像一面面小镜子。我终于按捺不住冥冥中猝然膨胀起来对弟弟的仇恨,心脏怦怦跳着鞋壳里五个脚趾激动得汗水淋漓,大脑里闪出一团菊黄的光芒。我蓦地挺直脖颈,勇猛地昂头,似觉有人当胸一拳,极其痛快而又极其畅亮,脚下蹒蹒跚跚地拌开蒜。弟弟依然极其嘹亮地欢呼:飞呀飞呀——张开双臂做着一副鸟儿飞翔的姿势。

那时候,祖父还挺愉快地倚着我家老屋的墙根回忆他的往事。

我家老屋那个美丽的黄昏中像一幅油画:大坯垒墙,外面抹一层黄砂泥,屋顶苫着老厚的茅草。风剥雨蚀,茅草黑了,空中流浪着的各种各样的草籽儿一落上面,便应运而生。于是灰菜蓝花草狗尾巴花野葵花……荒芜得葳蕤又美丽。墙上的黄砂泥年年新抹上去,粗粝的砂子清晰闪烁,光彩夺目。

我叫什么东西绊得缓缓仰倒,遥望出去的目光首先撞到祖父枯槁的老脸上。夕阳里,映衬着祖父白发飘飘老脸的是屋檐下垂挂成串成串红辣椒,像他生日里点燃无数只红蜡烛。

"哥呀——"

这一声惊灿的呼唤,多少年后还时时打我骨髓缝里痛苦地流淌出来。不知道跌在什么地方什么东西上,我觉得后背压在弟弟身上古怪地响动了一声,我顾不上落得满脸满头的甲壳虫,极其害怕弟弟会大哭,赶紧捂住了他的嘴巴。

祖父黯淡的眼窝里挤出来两粒浓稠的夕阳,低垂的目光如三角蛇般恶毒地爬过来。突然,山坡上的红篙白草间响起一阵沉重的马蹄声,夹杂着父亲的吆喝声与母亲的喘息声。

"哥呀——马——大马回来了,是不是?"

弟弟的喘息沉重，可仍像每次听到马嘶与马蹄声时激动不已地问我。

"回来了！"

我松口气，放下手。祖父怒目圆睁地打墙根下缓缓站立起来。

"大马啊大马！"

弟弟脸上挂满摔痛的泪珠，却一如既往地沉湎于兴奋与欢乐之中。

弟弟心目中的老马就像他心目中的麻雀同样美妙动人。那匹老态龙钟的马在我们兄弟来到人间之前就已经度过它辉煌灿烂的年华。它是那种骨骼庞大的宁夏马。它的故事在祖父的嘴里总是惊心动魄无与伦比。祖父早年在集宁附近的锡屠萨克草原至新疆塔克拉玛干沙漠之间当马帮头目时候，一个钟情他的蒙古族女人骑着这匹高大健壮的栗色马，千里迢迢投进祖父怀抱。这壮举出自一个草原牧主之家。极度的疲惫与兴奋，使女牧主两天后便幸福地死去。在后来的日子里，这匹高大的宁夏马，就伴随着祖父浪迹天涯创下了许多人间奇事。现在它依旧长鬃披散，胸廓宽阔，体魄雄伟，成了偏僻山庄公认的头号走马。只遗憾从未下过驹儿。庄民们对它生育的渴望如同盼望一场春雨。他们打千里之外弄来优良种马，专门请来一个兽医侍弄三天三夜，眼巴巴看着它们交配了无数次。无数次大汗淋漓之后，就有无数次震撼人心的嘶鸣，摇动着整个不眠的山庄。种马走后，庄民们抓阄儿争夺它的头胎，牧笛依偎着巫婆的咒语依偎着篝火昼夜相伴，可惜最终都化为泡影，然而却没有影响祖父神秘与显赫的声望。后来城市拥来许多造反失败后的年轻人，一见到这匹刚烈走马，又听到瞎眼说书人在自己歌谣里横加赞美之后，便遥望星空，如醉如痴地联想一番，于是原谅了祖父在草原上犯下的罪恶。再后来，许多私人马匹被砍头剥皮吃肉的日子，它那些美妙传说已经有口皆碑了，一些勇武凶狠的屠手，面对它那宽阔脸膛下突突跳动的心脏以及一双灼如炭火的蓝眼睛，终于扔下了血淋淋的屠刀。尔后，它在公家马厩里度过了暗无天日的几年，狂暴任性，使得它浑身添满鞭伤与刀痕。两山相夹的山庄，夜夜回荡着狂啸的蹄音与嘶鸣，揪人心脾。祖父彻夜难眠，在阒寂无人的街道上如鬼魂般踟蹰到终于忍无可忍时刻,便在一个星光森然的黑夜悄然离去。

我永远忘不了我两岁时一个湿漉漉的早晨,衰弱疲惫而依旧身材高大的祖父出现在我家院障前面的红蒿白草中间。那时候,榆树墙还很低矮也不茂密,再往前面便是一条野狼出没的山谷。

"有个人……"

我在院落里正好奇地看着刚刚降生人间而紧闭双目的弟弟吮吸着母亲粉红色的乳头,听见一阵磕磕绊绊的足音。家园偏僻,每一个骤然出现的陌生人都要惹起我的兴奋与激动。

"哦——"

母亲抬头望一眼雾气迷漫的山坡。她那时年轻壮实得如九月的山葡萄,丰腴迷人的身躯正日日夜夜承受着父亲猛烈情欲的冲击。他们不分昼夜翻滚在土炕上面,此起彼伏的呻吟与大叫令我幼小的心灵迷惑不解却又刻骨铭心。

"你——你爷爷!"

母亲那双欲火旺盛的环眼如两只雪兔闪烁着幽蓝的疑惑之光。那天,我家家园四周空空荡荡的山野平静而又自然。

"怎……么啦呀……"

母亲喃喃自语着。

"他……他……说过……的,不再找你……你……爹……的,不找你……爹的!"

那天,天蒙蒙亮父亲就去远处的水库工地干活去了。我家住处十里之内没有别的人家。日子就依靠父亲每个晚上背回来的粮食,和母亲打那红蒿白草的山谷采回的苣荬菜荠菜,活得挺艰苦。可父亲说这比外面平安多了。

祖父阴沉着脸没有丝毫的笑意,油渍累累的单帽下面戳出来钢丝般的硬发闪烁着银白色的光泽,紧闭的嘴唇干涩得像冬天树丫上残留着黑黢黢的沙果,黝黑的脸皮褶皱着,眼光黯然又幽远地凝视着我家荒芜的房顶。

"我就在这里住下来了!"

祖父谁也不看地卸下肩头上一个老大的帆布口袋，随手一扔，一屁股坐在院地的半截石磨上，仰头久久地凝望湛蓝湛蓝的天空一言不发。我后来回忆起弟弟在母亲怀抱里激动得蠕动着小小的圆嘴巴灵活的耳朵像两只小老鼠来回来去地颤动不已。我还记得母亲脸色慌然而又惶然没有半点儿血色。唯独弟弟茸毛丛生的脸蛋上幸福而痴迷地微笑着。我想这就注定后来他们之间演绎着那种无人知晓的爱与恨的默契与相守。

祖父从此就沉默而威严地在我家山墙根下伫立下来。他迅速衰老以至于死亡的黄褐色老牙一颗一颗成功地扔到屋顶上。

我以为父亲和祖父全然不是一对父子而纯粹是一对冤家对头。可父亲那张高颧骨上方凹陷的鼠眼，凸突的前额，又地地道道地承袭了祖父的血脉遗传。

终于有一天，一声长嘶打我家前面山坡谷地传来，祖父跳起来老腿灵活地奔跑着孩子一样张开双臂，那匹老马蹒跚地出现在我家山坡顶上已经历尽沧桑。它满身灰土，长鬃参差，四肢踉跄。

祖父抚摸着老马浑身的伤痕，马便伸出淡白灰暗的舌头舔净祖父老脸上的泪痕，马眼里大颗浑浊的泪珠滚动着。

父亲那天擎着一只蓝花细瓷的大碗看着这一切，他冷漠的眼里流露着轻蔑与藐视的幽光。

那正是我被取名为大狗，弟弟取名为二狗的美好日子。也是我背负着二狗老弟并对他产生仇恨念头的开始。对于紧闭眼皮的二狗老弟，父亲母亲早已不抱任何希望，唯独我梦中还有一种徒劳的渴望——那是为自己获得解放而期望梦里成真。二狗老弟说话很早，我清楚地记得在他七个月零两天一个多雪的早晨，距离那声马嘶和随之而来的祖父的呼唤大概有一百天的光景。他响亮的一声"娘"令我家老屋四壁生辉。现在，他口齿伶俐得如同一只讨人喜欢的八哥鸟了。

"哥——什么？"

二狗老弟兴高采烈地露着一口洁白如奶的小狗牙。

"马，一匹马。"

我当时深刻地感到父亲眼里流出不快与鄙夷的幽光。

"马?一匹马!"

二狗老弟随即在我背上攒动着欢呼起来。

"喊——你喊个蛋!"

父亲用筷子敲着瓷碗边沿儿怒吼道。

二狗老弟即刻闭了嘴巴,小脸上丰富的表情倏然逝去。

母亲正在一块磨石上蹭着那把俄式钐刀,听到父亲骤然的怒吼,她便扔掉钐刀奔过来打我背上抱过二狗老弟用劲地亲吻着,随后撩起自己的斜襟小裪,露出鼓胀的乳房。粉红色的乳头塞进二狗老弟的嘴巴里。

"大狗、二狗——你们俩往后就听吧!我讲给你们俩听,就讲给你们俩听!它一跳就跳过好几十米宽的折罗河……我们那一回是、是去偷运古董,有官家的快枪在后面撵着屁股追……一处山崖绝了路,别的马都吓得拉拉尿,原地打转儿。它,就它没怕,它后面打转的啪啪啪一排盒子炮全都给毙了。就它一跃而起,一跃而过,一蹄子开了个拎盒子炮国军脑袋壳儿……听嘛?你们听嘛?我说——"

祖父满脸的笑意沾着一道道马舌舔过的湿痕。父亲脸色阴沉没有吭声。二狗老弟吐出母亲的奶头,又一次灿然地叫道"爷——我呀、我听、我听啊……"

"好好好……来吃一口、吃一口吧!"

母亲赶紧把奶头硬往他嘴里塞着。母亲旺盛的奶水白天供养着二狗老弟,夜里让父亲吮吸滋补他虚弱的肾。

"好好好——好你妈的个蛋!"

父亲扬手将半碗黄澄澄的碴子粥摔在半截石磨上,一把将二狗老弟夺下来扔我背上,回手拽着耸立乳头的母亲,拽过磨亮的俄式钐刀,喘着粗气出我家院落之前,回头恨恨地啐过一口黏痰。祖父毫无察觉完全沉浸在自己的遐想之中。

后来的日子祖父就倚在老屋墙根下,呷着廉价的烧酒,满面红光地讲述过去关于老马的故事。老马在他喋喋不休的故事里,总是谦恭地低下头,嘴巴抵着地面,伤痕累累的马背上这时候总有一团如雾似云的绿色气息经久不散。痴迷的二狗老弟总要我背着摸遍老马的浑身上下，他把马腿说成是柱子，把马背说成是墙壁。然而对马头和它粗重的喘息解释得却大大出乎我的预料：他说是灶火门和大水缸。那时候，我想二狗老弟心目中这匹老马愈加神奇而又伟大甚至辉煌灿烂起来了。

我家的牲口棚是祖父亲手用草辫子沾上泥拧在柞木杆上面的。祖父显然老啦，钉铺板时腰弯不下去，腿像木偶那样一屈一伸。老马安静地住下来，白天独自去我家前面山坡上踯躅。这时候，或是有雾或是阳光灿烂的山谷下面，总有几条草色狼垂涎三尺地对它窥视，可总也不凑近跟前。祖父坐在墙根下凝视着它漠然与狼们相伴的栗色身影。祖父筋骨凸突的老脸上完全是一副沉湎的神色。后来一个多雾的早晨，父亲要老马去耕地，他说外面世界已经平安无事。

"它老了！"

祖父面色生峻地闭上眼帘。

"可它不能白吃饭吧！"

祖父倏地睁开一双怒目，瞪着那张酷似自己的面容。父亲却不以为然地吸着烟，吐着烟圈儿。

这时，那匹老马悄然地走出了牲口棚。它看见了祖父和父亲之间凝结着的那把利刀，在雾气里闪烁着绿意森森的光芒。

这时，一张明晃晃的五铧犁已经摆在了院地当中。老马走过去低头嗅着那上面散发出来的铁腥气味儿，掉过屁股摆出驾驭的姿势等待着。

"哈哈哈……它可够知趣儿的！"

父亲转身打偏厦房里把一副棕绳套子和木桅和钢嚼统统抱出来。

那天，老马拖着沉重的五铧犁消失在我家前园雾气迷蒙的山坡下面。母亲和我背上的二狗老弟久久地凝望着。

从此，祖父沉默着如同一尊塑像目不转睛地盯着前面的山坡。半夜牲口棚里总有老马的喷嚏和嘶鸣传出来。我家前面山坡地很快翻了种上了土豆。不久土豆地开满白的蓝的红的花朵芬芳而又迷人。秋后一个夕阳无比辉煌的土豆地里，重又翻了重又散发出泥土深长的气息。

"它……怀孕了!"

晚上归来,父亲指着老马凸突的肚皮,惊喜的脸上放射着不知疲惫的红光。

父亲说他春翻地时去下面背风的沟里拉屎的工夫,一匹长鬃披散的枣红马忽而出现在山谷的边缘,怔愣了一瞬间,就像一团野火迅雷不及掩耳地扑过来。它们在齐腰的深草里伫立着交媾得无声无息,缠绵悱恻,却又自然迅速,枣红马忽儿便消灭在深深的红蒿白草间。

"就是这样怀的孕,我万万没想到那么一下子它就怀上了!它要下驹啦!"

"这回该让它歇了,给它多加些豆饼吧!"

祖父看着蹒跚的老马,面对惊喜若狂的父亲没有任何表情。

"这真是匹好马!我把犁一拴上,不用赶,它就知道顺着垄沟走过来,回头再错一步再开条垄……不用赶不用哄……"

"该让它休息了!"

"我看它不懂得累,哪像老头老太婆……牲口是不会老的!"

父亲旋即瓮声瓮气地讪讪道。

"爹——"

我背上的二狗老弟头一回声调无比哀伤无比悲愤。我发现他的小脸上对世界表示出忧郁和憎恨的表情,就是打那无比美丽而又迷人的黄昏时刻开始的。那时刻,有一行大雁鸣叫着掠过我家的上空。有一只孤狼在山谷内嗥叫不止。我家葳蕤的房顶上盛开着奇异的花花朵朵。

"爹、爹、爹别叫它耕地去了,爹——它该去马棚睡觉去了……"

父亲久久地盯着二狗老弟仰着的那张痛苦不堪的脸蛋儿,没有吭声就回到屋里去了。

"哥——背我摸摸去。"

我朝着地面上老马拖长而凝重的影子走过去,渐渐听清了老马那粗重的呼唤和不间断的喷嚏。

"喔——我摸摸肚子，对嘛这儿……"

二狗老弟的手在马背上哆哆嗦嗦。

"往下、再往下……对了！"

"好湿呀！汗……出了这么多汗……"

二狗老弟喃喃自语地摸着老马滚圆的肚皮。

"疼嘛？你生下马驹来吧！生下来我就喂它骑它，可以嘛——喔——骑上小马驹就不用再骑我哥了啊，可以嘛——"

二狗老弟一遍又一遍地将自己的梦想说给老马听。老马低头龇着乌黄的板牙，垂下眼皮已经昏昏欲睡。一条白涎打嘴上颤着落到地上。

转天，父亲又悄然地牵着老马耕地去了。下午，我家前面荒地燃起熊熊烈火，大股的浓烟卷着虫儿似浮游的草灰满天里飘飞。我知道那是父亲点燃的。

现在，已是那片荒火熄灭后许多个下午之后，父亲母亲走下光秃黢黑时而飘飞一股烟灰的山坡。老马两条后腿间拖着一团白色透明的胎衣，马眼里流露着筋疲力尽的黯淡之光。这时的祖父越发沉默越发乖戾如同刚来我家是的那些日子，他抓着那个疤节累累的桦木拐棍儿，干瘪的嘴巴咕噜噜地回响着。

"我也不知道，不知道它是怎么回事。"

父亲的语气第一次渗透着不安与歉疚的成分。

"上午它还好好地翻着地哪，过了中午就有点儿喘。我看没事儿，又耕了半个点儿，喘得厉害了……一下子卧下去，卧下去就流出好大一堆这玩意儿……"

父亲浑身沾满灰的土和白的黏液。

"哥呀——是马？"

"是马！"

"马、马、马怎么啦哥——"

二狗老弟仰着脸断断续续地问我。

"马、马——"

我望着拥过院落的神色紧张的人和疲惫的马。祖父这会儿只是惊愕地看着那人那马。父亲牵着老马往牲口棚走去时,夕阳正穿过榆树墙撒满院落。老马两腿间劈得很开,那团黏糊糊的胎衣耷拉着地沾满了土,浑身淋淋的绒毛,像被火燎过没有丁点儿光泽。

"它……好吗?马啊——"

二狗老弟有气无力地询问着。

"好——它好!"

"它好,它好啊——"

老马没有走进牲口棚便一头栽在院地上。园障前面那排榆树上吵雀阒寂无声,一股烧布条燃棉花的气息打这时开始弥漫。我家老屋落下的长影几乎和地面一种颜色,地上的草棍儿和刚才翻飞的甲壳虫不见了踪迹。云彩也已经深紫,长空仍然明亮,尚有一抹夕光在黑色的木障上闪着斑驳的圆圈儿。

"咋……办……呢!"

母亲的五官模糊不清。她的语气疑惑不安颤颤巍巍。

牲口棚旁边的地上蠕动着老马褐色的一团。它不断地挣扎与呻吟的声音在院落里回荡。借着身边昏暗的光线,我看见二狗老弟洁白的狗牙铮铮有声地磕响着。

"哥——呀!"他旋即又问我。"它怎么啦?"

"没怎么!"

"没……怎么……你是不告诉我……呀!"

二狗老弟无力得像那匹老马。

"它要下马驹?"

二狗老弟嗅到了生产的母马鲜腥的气息。

"要下驹了。"

"是那样吧?是不是呀!"

二狗老弟再一次惊喜地嗫嚅道。脸上的沉迷与痛苦交织着扭成一团。

暮霭的山坡上流下大股大股的白雾,弥漫着前面那条山谷迷蒙又苍茫,然后一点一点挤进那排榆木木障。我不知道从前的景物是什么样子,可那天的情景却够人一辈子怅惘不已的。

"我没有抽它,一鞭子也没动它就它就倒下了,咋办哪?我没动它半个指头……"

父亲的口吻再没有了平日的傲慢。母亲围着老马六神无主地兜着圈子。祖父立在暮色下凝然不动,唯独满头白发在一缕微风中缭乱到额头上来。

老马的喘息越来越令人有一种小便失禁的错觉。它仍顽强地一次又一次向祖父这边投过对生命极度渴望的一瞥。

"大狗——"

祖父猝然张口,恰巧应和了屋顶上一声骇人的猫头鹰的怪叫声。我又惊又喜地打地下蹿起来。屋顶上依稀可见蓝莹莹的狗尾巴花儿,摇曳地晃动。

"大狗——把我的帆布挎包找来!"

祖父没等我奔过去又大声说明道:

"我来你家背的那个帆布!"

"喔——"我再扭头往屋里懵懂地跑动时,眼前跳动着大片鬼鬼祟祟的白雾上面,浮现出来另一个白色的清晨:祖父端坐在石磨上仰望着蔚蓝天空时是有一个皱皱巴巴的挎包放在他的脚下面。

"在哪儿呢?我记得它,可它现在在哪儿放着呀!"我站在门槛上蓦然回首道。

"我住的小屋墙头上的木架上。该死的——你们什么都忘了你们——"

祖父继续大声地怒吼道。

怀抱着一堆荡满尘土沉甸甸的帆布包再一次出现在院落时候,四周已经看不见任何景物,只嗅得白雾潮湿湿的味道,还有老马胯下流出来血腥的鲜臭味儿。前面山坡上有几对蓝莹莹的幸福的光斑,贼亮贼亮地急促地闪动着渴望着。

"狼——"我想到它们。

父亲按祖父吩咐在院中央生起一堆柴火,熊熊火焰照亮了牲口棚和我家居住的黄泥老屋。即刻间它们的影子铺满院地直接打到园障上面,随着不断升腾的火焰跳动着变幻着。老马躺在火堆旁边,一颗顽强的头颅不断抬起又沉落,叩得地面咚咚直响,一双浊重的老眼凸突着瞪着熊熊火焰。

祖父"嗞啦"一下拉开那个帆布口袋,打里面拿出一把柳叶形的折刀,掰开来,手指抹去上面一层黄油,刀刃白白晃晃,足足一尺多长,极薄极细。祖父攥着刀把将刀刃伸到焰火上去烧烤。火光中,祖父面庞冷峻而又凝重得像院里陷入地面中那一盘石老磨,贴在宽阔额头上的白发叫火苗吹拂着一起一伏。慢慢地,刀刃上一滴接一滴地流下来大颗大颗的黄油滴子,坠入篝火里嗞嗞啦啦地响,暴起蓝火花儿撞着祖父脸上。刀刃渐渐由黄变白如一勾弯月。父亲母亲愕然凝视着一言不发却又巍然屹立的祖父。地上的老马痛苦地蹬动着四肢。我看清它侧身躺着肚皮越发地鼓隆得像一块褐色高地,一道道黑皮蛇一样的血脉一跳一跳地颤动。

这时候,我们一家人都忘记了二狗老弟。

背对着火堆,祖父高大的身影在墙上和地上跳跃。房顶上的猫头鹰的怪叫与园障外的蓝色狼眼交相呼应。祖父脱下蓝布上衣和圆领汗衫。他的骨骼很大,卵黄色的肉皮在裤腰上松弛着堆成一堆。赤裸的胳膊挺粗挺硬也耷拉着黄黄呼呼的一层皮肉。

那把柳叶刀叼在祖父嘴上。

"捆住——把它给我捆起来!"

说罢,祖父蹲下去,大手摸了好一阵老马的脸。我们捆好它。马脸上大颗大颗汗水淋淋漓漓地闪动。它在祖父的抚摸一下接一下用劲地摇头,地上便不断地扩大着湿湿的马脸印子,咣叽咣叽的像活起了泥。

"用铁丝、用铁丝捆它足踝处!"

我们又找来铁丝换下麻绳,在蹄踝处牢牢拧上两道。

祖父将马头抱在怀里,脸挨上去叽里咕噜了好一会儿,才蓦然昂首。

"看什么看!"

祖父的脸色在扑朔迷离的火光中阴森可怖。父亲驯服地避开祖父的目光俯身假装绑着马腿,手在光影里不知所措地哆嗦。

马不再折腾,呼呼地只是喘气。马腿和马腹上筋脉凸突着跳动。牵动浑身肌肉颤动不已。

"大狗——你走开!"

祖父忽然对我说。

"我不走!"

我不知怎的就搂住老马绑牢的双腿,马腿在我怀里瑟瑟地哆嗦。那股腥臭的气息虫儿似的爬进鼻孔里来,痒痒的。

"你……看他多难受啊!"

母亲蹲在老马另一侧向祖父恳求道。

"走开——这不是小孩子看的场面!"

"我——不哭!"

我蓦然觉得四周的黑暗向我压过来,眼前跳动着噼里啪啦的火星。

"大狗,你去看看你二狗弟弟,你把他放在哪儿啦?"

母亲的提醒令我浑身一颤。

"二狗——"我耸一下轻松的背失声叫道。"二狗——呀!"我再一声呼唤便唤出了对二狗老弟刻骨铭心的爱与恨交织一起的感觉了。

"哥、哥呀——我在这儿……在这里哪!"

二狗老弟幽幽的声音极其微弱地传过来的时候,篝火燃成一团暗红色的灰烬,我家老屋和牲口棚重又陷进漆黑夜幕里,一阵小风吹动屋顶上的花朵飒飒地摇曳。那只永远忠实为我家守夜的猫头鹰又惨惨地叫起来。

"你在哪儿呀——"

我对着四下的黑暗苦苦地寻找。

"这儿——哥——我在这儿!"

我抓住二狗老弟那尖厉的猫一样的叫声,就像抓住一棵树或是一把草那样真实。黑暗中,我首先发现二狗老弟那口漂亮的白牙,闪烁得像一朵盛开的白玉兰花儿。我走近他。二狗老弟居然独自依着牲口棚的草辫子墙壁,仰面朝着星空凝视。

"你……怎么啦?!"

我头脑里骤然响起猫一样的尖叫声,却是直接贴在了二狗老弟头上。二狗老弟宽阔明亮的脑门确实那样熠熠地闪动了一下。

"没、没怎的!"

二狗老弟这回用正常声调回答令我心安。

"哥——我知道!"

"你知道什么?"

我习以为常地蹲下去像马那样等待着二狗老弟骑上来。

"我、我知道!"

"你知道什么呀?"

我想再一次地搪塞他。

"它……要死啦……"

二狗老弟细软的胳膊搭在我肩上。我感到它传导过来那窸窸窣窣的哆嗦,像秋水上一只破败了翅膀的蜻蜓。

"它不过是要下驹了!"

我的心就像告诉他麻雀翅膀是蓝色的一样平静。

"哥啊——你骗我!"

"我骗你什么?"

"你骗我!"

"不是我骗你,是你自个儿骗你自个儿。"我的心这时候开始气愤开始哆嗦开始忐忑也如同敲响一面鼓。

那天夜里没有一丝风儿,园障外越集越多绿森森的眼光,无声无息地晃动中撞响了茂密的蒿草,弥漫过来一种腥气愈加令我的二狗老弟颤抖不已,终于颤抖地躲进我怀里。

"哥——狼吧?"

我仔细地看一眼园障外的情景。

"不……"

"快——快把火点起来'"

祖父在那灰烬行将熄灭时勃然大怒。祖父的怒吼令我和怀里的二狗老弟为之一颤。

父亲往灰烬里加了些干透的蒿草和木桦,篝火在一阵火星四溅后重新点燃。浓黑的烟随着阵阵微风越过我家院前一块园田地。浓烟弥漫了园障前的山谷,那些灿若晨星的绿色光点开始骚动。随即一片低沉幽远的嚎叫,像无数可怜的弃婴。

"抱麦秸,抱麦秸来!"

母亲在祖父又一次的怒吼中来回来去往返于通亮的院落和黢黑的草垛之间。麦秸全都塞进老马的腹部下面。

"够了!"

母亲便倏地凝立在祖父的断喝中。

"你躲开!"

"我、我、帮帮你的忙吧!"

父亲蹲在篝火那边正面朝我们。父亲脸上跳动着青白的火光。

"躲开!"

祖父宽阔的背脊猛然地颤动了一下,柴火便呼地腾起一团暗红的火星。

"我——"

火星在院落中一点一点地熄灭着降落着。

"你——滚——开!"

"啪"的一响,像折断的干柴。父亲惊骇地一捂脸,随口骂道:"我操——"

"你——再'我操'!"

"啪——"又一声脆响,父亲就再一捂脸,再倏地一跃而起。

"操——"再度提高的畅骂中狠狠地朝火里啐去一口痰,父亲便昂首挺胸地消失在黢黑的屋影当中。

母亲目睹了这一幕后,就开始嘤嘤地抽泣起来。地上的老马在母亲的哭声中发出咴咴的鼻息声。

"走开——你也给我走开!"

"啊啊……"

母亲极驯服地茫然四顾一番,低着头朝黑洞洞的山墙奔去了。

二狗老弟伴着角落里骤起的莫名的呜咽声开始在我肋下不安地挣动得像只猫了。同时,屋顶上嗖嗖地掠过风声,障外窸窸窣窣已有了草的晃动声,狼们用爪扒得柞木障子噼噼啪啪地响。

"冷吧?"

我问二狗老弟。

"冷!"

二狗老弟真像冻着似的哆嗦了一下。

"怕吗?"

我再问二狗老弟。

"怕!"

二狗老弟真像害怕了似的跳动一下白牙,磕碰得嘎嘣一响响。

"真——的?"

我有生以来第一次这样盘问二狗老弟。

"真的……假的……假的……真的……"

二狗老弟那尖细如猫的声音令我疑惑不解。火苗依旧地旺着,我这回才清楚地看见了马流出来的血,原来马血是黑色的,浸透了黄澄澄的麦秸,浸进地里。祖父用手托一下那团白莹莹的胎衣,老马鼓隆的肚皮便猛缩一下,捆牢的四肢无望地挣扎一番,颀长的脖颈平静而自然地舒展开来。

"它……要死嘛?"

我突然听到二狗老弟鼻翼发出微弱的颤音,蓦然感到一惊。

"闭上你的嘴巴!"

我低声然而又严厉地喝道。

这时候,一股聚集于胸剧烈的恶气愈加浓稠,黑暗里我直想吐出来。祖父用那把柳叶刀小心翼翼地剖开白晶晶薄乎乎的胎衣,即刻流出一摊灰白色的污水,愈加浓烈地恶臭起来。胎衣里露出来湿乎乎的一个马头,火光上,虽然看不清它的模样,可它一下子挣扎着向外蹿腾着,急于出来呼吸新鲜的气息。麦秸叫血污染得更加黑了。

"马驹、一匹马驹!"

我低头对准二狗老弟的耳朵眼吐了一口唾沫。

"它……会死吗?哥——"

二狗老弟打我肋下钻出头,哀伤的声调回荡着拉长着。他是怎样独自逃出我怀抱,径自沿着牲口棚朝那堆火光四溢的柴堆蹒跚而去的,我对这些一概不知。

是匹铁灰色的马驹。它的脖子完全露出来以后,祖父便停止了他的动作,凝立半晌,才又猛地举起柳叶刀,火苗使劲地往上蹿了两蹿,蓝莹莹地蹿动,刀刃上的血迹却是黑色的。

"啊——"

祖父骤然长叫一声。

"嘶——"

老马随之也一声长嘶,整个身躯左右一摇,竟然站立起来,却又摇晃着轰然倒下。马肚上被刀整个地割开一条白森森的大口,满腹的血液流淌得遍地都是。我看见了老马一双朝着光明张望的琥珀色的眼睛,如同黎明来临那样一瞬间拉开帷幕,迅速地咣的一声栽进暮霭,中间没有停留。一口悠长的气息嘶叫着打鼻孔打牙缝滋滋地钻出来,吹动着一束蓝色的火苗左右摇曳着。

马驹颤抖着站起来,半个马身在火光下灰白灰白的,像一条残冬底下的狼。浑身茸毛沾在一块儿。篝火这会儿整个地变蓝,忽闪着一簇一簇蓝火苗儿,蛇那样蜷缩着嘶叫着。我走进牲口棚的阴影里面,祖父垂着双臂跪在已经奄奄一息的老马旁边,满头飘逸的白发散漫地遮住祖父苍老的脸颊。

一匹马驹。

我又走出阴影走近篝火去看那匹马驹,一双幽蓝的眼睛正在火里闪烁,四肢和它细瘦的马身整个形成一条拖长的影子飘忽中落到我家老屋墙上。现在,它那一对崭新的耳朵灵活地颤抖着。

"二狗老弟——马驹、马驹生下来了!"

二狗老弟站在原地没有丝毫举动。迎着蓝色篝火,他的双腿完全是两个罗圈腿,我第一次在火光的映照下无比真切地发现二狗老弟是罗圈腿的事实就是这个传奇而残酷的夜晚。我伫立良久,才俯下身去再仔细地感受一下那匹马驹蓝色的眼睛,却令我眼前轰然一大亮——那竟然是二狗老弟的目光。

"马……马死了!"

我惊愕之余听得他始终都在嗫嚅着。二狗老弟拨开我疑惑地去摸老马；那硕大无比的头颅左右摇晃着，带动着整个细软的身子摇晃，也就像九月狂风中摇晃的向日葵。

"哥——"

就在深夜里发人深省地凝结着巨大困惑与哀伤的一瞬间，我已确凿无疑地肯定了映在火光里面奇大无比的蓝莹莹的眼睛是长在我二狗老弟的脸上，而不属于初生灰马驹具有的。

"二狗——"

我情不自禁地一叫，完全忘了眼前跪在篝火下的祖父和站在火堆旁的灰马驹，以及倒在一边的老马和园障外面怎样骚动的狼群。

"你——是你的眼睛！"

这是一件的的确确谜一般的事实：我二狗老弟在我家老马惨死的那个漆黑夜幕里猝然睁开了紧闭多年的双目。二狗老弟睁开的眼睛奇大无比，散发着幽幽的蓝光，却不像初生的婴儿那样明亮那样纯洁，迎着夜下的篝火散发着与生俱来的哀伤与悲幻之光。

我的惊呼没有惊动祖父和那匹灰马驹，祖父依然如故地跪在老马旁边像尊泥塑。初入人世的灰马驹面对着暗淡下来的篝火嗅着闻着。

我话音未落，父亲便打院墙角落黑暗中蹿出来，母亲紧紧尾随其后。他们的步履显得拖沓而沉重。

"大狗、大狗、大狗你说你说你再说一遍！"

没等我再说一遍父亲就拽着二狗老弟凑近火光。

"哪他妈的睁开啦！大狗——"

父亲愤愤地诘问令我吃了一惊，慌忙地凑近火光。火光中，二狗老弟他的眼皮确实像从前一样死死地关闭着。

"二狗——你睁开！"

我用力摇着他的双肩。

"大狗——你骗你爹哈?!"

父亲凶狠地瞪着我。

"大狗没骗你！大狗——我哥没骗你！爹——"

二狗老弟接过话茬说道。

"嗯——二狗！那你——睁开眼睛！"

"我——不睁、我睁不开！"

"你睁开——"

"我不睁开啊！爹——"

"啪——"父亲的巴掌打在二狗老弟的脸上很响。二狗老弟龇一龇白色的牙齿，笑得极其地生动。

"你不睁？"

"我不睁！"

"啪——"又一巴掌极响亮地落在二狗老弟脸上。

二狗老弟的笑容更加无声地灿烂起来。

"你、你、你……"父亲无奈地退回到黑暗里。火堆这会儿仍然很温暖，通红的灰烬温暖着我和二狗老弟的脸颊。

"二狗——你操蛋透了！"

我暗暗地骂他。二狗老弟没吱声，微微颤动的眼皮中间夹住两颗饱满的泪珠，晶亮地闪动着泪花，越来越大的泪花却又不坠落下来。

"二狗呀二狗呀——"

母亲亲切地呼唤着奔来时，我正惑然地瞅着火堆和火堆下的死马回想着发生在二狗老弟身上的一切。四周沉寂，马驹一步一颤地奔着老马勾着的头凑近鼻孔嗅开来。

"二狗呀二狗呀——"

在母亲沁人心脾的呼喊声中，老马望一眼灰马驹安然吐尽最后一口长气，勾拢的脖颈舒展开来。火堆升腾起火星和青烟，四周沉沉如墨。园障外继续着汹涌的狼嗥。

"娘——"

二狗老弟在灰马驹咴咴嘶鸣中叫母亲一声。这声发自肺腑的呼唤像暴风雨中迷途的羊羔呼唤母羊，充满着对母亲与生俱来的依恋之情。

微光中我再次看见二狗老弟睁开一双幽蓝的眼睛，仍然透彻着迷茫与悲哀的光芒。

"二狗我的老儿呀——真的你真的是睁开眼啦！"

母亲将二狗老弟揽在怀里发狂地亲吻起二狗老弟的眼睛来。

"睁开眼了睁开眼了！"

母亲对着黑暗中喊道。

"放开我吧娘——"

二狗老弟猝然地挣脱母亲怀抱。

"它……死了？"

二狗老弟冲着打黑暗中奔出来的父亲询问道。

"喔——睁开眼了！"

父亲面对二狗老弟一双蓝莹莹的眼睛激动地长舒口气。

"怎么……怎么会死哪？爹——就怨你！就怨你！"

"嗯——怨我啥？"

父亲直逼着二狗老弟的目光发出绿色。

"它死了……"二狗老弟闭上了眼。

"好了——这回可好了！"

父亲马上上去拍着二狗老弟的肩胛骨。我发现二狗老弟的后背这时候佝偻下来。父亲的巴掌每一次拍下去的时候，二狗老弟都要咬紧牙关忍受着阵阵疼痛。

祖父依然跪着一动不动，他那飘飘白发依然闪动着遮着脸，巨大的身影映在夜幕上凝固着，牲口棚上像有一只夜鸟在叫唤。起风了，风从外面山坡上呼啸而来，我家屋顶上空呜呜地回荡着风声。

"起来吧！"

父亲终于说话了。他的兴致很好，语气中全然没有了最初的畏惧不安。

"这……这样会着凉的！"

母亲也对祖父悄声说。

"它……死了！"

二狗老弟仍在小声地唠叨着，硕大的头颅仍在摇摇晃晃。

"死了还不好吗？"

父亲回头瞪着二狗老弟。

"不好！就怨你！"

"谁说怨我！"

"就怨你！"

"放屁——放你娘的罗圈屁！"

二狗老弟面对父亲勃然而怒一声不吭地微笑着。他的后背这工夫驼得更加厉害。

"吃饭吧，还没有吃饭哪。走——我的地再也耕不了……唉——还没有到开窑地时节哪，我还要开个窑地呀……"

父亲接下来的嘀咕又像往日那样自如了。

"你……你们滚吧！我烦透你这唠叨的老娘们嘴……"

祖父并没有怒吼却完全出人预料地甩一下潇洒的白发。

"那我们可去吃饭了啊？"

父亲居然学着祖父的口吻对我和二狗老弟和母亲说。

"滚蛋吧！"

祖父又一甩他漂亮的白发。

"嘀嘀……滚啦啊！"

父亲冲着祖父凝然不动的背影冷冷地笑着打趣道。

"呸——"我们害怕跨进家门听见祖父那么一声的痰响。二狗老弟蓦然地站立住，昂着头，喉咙节上咕噜噜一阵响动。

"快走——快走！"

随着父亲的断喝声，二狗老弟一个跟跄扑倒到我的背上，我也一个跟跄扑倒到母亲的背上，母亲一个跟跄撞到一面墙上。

"大狗啊——你看着点脚下，磕死我啦！"

母亲疼痛地哼着呻吟道。

"二狗你看着点儿脚下！"

我愤然回首告诫二狗老弟。

"爹——你、你、你咋推我呀！"

二狗老弟接着我的话茬说。

"我推你咋地？"

"咋也咋不得，你不应该推我呀！"

"操——推你？我是你爹！还打你哪！"

我们退回到里屋，坐在炕沿上一声不吭地嚼着饭。其实都竖着耳朵听外面的动静。随之而来的窸窸窣窣的响动一停，紧接着我家前园木栅门吱哑地又响一声。向窗口望去，漆黑夜幕里有狼暗绿色眼光飘飘悠悠地浮现……

后来，院子里一阵接一阵咕咚咕咚的脚步重得像锤着地面的夯。停一会儿就是狼嗥，却不同于刚才尖厉单调，它们汇成一团，时而撕肝裂胆时而狂奋昂扬。后来沉寂下来便唯有狼还在残喘中。院里又咕咚咕咚一阵脚步声，继而又是一阵狼嗥，又是撕肝裂胆，又是狂奋昂扬……这情形大概反反复复进行了无数次。在这无数次反复的狼嗥中，我一次比一次恐惧地看见二狗老弟那双晶莹的蓝眼睛始终仰望着漆黑的屋顶，嘴里发出铮铮的牙击声。借着一盏油灯的昏光，我又看见二狗老弟后背逐渐地凸突起来，而且极像一个成年罗锅的后背。院子里发生着什么事件？一夜之间脊背出汗粘得炕席嗞嗞拉拉直响，我以为会一夜失眠，可后来还是闭上眼皮，再一次蓦然睁开，时间的长河流过了千山万水，太阳正殷红地徐徐升起在我家前面山坡上面。黄澄澄的炕席上空空荡荡。我慌忙奔出门坎，首先透过园障打二狗老弟矗立的罗圈腿宽阔的缝隙间看见一轮初升的红太阳。父亲母亲挟持在二狗老弟的左右。祖父白发飘飘浑身上下染遍了黢黑马血。那天夜里，马的尸体为何叫祖父拖到园障外扔给狼吃？对此我至今还是感到迷惑不解。但从早晨坠落露珠的草地上染遍马血程度上来看，可以预想昨晚是怎样壮观的场面：枯草上遗留着狼们之间咬噬下来的黄毛，和被撕碎的马皮：一块一块，零零散散地撒遍踏平的红蒿白草间。朝霞里面，草地上的马血是黑色的狼血是鲜红色的，分明又清晰地散发着共同的巨大的血腥气息。有成群的乌鸦在那枯草上翻飞：它们紧擦着草尖，寻找着红蒿白草的枝丫上挂着零零星星的马肉与狼肉，为一小块儿肉争夺着，三三两两地腾空而起，在高空中互啄着，掀动着幽蓝色的巨大的翅膀，瞪着绿色森然的黑眼睛，互相扭打着，蹬着腿扔掉了肉，互相咬噬起来，发出令人心颤的聒噪声。远处，一蓬槐树丛间，血淋淋的马头残酷而又生动地挂在树上面。幽蓝的乌鸦们俯冲下来，即刻间被笔直地刺向天空的荆条扎得嗷嗷叫着重新蹿入空中。

我至今惊叹那天早晨我家前面山坡上那样瑰丽无比那样惊心动魄的场面：幽黑发蓝的乌鸦、黑的红的马之血狼之血……阳光辉煌灿烂。祖父背朝着我和二狗老弟，矗立在滚滚而来的灿烂阳光当中，光束从祖父臂上肩上迸射过来，他凝然的背影闪烁着无数晶白晨露之光辉。双手张开扎挲着，手掌上血红血红沾着鲜血。一头银发上也有丝丝缕缕的血丝，那天早晨的微风始终散发着腥气。

这就是关于那匹老马的最后的故事。

打那天以后祖父好像走完他生命的历程，他的衰亡就像一场早降的霜冬，一切茁壮的残喘的生命的绿叶猝然死亡得那样凄凉那样肃杀。

二狗老弟和老马的遗腹子——瞎眼的灰马驹——也就打那天好像因了某种机缘，死死地连接一起了——

第二年，走过荒火的山坡上迅速地建起一座壮丽无比的旋窑。我家窑地后面无力耕种的土豆地丛生了红红蓝蓝白白绿绿色彩奇异的苜蓿草。草丛疯了一般成长得铺天盖地，势不可挡。

我家院地里，就在老马死后日日夜夜牲口棚没有任何嘶鸣与蹄音。双目失明的灰马驹沉默孤独，却又顽强又自由地成长起来。

睁开眼皮的二狗老弟也像那匹灰马驹那样自由自在地长着。白天，他总是躲在房山阴影里眺望山坡上的窑地。窑地在毒日照耀下，影影绰绰活动着赤裸脊背的父亲和穿男人背心的母亲。那个时候，他们俩正像两棵盛开在夏日里的向日葵，蓬勃而又旺盛。

猝然老态龙钟下去的祖父，剩下最后两颗门牙支撑着他那残余的生命之门。

祖父依然倚靠着墙壁，软软的白发在温暖的秋阳里极其漂亮如婴发那样飘扬闪烁，富有魅力。可他所有顽强的生命气息却在那个夜晚消失殆尽，连同他对父亲的仇恨。

"大狗——你听打雷了！"

整天里，只见祖父严肃地挥着满是树节的桦木拐棍儿，仰头对着蓝得如海洋般辽阔的天空，黯然无光的眼窝上急促地眨动着眼皮，枯干瘦长的脖颈绽放着条条青青紫紫的筋脉，筋脉盘虬搅动。

"天晴着哪！你没看见天晴着哪！"

我用铁锹翻着霜打过的园田地。父亲一大早嚼着饭对我再三嘱咐：晚上要掘完，别净想疯跑疯玩的。你不像你废物的二狗老弟和那匹废物的瞎马驹。我在早你这么大扛着一麻袋老玉米种逃出你爷爷手掌独自儿闯关东来到这里。父亲说着回头瞪一眼我的二狗老弟。我们在饭桌上吃得饭已经不一样：我和父亲母亲吃馒头喝土豆粥，二狗老弟和祖父就只喝土豆粥，不能吃馒头。现在，小屋里嗡嗡嘤嘤地回响着祖父的梦呓。二狗老弟谜一样地面对着黢黑发亮的墙壁，羸弱的身板敏感地哆嗦一下，一双漂亮的蓝眼睛好似激动又好似疼痛地闪烁着，恰如一盏油灯明明灭灭。两腮正叫一口热粥撑得滚圆，他就这样含着一口粥悄然无声地走出门槛走进房山里面去了。我去外面倒一盆漂着油星的洗碗水偷偷地朝他瞥过去一眼。那时候，微微晨曦刚探出山坡，阳光还没有斜射过来，房山和房前一样的明亮。二狗老弟瘦削的肩膀倚靠着潮湿的墙壁，双手插在裤兜里面。我发现他那双忧郁的眼睛正蓝莹莹地微觑着眺望着长空。天空并不碧蓝，好像有淡淡白雾，雾中独有一颗迷惘的晨星。二狗老弟蜡黄的脸上神秘的微笑自然又幽远恰似这会儿的天空。父亲怀揣着厌恶的心情喊我的时候，我迷恋二狗老弟竟然忘了该回到现在寂静下来的小屋里。它的寂静恰恰是祖父打噩梦中醒来时候的信号，我在这以前就已经习以为常了。

我在想着祖父软得没有光泽的蜡质皮肉和干枯得暴起无数白皮屑的脚趾间的皴泥儿的时候，那匹瞎眼的灰马驹浑身铁灰色绒毛抖擞着撞开牲口棚的门一步一晃地朝房山走去了。它的蹄子抬得高过肚皮，伤痕累累的圆耳朵前后左右地耷动着塌落下去，它微微地抖动灰色的马背，打了一个沉闷的响鼻儿，大口地喷出来白色的气息。天长日久，我家房山和牲口棚之间的地面上深深地印出来马蹄踩踏出来的一条弯弯曲曲的垄沟儿。

"哪天我非宰它不可，让岗北的老三拎着刀来宰了它不可……"

父亲每每掮着一摞坯模子走出家院都要吐一口辛辣的烟气。父亲说灰马驹瞎眼不要紧，瞎眼马比明眼马好使唤好驾驭，你别天生下来再给来个风湿关节炎我操你妈的！灰马驹的四肢关节圆滚滚地肿胀着，也许是我家那地方潮湿的原因，所以荒荒的土豆地就不甘寂寞疯疯癫癫地生长出来那些奇异古怪的苜蓿花。

打那时起，我家前面堆集起来的塘坝上面来来往往不少的马车。车轮卷起阵阵的黄尘，像一个发生了战争硝烟弥漫的战场。窑地上的红砖被运走，父亲的黑脸上平添了不少的笑纹。对于窑地下面的那个塘坝我当时是极陌生的，那是父亲母亲的世界，我和二狗老弟只是像看电影那样看着眼前热热闹闹的场面。

"小兔崽子！你骗我你就骗我吧！我听得清清楚楚听见轰轰隆隆的雷声！"

我打夹得密密匝匝的柳条园障缝隙中间瞅见了祖父两只老皮耳朵粘在泥沙墙壁上面。它们黯淡得像九月里挂在死秧上的老黄瓜纽儿，同时孤独又苍劲耸立得如冬天沙果树上透明的冻沙果儿……迎接它的是此刻充沛又冰凉的阳光，映照着殷红的耳轮生动又灿然。

"是你耳朵里面发出的声音！"

我抹下来满额头的热汗，踩在深深切入土里的锹背上。天空这会儿万里无云，一只苍黑的老鹰舒展着翅膀，稳健又凝重地滑过我家老屋滑过远处我日夜向往着恐惧着的崇山峻岭的深处。

"你就讹我吧你！"

泥沙墙上响起一阵噼里啪啦的拐棍声儿。

"打死你、打死你、你这伤天害理的王八羔子……喔喔……老鹰捉小鸡啦！天打五雷轰啦……天打五雷轰啦，老鹰捉小鸡啦……"

祖父突然狰狞下沧桑的老脸上弥漫着惊恐又迷茫的绿色气息，如丝如缕地向我飘扬过来，尽管他呼喊着三岁小孩的童谣，却与三岁小孩童谣的意思背道而驰。墙上那些密密麻麻拐棍儿的回声更令我脑袋上面凸凸凹凹的疤痕一阵隐隐作痛。我缓慢地蹲下去捂住双目愤然回忆起很久以来的往事……这时候一阵鞭响和一阵马车的车轮声轰轰隆隆交织着碾过塘坝上面的土道。

"是晴天——晴朗的天空上飘着白云……"

幸好，房山里探出二狗老弟棱角分明的大头。我后来才感到每当我头上疤痕隐隐作痛的时候，二狗老弟准会出来安慰我的。那道疤痕是我背他时候祖父打上去的。二狗老弟身子都隐蔽在阴影里面，阳光便只照着他那异常衰弱、异常苍老得满是核桃纹的面容。二狗老弟睁开眼皮之前——在我背上的日子里——那面色我至今仍记忆犹新：纤细、柔嫩、滋润得如六月里含苞欲放的梨花。

"喔——是晴天哪！"

祖父欲言又止地张一张干瘪的嘴巴再也不吭声。

我后来想到，二狗老弟的生命好像也是那两年完成了，具体表现在他那异常成熟的口吻上面。

秋阳渐渐热起来了，房山阴影里面溢出来一股又一股的湿气。二狗老弟冲我凄迷地一笑便又把大头缩进潮湿的房山里面去了。

四周重又寂静下来，一辆马车满载着红砖摇摇晃晃地驶下了窑地，红砖上坐着几个戴着鲜红色的天蓝色的橘黄色的头巾的女人。色彩各异的头巾迎风招展着，夹杂着她们前仰后合的欢笑声。

铁锹翻过的园田地里，黑黢黢地一片叫阳光一晒冒出缕缕的白气。白气里面有着浓烈的土腥气味儿，大块大块的土疙瘩上面有许多的圆洞儿，有的有红蚯蚓黑蚯蚓一伸一缩地隐现其中，有的是空洞。它们即使被拦腰切断，也能活着一样伸缩成长。事先我就预备了一个盛过橘子瓣儿的罐头瓶子，一根儿一根儿地揪出它们投进瓶内。没多少工夫，红的白的黑的蚯蚓们越发地多得团成一个黏糊糊的蚯蚓疙瘩，吐出白色的黏液儿，沾在蚯蚓疙瘩上面一层儿，泛着白泡儿。

"老弟，咱们下午钓鱼去吧！"

我不时把罐头瓶举过头顶冲着湿气迷蒙的房山里晃一晃。

"喔——钓鱼去！"

二狗老弟回答我的语调并不轻松愉快，完全是应酬我的意思。

我又埋头刻苦地劳动着，院落东面角落下牲口棚窸窸窣窣地响过一阵，那匹孤独的马驹走进院落，灰嘟嘟的马背上生出来零星的栗色的斑点儿，紧闭的双眼皮完全是一种青紫色儿。它踩着它踏出的那条小径，耸立的耳朵听着屋顶上飒飒的风声。我一直不明白它为何与我二狗老弟会成为天然的朋友。它每次走过去，房山下面就响起二狗老弟的磨牙声和马驹的响鼻声。现在，磨牙声和响鼻声又一次响开了。

"哥啊——你看咱妈！"

我在二狗老弟的呼唤声里抬起头，目光越过园障下那排茂密的榆树冠。母亲总是在我视线里弓着腰，拖着一辆填满黄土的双轮车，一步一步爬到塘坝的斜坡上面。父亲用母亲打塘坝下拖上去的黄土和上细沙扣出来的土坯烧成砖。这砖有的有裂纹儿，有的完好无缺。二狗老弟从不放过母亲艰难爬坡的场面。

现在，天色已经逼近正午时分。秋日依旧如夏日那般毒辣。我家前面黄澄澄塘坝上面。原来那些丛生的白草红蒿已被那场荒火烧得干干净净。拖拉机推出来坝，坝上积的水建成鱼塘，塘上是我家那片坯场，塘里养着草鱼和鲫鱼，沿塘坝看过去是一排歪斜的坯棚。那堵崭新的旋窑正喷吐着浓黑的烟雾。晚上看上去这烟雾里闪着无数道的火星子。旋窑四周都是火门儿，昼夜呜呜地作响。呜呜地喷着火舌。烧好的红砖码得整齐的像一堵完整的墙，晒好了的红砖坯子乱七八糟地堆得一地。

又有几辆马车停在坯场上面。戴着黑色草帽的车把式们在一匹马背上比赛着鞭头儿的准度，鞭声和马嘶声也就响彻云霄起来了。

"哥——你说坡上从前长着什么来着？"

我正凝视着黄土坡上面母亲拉车的情景，猛一愣怔以为二狗老弟又要困惑地询问我窑地下面和塘坝上面从前的景象。我告诉他从前上面下面都生长着草和树。他就摇着头愁苦地对我微微地一笑。

"你那时候啊——哥——你可不是这么说的！哥你不是的，我那时候到底怎么啦？哥——"

我无数次告诉他你不过是没有睁开眼睛，你舒舒服服地吃着喝着跟好人没有什么两样。二狗老弟一听便自由自在地摇着硕大的头颅，蓝色的目光中蕴藏着的忧郁令我内心深处为之一阵战栗。

"我不骗你，你是——"

我耐心地对他循循诱导着，却又不知该怎样安慰他那颗莫测的灵魂。

"我知道——哥你的用意——"

二狗老弟镇定自若地回答。

"可你那时可不是这样对我说的！"

二狗老弟的声调似乎悠悠闲闲却实实在在有一种自嘲成分更令我自责。

"我，我就听了信了就做着一个个梦了……"

二狗老弟的笑容灿烂辉煌起来。

"梦见什么你梦见什么……"

我最初问他是在一个初春的日子：阴霾的天空浓云滚滚地孕育着第一场春雨。父亲赤裸着臂膀，时而抡着那把俄式钐刀，时而高举鸭嘴镢头，奋勇地向枯草向灌木砍去。塘坝上活动着他那疲惫的身影。祖父这会儿头脑也不算清醒，满头披散的白发粘在湿湿的墙壁上，枯槁的脸上异常安详地朝着父亲母亲干活方向张望。

"我梦、梦见都是你讲的……"

"我讲的什么！"

那时隐隐约约的雷声正回荡在幽蓝幽蓝的远山深处。山坡上的蒿子叫风吹得来回来去地摇动着沙沙的响声。母亲被风吹鼓着背心对父亲喑哑地喊道：别干啦要下大雨了……

"哥——我那时候总听见一匹马叫，你就跟我说它打山坡上怎样怎样走下来了，我就梦想着怎样怎样走下来了……"

"怎么走下来了……"

我马上又感觉到骑在我脖子上抠着我喉咙令我窒息的滋味儿：打骨髓中流出二狗老弟曾经热切地喊我哥啊哥时候的气息。屋顶上已有了滚滚而来的雷霆的声音。我感到前胸和后背一阵紧似一阵猛烈地抽搐。

"你——怎么啦啊？"

二狗老弟佝偻的目光像他后背的罗锅也像灰色天空中出现曲里拐弯的闪电。我忙转过脸去，发现此刻阴暗的牲口棚下面闪动着一双灵活得如狡兔般闪动的耳朵：灰马驹对二狗老弟跺着蹄子打着响鼻儿。

"我在你那悦耳的声音引诱下看见了那匹老马蹒跚地走过夕阳西下的红蒿白草间了……"这时候阴沉的天幕下面，祖父的脑门上闪过一道道暗蓝色的弧光，微微开启的瘪嘴巴里面，有老牙磕碰发出的响动声。

"记不清、记不清了、我就是梦想啊梦想啊……白的马红的马黑的马，所有的马高高大大像咱们家的房子的模样儿——"

二狗老弟黯然神伤下来，眼睛里困惑而又迷惘地望着我家前面的山坡。

二狗老弟是目睹老马惨死在院地里的。我眼前骤然出现那天晚上的篝火和那天晚上那股沁人心脾的血腥气味儿，以及风中飘摇着野狼的绿色眼睛……

"咱妈——"

二狗老弟又一声惊呼将我从臆想中唤醒。幽蓝的眼光闪动着无限柔情。

"咱妈咱妈咱妈……"

二狗老弟接二连三地呼喊着，并努力地挺直佝偻的后背，却打蜡黄的脸上渗出一层细密的汗珠儿，眼窝里盈满了晶亮的泪珠儿。

"喔——"我蓦然回首：塘坝下面那面陡峭的斜坡上面，一辆手推车一歪一崴地爬行着，斜阳安然地照射着坡上橙黄色的黏土，母亲褐色的背心汗漉漉的，粘在乳房上粘在后背上，一条长绳嵌进肩膀肉里面。母亲佝偻着壮实的后背上，散乱地摊开着湿发，缕缕的白气萦绕在母亲的头顶上方。母亲的头一点一点地向前拱着一寸一寸前进着。四周寂静，坯场上旋窑的烟气吐得悠扬自然，唯有斜坡上面那辆手推车咯吱咯吱地怪叫着艰难地爬着坡。车上的黄土用锹背拍得瓷瓷实实，像抹子抹出来的。两道深深辙迹印在斜坡上面，车辙之间一排脚窝坑儿，母亲的脚尖每跳进一个坑儿里，车轮便咯吱地叫一声，土车随即便向前移动一寸距离。母亲背上颤动着一团热浪潮水般地蒸腾起来了。

我和二狗老弟屏住呼吸遥望着塘坝上面的情景。二狗老弟双手薅着自己蓬乱的黄发，嘴巴里一声一声嘀咕着：咱妈咱妈咱妈……

陡坡越缩越短了。土车马上就可以露出头来的时候，我听见二狗老弟松了一口长气。园障周围榆树树冠上面有一只紧张的黑色鸟儿倏地弹射出去。

"噢呜——"

祖父轻松又漫长地吐出一口蓝色气息时候,二狗老弟正蹒跚着往他迷恋的阴影深处走去。我弯腰捡起园地里的锹和爬出罐头瓶的红色蚯蚓。牲口棚又如往日那样窸窸窣窣地响开了。阳光依旧安然平和自然温暖,老屋的砂泥墙上闪烁着晶亮的砂砾。

"狗爹——狗爹——狗爹——狗他爹呀!"

猝然回荡起来母亲召唤父亲沙哑的嗓音弥漫整个土坡和土坡下面我的家园上空,同时响起一阵轰轰隆隆的车轮声。

后来出现我同祖父同二狗老弟永世不忘而又永世不解的景象:满载着黄色泥土的小推车箭一般打高高陡坡顶上下滑下来,速度越来越快。刚才静谧自然的黄土坡上,荡起来大股大股的黄尘如云朵一般在那里奔驰而下。惊马似的小推车拖带着母亲,母亲开始跟跟跄跄地退下去,后来一头栽倒在陡坡上,浑身裹在黄尘里面,迷蒙迷蒙。

"狗爹狗爹狗爹啊……"

越来越大的黄尘里面传出来母亲的叫唤却极其响亮极其地激动人心。

这会儿陡坡下面那团潋滟的深水还闪着微漪,随着山响的车轮声,平静而神秘的水面罩上了丝丝缕缕的雾气。雾气是打四周土里滋生出来的,迅速笼罩住了整个的水面。这是一个午后2时阳光灿烂晴朗美妙的天空上面白云朵朵的时刻……

我那又瘸又罗圈腿的二狗老弟像离弦的箭一般射向那个塘坝去了。他佝偻的后背上面凸突的大包一伸一缩着,跌跌撞撞如一头勇猛又怪异的野兽。

"二狗!二狗!二狗……"

碰到墙上再折回来的是祖父那热切的呼喊声。他那一刻极其清醒地拄着疤节累累的桦木棍子颤抖着站立起来。枯瘦如柴的肩上逛里逛荡地架住长衫。每喊一声二狗祖父长衫便皱起大片的褶子。

"二狗呀——"

祖父枯干的眼窝蓦然盈满泪滴时候,二狗老弟已经在塘坝上迅跑起来了。他背上那鼓隆的大包上面跳荡着一团卵黄色的骄阳。

"妈妈——"

我的二狗老弟艰难地昂起硕大的头颅,枯瘦双臂张开来,面对着一泓险恶的秋水呼唤着母亲。

"二狗——"

母亲最后的目光里映满了二狗老弟蜡黄的长型脸上飞扬着的一颗又一颗光彩夺目的泪珠儿。

"妈妈妈妈——"

"二狗二狗——"

"妈妈妈妈妈妈——"

"二狗二狗二狗——"

"妈妈妈妈妈妈妈妈——"

"二狗二狗二狗二狗——"

飞奔而下的车轮毫不迟疑地栽进水里,散开粉色的喇叭形的水花儿。喇叭花心里的母亲又朝着塘坝上面跳动一下眼皮儿。那上面的坯场上仍轰轰烈烈地响着马嘶声响着皮鞭声。始终没有父亲的身影儿出现,母亲绝望的眼睛圆圆瞪着盼望着……

"二狗二狗二狗二狗——"

母亲肩上的绳子将她径直拽进没过下颏的深水里面。母亲对二狗老弟的呼唤戛然而止于水面上面。母亲苍白的脸上最后双目凸突地瞪着上面沸腾起来的坯场。

"妈妈妈妈妈妈妈妈妈妈——"

我亲眼看见二狗老弟毫不迟疑地朝陡坡下一栽歪滚了下去,就像一截树桩,没有任何规则地滚动着,带起尚未平静下来的黄尘如尘如雾般弥漫开。尘雾里面仍回荡着一声高于一声二狗老弟尖厉地呼唤母亲的声音。

绿色的雾气悄然散尽之后,水面重又如镜子一样平静得波光潋滟起来。

其实我那时刻没敢去看那个场面。我把头栽进松软又温暖又湿润的土里面,听着母亲的叫喊想象着母亲听着二狗老弟的呼唤想象着二狗老弟栽下去的情景。于是他们就像树那样清晰而自然地打土里生长起来。于是我大口吞噬着大股大股蒸发上来的土腥味儿，牙嚼着土粒咔嚓咔嚓地响——后背让冰凉的阳光照出来一阵凉汗过后，立即变成湿漉漉的气息，渗透我的衣衫散发出来。

"大狗你个王八羔子，胆小如鼠的大狗你撅着腚干嘛你！还不快去救你弟弟二狗去呀！"

我打土腥气息的世界里胆怯地昂起头。热乎乎的嘴唇上沾满湿湿的黏土粒儿。祖父仍然拄着拐棍儿，大衫上的褶子哆哆嗦嗦地抖动着。枯槁的老脸上黄黄白白地抽搐着脸皮，跳越出来无比灿然无比喜悦无比亢奋的光彩如上釉的美丽瓷瓶表面。

这会儿，我家整个家园上空是一片嗡嗡嘤嘤的聒噪声，像一架飞机在上面盘旋不止。

我踩着松软的土奔跑着慌忙地回头看一眼——家园的那排榆树冠上满满堂堂地站着幽蓝的乌鸦——它们有的聒噪有的鼓动着翅膀扇动起来欢乐的风声。

我看见渐渐逼近的塘坝下面母亲仍然生动地活着，水面和她的肩胛平齐，露出的脸在冰凉的阳光里冻得乌紫乌紫的，嘴唇已不再颤动，一双黝黑的眼睛闪动着必胜的信念，闪动着旺盛的生命的火焰。水面上面的母亲，张着双臂，五指分岔开来，像冬天枝丫虬乱的树枝。

我那奇形怪状的二狗老弟在我抵达之前，就已经浮在了水面上面。二狗老弟不会凫水。我愕然地看见二狗老弟嘴边的水不时咕噜噜地冒着成串成串的水泡儿。他依然朝着母亲冲锋着，悬浮在水面上的头却一次比一次地矮下去，水泡儿一次比一次地扩大起来……

我刚踏上塘坝，看见父亲魁梧地出现在那里。

"大狗——救你弟弟二狗去呀！"

我清楚地听着祖父的呼唤向着塘坝下面冲下去。水面上面，父亲已经挟起二狗老弟挥臂往上一甩，二狗老弟扑通一声坠入浮土上面，浑身湿着一滚贴满一圈黄土。二狗老弟紧闭双目，脸若死灰一般，肚皮鼓着撑起灰布裤子像塞上去了一个大西瓜一样。父亲抬脚用力一踩，一股黄水打二狗老弟嘴里和鼻孔中间一齐地射出来。父亲舒了一口气，再用力一踩，嘴里鼻子里再一齐射出大股的黄水，一股一股洇湿大片的黄土。肚皮便渐次地瘪得跟褂子一样宽松了下来。

"妈——"

我走近他们。二狗老弟已经睁开一双蓝莹莹的眼睛呆滞地瞪我足足两分钟之后才愤然一喊，又一口浊黄的水射出来。

"二狗老弟——"

我呼唤着他对他抱歉地瞥一眼冲下水去救母亲。脚面刚一沾湿，就听见水面上漫过父亲极其凄凉的一声呼喊：

"狗娘——狗娘——狗他娘呀——"

母亲是被小推车绳子活活勒死的。母亲至死身躯依然坚硬地伫立着，浮在水面上的双臂笔直地舒展向前，直视前方的双目如同活着那样温柔那样生机勃勃。这温柔是留给二狗老弟的！我想起从前母亲将乳头塞进二狗老弟嘴里时的情景不禁地潸然泪下。

二狗老弟打过一串饱嗝儿后苏醒过来，自己爬着硌在一块硕大石头上挤着肚子里最后一些残留的黄水。

父亲怔怔地对着母亲的遗体伫立发呆，二狗老弟觉得肚子里空空荡荡了便转身爬着扑到母亲身上，头深深埋进母亲敞着领已经叫水泡白的颈窝里面，久久地没有动静。

"狗儿——"

父亲俯身拽他起来。二狗老弟紧闭的双眼猝然睁开，幽蓝的眼睛里面比平时放射出来更奇异的光芒。

"放开我！"

二狗老弟对父亲极其冷漠地说。

"狗儿——"

父亲悲哀地一撒手。二狗老弟两腿一软，又跌到浮土里。

"你——哭啦？"

二狗老弟纳闷地对父亲说。脸色谜一样疑惑不解起来。

"喔喔喔……"父亲痛苦地甩得泪珠四溅。"我、我在上面、在上面正卖着、卖着砖……没听见、没听见……呀！"

"你哭什么？"

"我哭你妈！"

有两辆马车停在了塘坝上面，打上面走下来一老一小两个车把式。老的黑面小的白脸儿。他们不动声色地看了一眼躺在地上母亲的遗容，开始给父亲点钱。花花绿绿的新票子噼噼啪啪直响。

"多……多少？"父亲抽噎着眯起眼缝儿，两颗泪珠打里面流出来。

"一百二十块整！两份！"

"一……一百……二十……太少……"

"不少！一块砖七分钱！你看我的大车板上码四排，每排五十块，两层，正好一车板摆齐了，不信你自个儿看去。"

黑脸老板对父亲说着扭身离开时又瞥一眼去世的母亲。

"哪是……哪是七分……我早、早说说过七分五、七分五，少半分、少半分我、我、我是不干的，你等着啊——狗娘！待会儿我再哭……"

父亲继续抽噎着追上去。他们在阳光普照的塘坝上面比画着盘算着。半小时之后，马车才沿着堤坝咯吱咯吱地走远了。父亲衣兜里叫钱撑的鼓鼓囔囔着回来看一眼躺在土上的母亲，用劲地眨一下眼皮，又开始放声大哭起来。

"哈哈哈……你、你哭、哭我妈？！"

二狗老弟冷漠的眼里笑出来仇恨的泪珠来。蜡黄的脸皮颤抖着，蓬乱的脏发摇晃着，飞溅出来大颗大颗的泪珠和水珠，在阳光里闪烁着七彩之光。

"二狗——操你妈——我哭——你还笑？"

父亲愣怔着抽泣几声，扬手打在二狗老弟脸上。二狗老弟咚地一头栽倒下去，正好斜着倒在母亲湿淋淋的身上。母亲温柔地经久不息地望着二狗老弟。他仍旧无声无息地瞪着父亲，仍旧是一副鄙夷与不屑的笑容。

"操你妈的你再笑！"

父亲抬脚狠狠踢过去。二狗老弟轻得像个皮球我是深知的。皮球被踢得一尺多高，又轻飘飘地落下去，砸起一层又一层的黄尘。二狗老弟在黄尘里的笑容冷漠而又高傲像一条美丽的眼镜蛇，寒冷阴森。

"笑？再笑？你再你妈的笑！"

父亲在二狗老弟那蛇一样寒冷的笑容里哆嗦一下，马上又狂怒地吼叫着扬手原地转了一个圈儿，重重地打在二狗老弟脸上。蜡黄脸上慢慢地红起来，继而肿起来，馒头一般地凸突起来。这些创伤仍然没有遮住二狗老弟轻蔑孤傲的笑容。二狗老弟脸上的笑容像熟透的苹果那样漂亮起来了。紫色的眼皮夹着两颗凝然不动的泪珠儿，蓝的水晶一般地闪动。

"混蛋——败家子儿——混蛋——"

祖父遥远的呼喊冲破家园，回荡在塘坝上空。父亲的大手扬起来划一漂亮的弧线，停在空中却没落下去。

"喔——"

父亲木然地四下张望中，看见祖父停在空中乌黄的桦木拐棍儿。

"你个王八羔子的狗爹——你个酱油淹的油锅炸的……大狗背你弟回来，你个王八羔子快背你弟回来！二狗叫大狗背你回来，二狗呀——"

祖父亢奋地谩骂声中没有意识到母亲已经死去了这个铁的事实。我想。

二狗老弟顺从了祖父的话爬我背上来。我们兄弟在阳光浓稠的塘坝上像好多年前我背着二狗老弟那样。我重温他那轻于鸿毛的体重时却已倍感亲切起来。

"二狗——你——哭吧！"

我脖颈上面一凉，随即就痒痒地往下爬下来一长溜儿，像爬过一条毛毛虫子。

"妈——妈妈——"

二狗老弟颤颤的牙声嘚嘚地磕响着。

"妈——"我心里这会儿蓦地一紧。眼眶涩涩地溢满了泪水，扑扑簌簌地砸到干燥的黄土里面。

"妈——我吃你的奶吃了好多年——你的奶呀——娘啊！"

"爹也是!"

我的眼睛透过泪水觉得脚下黄土模糊一片。

"他也是?!"

"爹是晚上吃你是白天吃!"

"喔——娘啊妈啊,你把奶塞我嘴里我都记得娘啊妈啊你奶的滋味儿哪!哥——你记不记得!"

"我不记得了!"

二狗老弟的蓝眼睛刺得我脊背隐隐地作痛。

"哥啊——放开我吧——娘!"

二狗老弟喉咙里咕噜噜地响一阵,便挣扎着要我放下他。他的头打我的颈凹处向一边攒着,愤怒地瞪着平静的水面。水面闪闪波光像无数条银鱼。二狗老弟满眼里生出绿色的锈。

我紧紧地扣住二狗老弟两条腿,任他在我背上痛苦地颠簸扭动。黄黄的土坝下面传过来父亲一声高一声低的呜咽。二狗老弟泪水四溅得如雨般浇得我的头淋淋漓漓。现在,我的泪水也四溢着,铜钱一般大地印在黄土道上。泪里包含着对母亲和二狗老弟的爱,就希望这样背着二狗老弟永远走下去,走到我迷恋又畏惧的每日太阳沉落再升起的紫色的崇山峻岭。然而,山坡却很短,我们很快就走进我家的园田地。罐头瓶里空空如也了,蚯蚓们沿着光滑的瓶壁怎样钻进松软又鲜腥的土里我全然不知。我踩着松土低头仔细地盯着阳光下黑油油的土却没有蚯蚓的踪迹。

"二狗——"

松土上映出园障参差的暗影时,祖父喑哑地喊道。

"娘——"

二狗老弟声泪俱下的长嚎如同骤起的汽笛,惹得我耳朵里一阵嗡鸣。

我泪眼迷蒙地走着走着。终于又像过去那样看见一群搬家的黄蚁:它们头大腿长肚子短而圆。前爪推着比自己还大的白色蚁蛋,欢呼着自夸着对着风伯说看我劲儿多大呀!我听着盯着黄蚁们的欢呼向祖父映在地面拖长的阴影走过去。

蚂蚁打祖父身上爬下来，爬过他的黑布长衫爬过他的脚背沿着祖父灰色影子爬向我了。黑的黄的蚂蚁痒痒地搔着我的浑身，我在一种奇痒难忍折磨下挣扎着怀恋着我那用奶水喂养大的二狗老弟和狗爹的母亲……

祖父听说了母亲的死讯看一眼卵黄色的坝下仰天长哭的父亲，骤然地抖擞一下黑色长衫上满满堂堂的蚂蚁。我在蚂蚁如雷贯耳的欢叫声中大汗淋漓地痛哭着凭吊着我的母亲。

许久，阳光西下的卵黄色的土坝变成紫色时刻，一声嘶叫打窑地后面的苜蓿地里传播出来。我骇然间闻到了苜蓿花的香气：铺天盖地，沁人心脾。二狗老弟无动于衷地呼唤着娘我是你的奶养大的我知道你的奶是咸的甜的苦的……我想你呀娘——

牲口棚这会儿已经空空荡荡我并不知道。灰马驹倏然而逝如一缕青烟那样飘逸而去了……

二狗老弟说：灰马驹打那天开始就时隐时现地游荡在我家窑地后面旺盛而又绮丽的苜蓿地里。二狗老弟说他亲眼看见亲耳聆听了灰马驹引颈长嘶，搅得红红白白的田野里弥漫的苜蓿花风起云涌。

母亲惨死后就埋在那向阳的坝上。祖父打那以后便不再以为晴朗天空雷霆滚滚了。祖父终日贴在墙上垂目凝思，或极目眺望，就像前面山坡上有匹老马谦恭地踽踽独行。

我家的园障前那排榆树冠愈来愈茂密丰厚，母亲丧生时招来的那一群黑乌鸦再也没有离开榆树冠。乌鸦们早晨铺天盖地地飞向遥远的蓝色山脉，黄昏归来便黑压压一片站在枝头上聒噪。

父亲那些年极其惧怕彻夜不息的嘶鸣和榆树上的黑乌鸦。他健壮的身躯是因为乌鸦聒噪的折磨还是后来我去坯场帮父亲振兴衰败的窑地发现他惊人的隐秘后而一天天消瘦下去的呢？父亲晚上独自躲在屋里喝着闷酒，酒醉以后，深夜父亲的鼻息便时时发出母亲在世时那种抽水机似的呻吟声。打那以后土炕上骤然的寂静与我家窑地失去一个褐红的裸背似乎有某种联系。长长坝下便逐渐荒芜得再一次丛生起来了红蒿白草。每天早晨乌鸦们走后，父亲才喷着酒气捎一摞坯模子穿行于荒蒿野草间。这是父亲形影相吊踽踽独行的开始。

牲口棚空了,却依然矗立着,阴暗幽深。草辫子泥墙上许多的窟窿不时散发出一股股酸腥的气息,在阳光下泥墙是褐红色的。

二狗老弟整天沉默不语。那房山愈显灰暗、幽静、神秘莫测,天天有一阵低沉的啜泣打那里徐徐传来。

"大狗,二狗哭哪,你不哭?"

"我哭啥?"

我那时正式为我家前面枯败的塘坝日益萧条的窑地而开始伤心焦虑。

"你说你让我哭什么?"

祖父倚着墙坐在木椅里。他的面孔在阳光下消失了往日的迷蒙与恐惑。飘飘白发下一双和善又温柔的目光静静地关注眼前的一切。

"二狗是个好孩子呀!"

"喔——好孩子……"

荒蒿野草围困着那个塘坝水面上生满了绿苔。其间横横竖竖漂浮着几块木板上也生满苔藓。成千上万的蚊子上上下下地窜动着,远远看去如一团不散的紫雾。

母亲躺在她日日爬过的陡坡上,盖满黄土,黄土坡又如从前荒芜不堪。不过那里面自打夏天以来就有一只巨大的蝈蝈或是蟋蟀,尤其是在骄阳下叫得甚是毒辣得令人心悸。

"大狗,你把它逮了去吧!别叫了——"

蝈蝈或是蟋蟀的尖叫声中,祖父苍苍白发垂入胸前痛苦地飘摇。

我便顺着园田地去逮那只巨大的蝈蝈或是蟋蟀。蒿草密匝。我一进去,扑面而来的蒿香几乎要将我推倒。我踉踉跄跄着。太阳在每一片灰白蒿叶上跳跃,喇叭花缠在蒿秆上开放。黄的和紫的喇叭花上栖息着蝴蝶和野蜂。它们被我的介入打扰了,嗵地一跃而起。我看见一条小蛇打缠满青苔的木板上探出头,蛇头是圆的两只眼睛是鼓得像青蛙的眼睛,舌头红而透明,两条长长的蛇信子发出噗嗞嗞的声音。每叫一声就有一只蝴蝶吸进嘴里。我被蛇吓了一跳,狂奔着逃出蒿丛。蝈蝈或蟋蟀才又毒辣地叫起来。

"你把它逮了吗？该死的！"

祖父的太阳穴上跳动着两条青白色的筋脉，就像两条盘缠一起的蛇，一双枯手抓在胸前拼命地抓搔，头低垂着摇动。

"我逮不着！"

我没有说我害怕那条水蛇。

"你就叫它叫吧——"

"我一进去它就不叫了。"

"你得一会儿，别惊动它，它就又叫了，又叫了你再悄悄过去逮它……"

"我……害怕！"

"你怕什么？"

"我怕——"

我看见骄阳的屋顶上一片蔫了的灰菜和灰菜上盘旋着麻雀。

"爷——叫它叫吧！"

二狗老弟在我无言以答时从房山下探出一张苍白的脸来。

"喔——"祖父软弱无力地仰面翻一下眼白，"叫、叫它叫吧！"纹路纵横的脸上抽搐了一阵。

"叫吧叫吧……"二狗老弟畅快地喊着喊着，屋顶上就有一只蝈蝈或是蟋蟀响应起来。

"哎——"

祖父在椅子里痛苦地辗转、挣扎。

"嘻嘻……"

便有窃笑打房山里传出来。

我在二狗老弟和祖父的欢乐与痛苦中眺望着我家这时候的窑地：偶尔有父亲身影闪动。他在那里再不是披荆斩棘的形象啦。父亲时而面对窑地后面大片苜蓿地眺望，时而面朝我们住的老屋久久伫立。

"爹——"

我总在父亲出现时喃喃自语。

"你说什么？"

"我、我说……什么……"

我蓦然回首正撞上祖父一双探询的目光,打墙上弯曲着爬过来。
"我……我说蝈蝈……"
我不愿告诉祖父此刻我对父亲孤独身影的恋情。

已经有许久我家那条塘坝上寂静得没有马车或汽车来往啦。这天下午,终于有一辆破烂的牛车慢慢吞吞驶向我家窑地。牛把式是个蓬乱着黄发的女人:壮实的体魄一摇一晃着。她在摇晃中用低沉的嗓音唱着一支歌:

我家没有一条像样的狗

我家没有一条像样的毯子

我家没有一张像样的床

我家没有一个像样的院落

我家没有一个像样的男人

啊哈呀——

这架破烂的牛车唷——

便是我的家院我的床呀

啊哈呀——

我第一次被歌声打动,在歌声中陶醉下来。这天晚上。父亲穿过低飞的乌鸦翅膀在夜幕降临许久才推开家门。外面那粗哑的嗓门再一次将那歌声带走。

冬天了。

前面塘坝下封了冻。母亲坟上一片枯草。那里仍是朝阳地带,没有风,经常栖息着几只幽蓝的乌鸦,它们凝神静睇地站在坟上直到下雪了。整个大地白得肃穆。我家窑地后面和前面,再也没有任何生命的迹象。我想:母亲躺在白雪下面一定很舒服的。祖父仍早早坐到墙根下,裹紧皮袄、戴上棉手套,面对白雪皑皑的家园发出蓝色的神秘微笑。这微笑包裹着白的空气和空气里阳光的微粒,其间翻飞着大群的黑乌鸦,它们并不乱,却是低沉凝重,间或倒有几只喜鹊上上下下随着苜蓿地地势翻飞显得轻浮而又可笑地叽叽喳喳吵吵闹闹。

我在祖父蓝色的神秘微笑中热爱起乌鸦来了——乌鸦们始终飘摇在雪国中直至黄昏将至:落日下垂到遥远的雪际线上,由深紫到微蓝扑展过来一片。一道金色光芒镶嵌在蓝色雪地中间,乌鸦们这时才栖息在我家前园光秃秃的榆树冠上面,瑟缩成漆黑的一团,极有秩序地排列着。最后静静听着遥远的落日沉落下去的回声,才一齐冲着一束殷红的夕阳凄凉地叫几声,证明它们是活物。

我的整个冬天都是在对乌鸦的遥望中度过的,便不觉得春天是怎样悄然而至的。

一个春日,父亲早早地打窑地归来。

"大狗——"

父亲推开栅栏门喊我时,我正和二狗老弟数着苜蓿地里零零星星的花朵。

"嗯——"我应一声,二狗老弟打我眼皮下佝偻着身子躲进他的房山里去了。

"大狗——坐下来!"

"爹,你没吃饭吧?"

这些日子我被乌鸦和苜蓿花迷住了。父亲日益沉默不语鬼魂似的躲闪着树上的乌鸦们。整个春天父亲怎样愈加瘦下去怎样蹒跚地走过荒芜的塘坝我都记不清了。坯场上已经逝去了那热火朝天的场面,那眼旋窑依旧如期地冒烟了。青白色的烟气缭绕着我和父亲正式交谈的那个春日的下午,缥缥缈缈扶摇直上,黄昏时刻弥漫开来,缠绕着红砖和坯场下的荒蒿如雾般成堵墙了。

我们坐在院里的那截石磨上面。父亲眯起由于失眠密布着血丝的眼睛,瞅着自己嘴上的纸烟,吸吐中缓缓升腾卓轻盈的一缕。

我无声地嗅着打父亲身上散发出来热烘烘的气息:汗的甜味儿和油泥的苦味儿。我翕动着鼻翼努力地呼吸着,一种未曾体验过的感觉萦绕到脑海蠕动到心灵,逼迫得我双唇嗫嗫地颤抖起来。

"爹——"我呼唤的时候,暮霭已经悄然挤进园障。乌鸦徐徐归巢。父亲低头咬紧牙关,牙却嗫嗫地撞响着。

"喔——大狗!"

嘴上叼着的烟头闪烁一下又黯淡下去。

"大狗你大了!"

暮霭雨后的蘑菇那样迅速壮大起来。

"我大了！"

我裤裆里猛然挺立了一下子，它极灵活地站立许久许久。我切实感到：我大了。

"你看——窑地！"

"喔——我看见了！"

旋窑四周窑眼都亮着时不时喷出火光来。

"我娘死了就我自个儿了……"

"就你自个儿……"

我想父亲为失去母亲的奶汁而难过的。

"你看你大了我才跟你说！"

"说吧！"

乌鸦的翅膀拍得屋顶上的野草簌簌地响。父亲浑身一哆嗦。

"我睡不着觉，成夜地睡不着！"

我静听着父亲述说。同时还听见小屋里祖父的梦呓。

"这些乌鸦……乌鸦从前是没有的！"

"是没有的！"

"怎么回事啊——大狗！"

"不知道！"

"你……你们应该知道它们……"

"我不知道——"

我在父亲无力的语调中感到难过了。

"喔——那你弟弟知道！"

"我不知道'他知道'"。

"你们兄弟……现在不一样，你长大了！"

"我长大了！"

"你弟弟长不大！"

"他——"

"他就是乌鸦——我失眠做梦，梦见好多次他就是两个翅膀的乌鸦……"

我疑惑地扭头看看父亲。黑天里父亲只是个蠕动的影子。

"嗬嗬……"父亲自嘲着自己的梦魇。"好了,你明天去吧!"

"我去!"

我心里这会儿忽地亮了一片崭新天地。

"还有——"

父亲把半截话含在嘴没有吐出来。

"还有什么?"

我久久等待着。暮霭落到我脸上手上头发里,湿漉漉的。磨盘凉下来。

"喔——睡觉去吧,我也困了。"

"还有什么?'"

我舔着发苦的暮霭挺立着。

"睡觉去吧!"

又一阵乌鸦翅膀噼里啪啦地悸动声。父亲倏地跳起身窜进屋里去。一道幽光掠过我的眼前,紧随着咣地撞在紧闭的门板上。

第二天早晨,我就捡起第一只脑袋粉碎的黑乌鸦,它摊开着翅膀趴在门板下面。我对着旭日展开它的翅膀。看见乌鸦的羽翎很美丽,油光锃亮并且透明,霞光在上面跳着舞蹈。

"哥,给我——"二狗老弟伸手要它。我蓦地想起父亲的梦魇,就赶紧递给二狗老弟。

就打乌鸦撞碎脑袋那天起,我有生以来第一次光脚踩在平坦如砥的坯场上。正午的毒日晒得砂粒滚烫滚烫,我的脚板钻心地疼痛着。父亲蹲在前面教我用水洗坯模子用铁丝划泥。

"烫!"

我说。

"烫烫就好了!"

父亲鸭蹼一样分开的脚趾纹丝不动。

腰酸腿疼的一天下来,我在夕阳西下时一瘸一拐地踏进我家院落。

"大狗,你来看我牙松了。"

祖父倚在夕光里，张大嘴巴，用手掰着一颗松动的老残牙。

"哥，你该看一眼去！"

我筋疲力尽得无心看祖父的老残牙。二狗老弟目光幽幽地瞅着我。

"滚开你——真烦人。"

我瞅一眼墙角那儿倚着的侏儒老弟，愤愤地叫道。

"哥——你累了！"二狗老弟仍心平气和地说。

"我累了！"我的喉咙猛然一阵发哽。

"哥——我也累着哪！"

"你、你放屁——"

我那天无端的怒火是让二狗老弟心平气和的口吻惹出来的？还是让坯场上毒日活脱脱晒出来的？我不知道。

我家旋窑每隔3个月要出一次砖。我第一次看见出窑的场面是在我脚板烫出一层茧子以后，能像父亲那样在半分钟内洗净坯模、刮泥、提板，完好无损地在洒满沙粒的坯场上脱出四块完好的泥坯。

那次出窑之前我曾见过那个女人把式赶着牛车独往独来过几次。她这会儿已经不再唱那支令我如醉如痴的歌了。她美丽健壮得像头母狮。

父亲听到牛哞哞地一长串的嚎叫之后便放下运泥的叉子。我说的秘密就是指这一桩：他们在我家窑地的坯棚下如漆似胶地翻着滚着的时间，大概是日头在瓦蓝瓦蓝的天空滑过两百米的距离。

我迷恋脱坯甚至忘了那轰轰烈烈的场面。后来是那骤起的牛哞使我蓦然回首：太阳斜斜地射着我家晒黑的坯棚，一堆苫坯的草帘攒动着，撅出来父亲卵黄色的屁股，斜阳落在他一起一落如葵花般灿烂的屁股上闪闪烁烁。一阵极有韵律的喘息中，我听见他们那刻骨铭心的呼唤——

我的小宝宝
我的小鸡鸡
我的小牛牛
……

牛车停在光秃秃的坏场上。牛瞅着我。牛眼里时刻放射出绿油油的光芒引诱着我。我是怎样扔了坏模怎样跳过坏场上高高拱起的土坡一步一步逼近那处轰然作响的草帘我全然不知。我满眼映着窑地后面那片苜蓿花,满鼻孔吸着苜蓿花浓烈的花香。毒日下,红红白白蓝蓝黄黄紫紫的苜蓿花弥漫如海地放射出五彩缤纷的光芒。

我倚着牛车听着牛哼仃立着想象着父亲和那女人赤裸裸地呈现在太阳下面的情景。他们无数次攒动着,那簇草帘弄得窸窣地乱响。我的耳鼓里灌满了那种彼此的呼唤:我的小宝宝我的小鸡鸡我的小牛牛……我又一次全然不知地跨过高高拱起的一堆黄土和一条荆棘丛生的土沟。我后来猜想我是像鱼那样游入花海里的,第一次踏进辽阔无边的苜蓿地里,苜蓿花摇撼着晕眩着我的目光,我在苜蓿花灿烂无比的海洋里第一次遗精。我那雄壮的阳性经久不息地勃然昂扬起来。

我家出窑那天,那女人前一天用牛车拉来了一头活猪。父亲像从前老马惨死时那样生起一堆柴火,柴火上坐上一大锅开水。活猪直接放进去,用一铁片刮去猪毛。那女人那天盯着我问我做你娘你干吗?她在阴天的光线里,黑红的脸蛋神采奕奕,浓密乌黑的头发沾满金色的麦秸。她又说你看你家多需要我呀——尤其你爹。那时候,父亲正从猪蹄上豁开的豁口给它吹着气,吹得猪膨胀起来像个气球在开水锅里翻动。

"爹——你不放它血吗?"

我冲那女人仰脸一笑,便摸着煺去毛的白猪。它这时仍奄奄一息地翻着白眼。

"你来捅吧——小伙子!"

父亲用脚尖踢过来一把牛角刀。我捡起刀扭头看一眼那女人,她正岔着腿微笑地望着我。

"小伙子——稳着劲儿一下子!"

她慢悠悠地说。

我冲她微笑着稳住劲儿一下子捅下去。猪扑叽一声便趴在锅沿上流起血来:咕咚咕咚地响着流血声。那女人用一小皮桶接上留出的血。猪血流了半桶,起了半桶血沫,就成满满一桶了。

"好啦，你来吧！"

父亲把猪煺得雪白雪白的像个去皮白萝卜。

"我来啦——"

那女人高卷着袖子夺过我手上的牛角刀，岔开两腿往锅边一站，抬脚踢倒支锅的一摞砖。热水流出来淹灭了柴火，白猪打锅里一个翻滚，仰面八岔躺到坯场上了。

"呸——"她往掌心啐一口，再两手一搓，开始用刀剖开猪膛。一股恶臭之后，猪的绿肠子流得满地。她绕着猪左右灵活地错着脚，像躲着满地的蛇，躲着满地肠子。我呆呆地看着她一手把着扬起的猪蹄，一手用刀在猪肋下猪腹里面搅动得游刃有余。转眼工夫猪就四分五裂地扔在坯场上一片了。

"老大看你的啦！"

女屠户把刀刃往身上一抹，血便沾了一溜：红森森地。

"看我的——"

父亲旋即又生起旺火，支好斜歪的大锅烧开了水，把四分五裂的猪半子洗一洗，再扔进锅里。

那天半个下午加一整夜，我家坯场上香味四溢。这工夫旋窑已经停火一个星期啦。父亲说停火第八天才能进去，否则非把人烧化不可。那天晚上父亲彻夜未归。大锅里咕噜噜地响得震天动地。父亲和那女屠户在坯棚下鼾声大作，与那锅里的咕噜相映成趣儿。

这天晚上，我家家园的乌鸦骚动不安了一夜。它们彻夜盘旋彻夜聒噪。二狗老弟躺在我身边辗转难眠。我打一个轰轰烈烈的梦中猝醒时，发现二狗老弟目光森然地盯着我。

"刚才你喊来着！"

他说。

"我喊什么啦？"

我闻到屋里弥漫着一股呛人的异味儿。

"你喊娘娘娘……后来你就嘻嘻地笑着抱住我你又喊娘娘娘……"

我在二狗老弟黯蓝的眼光里追忆着梦：那梦是红色的，那红色的女人浑身是血，她叫我喊他娘我就喊她娘，追着喊她娘追得大汗淋漓了……

"喔……我做梦……"

"你做的什么梦？"

"我梦着——"

我没有说出那梦的内容。二狗老弟眨动着眼发出喑哑的笑声。

"你……你笑什么？"

我被他的笑激怒了。

"我知道你梦见什么！"

"我梦见什么？"

我浑身一阵悸动。

"你梦见——"二狗老弟故意压低声调。"你梦见的不是梦！"

"是什么？"

我急急地询问道。

"是那里的——"

窗户上噼里啪啦响起一片乌鸦的翅膀声。

"哪里？"

"你自个儿知道。"

"我知道什么！"

"嘻嘻嘻——"

二狗老弟喑哑地笑着躺下来。窗户上的翅膀声响得更猛烈了。

"我知道什么？你说——"

我勃然大怒地抹住二狗老弟的脖子。他的喉咙咔地一响，蓝光遽然一闪。

"哥——呀！你要掐死我……吗……"二狗老弟在黑暗里的微笑悦耳动听。"我想死……想死……已经许久了，哥——你用劲儿吧！"

我倏地浑身出一层冷汗。

"不——"我嗫嚅着松开手。"不——"我对二狗老弟痛悔地扇着自己的耳光。

"别这样，哥——我知道，我知道你——"

"你知道什么?"我心里暗暗地问着可再也没敢吐出口来。外面噼里啪啦的翅膀响成一片。我直到天亮再也没有睡着觉。

又有两只乌鸦死在我家墙根下了。它们像头一只一样脑袋撞碎、张着翅膀趴在门口。

出窑这天打我家塘坝上走来了五十个男人。他们都是虎背熊腰的汉子：朗朗地笑着撒拉着腿，对女屠户的话却唯命是从。

"好儿子们——你们来得正好!"

女屠户站在坏场上一挥手，立刻鸦雀无声。

"老娘——你发话吧!"一齐地喊一声。

"好——我问你们吃够老娘的奶了吗?"

"吃够了哪敢忘呢!"

"好好好——好儿子们!"

我惊讶地看着这个陌生又激动人心的场面。

"这是我爷们儿，你们哪个不听?"

女屠户一指我父亲。

"听、听、听——"一片呼喊振聋发聩。

"兄弟们——各位多劳了!"

父亲站到女屠户退下的土坝上，掬手朝汉子们一拱："话不多说了，这窑今个起完，还望走到八方帮我传个话儿，让这买卖兴隆兴隆……"

"大哥放心啰!"

"好，去吧——开了窑有头猪大伙啃吧!"

开窑这天我家坏场上异常热闹。天很晴，旋窑四个堵死的门全打开，热浪立刻膨胀了整个坏场。我面对汹涌的热浪无所适从，眼泪哗哗地淌着。随即，大股大股的砖粉裹着热风包围了我，迷了我眼睛。

"小子——抓住我的后腰!"

女屠户夹着我奔出坏场，将我扔进窑地后面的苜蓿花地里。

"看着吧你!"

她粲然一笑便离去。

我卧在巨大的花丛里向窑地望去。那场面我至今记忆犹新：五十条汉子每人手托一摞砖打高高的跳板上奔下去。红砖烫着他们手掌冒着缕缕青烟，汉子们嘴里呼呼地吐着气，大步流星、汗流浃背……坯场印满汗湿的道道儿。父亲支好跳板也加入他们行列：父亲双手托砖，砖码得半人高，热砖烫得父亲的手嗞嗞啦啦地响着。汉子们瞠目地瞅着父亲在跳板上一跃一跃往前蹿动着，像只爬树的山狸猫。

那天，锅里的肉叫这些汉子蘸着酱油吃得一干二净。白白的肥肉片子吞进嘴里呼呼噜噜地响，汉子们满嘴是酱油的红色。蘸了酱油的白肉红通通地流进肚子之后，汉子们就赛着举那压场平地用的石碾子。我那时正站坯棚下咬着指头向他们遥望着，聆听着吞下白肉的声音，看着举石碾的动人场面。

五十条汉子一个个地败下阵来。其中第二十五条汉子肌肉疙里疙瘩。石碾子叫他双臂一振抱进怀里，再一振臂，石碾子活物那样跳到背头上来。满场喝一片彩立刻又鸦雀无声地等着。

"啊——"

第二十五条汉子猛地一声怒吼，在空荡荡的窑地久久回荡着。身后的苜蓿花也为之摇曳起来。我以为石碾子就像蚂蚱那样一跳，跳到头顶上，这是我有生以来从未有过的欢乐体验哪。

"哎唷——"

第二十五条汉子的失败壮丽无比。他扔下石碾，歉疚地笑着回到人群中了。

父亲那天是怎样举起那石碾的我就不加描述了。反正他力大无穷地让石碾像蚂蚱一样轻盈地跳到头顶上了。

"好——"

一片喝彩又摇响了苜蓿花的芳香，蜜一样钻进鼻孔钻到五脏六腑里。

"好小子们——我眼力没错吧？"

父亲轻轻地将石碾放置地上，女屠户大声啧叹着。

"那是——好样的大哥呀！"

"哪里，还望大伙帮着云游四方夸夸我这砖吧……"

那天父亲在夕阳西下时送走了五十条开窑的汉子。女屠户和父亲伫立在紫色天幕下大约两分钟之后．就噢喔一声冲上去紧紧粘在一块旋即便轰然倒下，在那毒日暴晒一天的坯场上翻滚着、咬噬着、呼喊着，彼此撕下对方的衣服扔到一旁。赤条条地再一次咬噬着呼喊着翻滚起来。

我踩倒大片的苜蓿走近他们，喉咙哆哆嗦嗦颤动着却没有惊动那惊心动魄的一幕。我背后是紫色天幕和天幕下的苜蓿花香，风一般地流下来浓浓稠稠粘满夜色了。

我走进家院仍听得见父亲和那女屠户痛快淋漓呼喊。

祖父在油灯下对我迎头痛骂道："叛徒——"

二狗老弟整夜错动着牙齿发出咯吱咯吱的动静，像啃着木柜的老鼠。

我昏昏欲睡时又开始做一个漫长的长梦了。梦里全然一派生机勃勃的世界。我畅叫一声猝然醒来，天却亮了。

这天早晨又有几只乌鸦惨死在我家门板下面了。

我家窑地打那天便轰轰烈烈地热闹起来。塘坝上来来往往着汽车四轮儿马车牛车即刻压出一条平坦的道路。我家红砖七分钱一块迅速卖到四面八方去啦。女屠户在我家窑地重新振兴后被父亲领进我家老屋。

我卖完最后一垛红砖，用草帘苫完场上的泥坯，踏着晒热的松土欢快地往家走去。兜里鼓鼓地塞满崭新的钞票。

"哥——"

二狗老弟倚在门口等我。家院的牲口棚和障外那排榆树冠已经影影绰绰模糊一片，树上有乌鸦扇动翅膀的巨声。

"怎么不进屋？"

门敞着，涌出大片大片的蒸气里净是紫色的肉香。

"咱爹！"

二狗老弟愤愤地说。

"咋啦？"

我起劲地吸吹着蒸气里的肉香。

"咱爹！"

二狗老弟倚在光线很暗的墙上仿佛和墙混为一体。

"咋啦？你说呀！"

饥肠开始猫那样叫开了。

"女人！"

二狗老弟幽蓝的眼睛猝然一闪。

"女人——"我蓦地想起母狮般美丽的女屠户，心头便一悦：这是父亲和她离开坯棚的第一个夜晚的开始。"嘀嘀……"我浮现出坯场上那一幕轻松地一笑。

"嘿嘿……"二狗老弟的笑却冷漠又镇静。

"疼、疼死了！大狗他娘的还不回来给我捶捶背呀！"

乳白色的肉香叫小屋里祖父的哀号声给污染成褐色的浊气啦。

"爷叫你你进去吧！"

我实在不愿意踩在祖父浑身松松垮垮的肉皮上。

"你不进去？"

"我不进去！"

"你、你、要……干吗！"

我打二狗老弟口吃里预感到某种危险或是某种危险的开始。

"你说干吗！"

这危险我并不害怕。

"我……哪知道！"

"你知道。"

"嘿嘿嘿……"

二狗老弟又是黯然地笑了。我感到一阵心麻。

"我知道什么？"

二狗老弟良久没有吭声。树冠上的乌鸦一阵骚动，沉寂中便有了些异样的生气。

"你……不知道？！"

二狗老弟忽然问。

"我知道——什么？"

我心里蓦然涌上来对二狗老弟久违的仇恨。我原以为这仇恨打他睁开双眼便飘然而逝。

"你说你知道什么？你去你去喊娘去吧！"

二狗老弟阴冷的话令我发根炸起。

"你放屁！"

我弄不清我是怎样在黑暗里挥着手臂，准确无误地打了二狗老弟一记响亮耳光。

"嘀嘀……"

母亲惨死时二狗老弟对父亲曾经这样干笑过。

夜雾这时涌进院来，湿湿地沾了二狗老弟一脸。白雾里的门洞愈是暗淡。

"大狗——"

雾里传过来父亲惊喜的叫喊。

"狗儿你回来了，嘻嘻嘻……进来哎大狗你进来呀！"

女屠户畅畅的笑声令我心头又一悦。

"你去吧！"

白雾贴在院地上极像一张白纸。因为雾，夜便发白了、发湿了。

"你……去吧！"

二狗老弟在夜雾里模糊一团了。

"嘻嘻嘻……狗儿你快进来呀！你这一天卖的砖都几等呀！"

她像在坯场那样称我"狗儿"。我踩在门槛上回头看见地上的雾一寸一寸地成长着，像树丫蹿得一股一股的，也如蛇蜿蜒向上。

随着二狗老弟雾那样迷蒙的嗫嚅，雾里骤然响起乌鸦的聒噪。它们夜里一般是不叫的。

这天深夜，我家外屋窗台上一盏煤油灯拧成极暗的一点如豆光亮。我和身边的二狗老弟睡在小屋里闻着刺鼻的煤油味儿，久久难眠。祖父却已鼾声大作。二狗老弟辗转反侧着。

父亲喝得酩酊大醉以后搂着体态丰腴的女屠户在我家上屋炕席上滚着呻吟着。他们的影子叫那一点如豆灯火映到墙上屋顶上，跳跃着翻动着。

"嘀嘀嘀……"

二狗老弟冲着屋顶上黑黢黢的影子窃笑着。我清楚看见二狗老弟眨动着蓝眼睛,好像蓄谋已久地闪着蓝光。顺着那蓝色目光看去,却是黑黢黢晃荡着灰网的顶棚。我正纳闷,骤然一声凄厉的尖叫划过夜下的屋顶:漫长而幽远。

"啊——"

上屋里女屠户即刻一叫。随即窸窸窣窣地端着拧大的煤油灯推开门,高大丰腴地映满外屋的顶棚。我和二狗老弟焦急地等待着。

"嘿嘿嘿……"

我突然听见二狗老弟的狞笑了。在这狞笑中门咯吱一声。我就闻到一股腥气,像久违的那个夜晚老马的血腥之气……油灯忽闪一下就灭了。父亲沉醉于自己的鼾声中没有看到那一幕。

"啊——"

女屠户惨叫着扔下灯就往回跑。

"乌鸦!"

我猝地一蹿。

"你干嘛?!"

二狗老弟坐在炕上掐住我的双腿。

"你放开!"

我抬脚蹬去,他滚到炕里。我正往炕下跳,二狗老弟已搂住我后腰,舔着我肋下,我便痒得没了力气。

女屠户在一片黑压压的翅膀中挣扎、叫喊。

"我看见周围都是黑洞洞的东西,我眼巴巴挨它们拍打着、抓挠着……"

第二天,她满脸是血迹。墙角下几只撞碎脑袋的乌鸦触目惊心地躺着。父亲蹲在院里吸着纸烟。

"你、你家咋、咋这样……"

"乌鸦、乌鸦……"

二狗老弟打房山阴影里走出来。

"乌鸦!"

她骇然地瞅着背上一个大包的二狗老弟树桩一般滚过来。树冠的阴影和墙的阴影连成一片，遮满了院落。

"乌鸦！"

二狗老弟满脸讪笑地瞅着她。同时，一股股腥气打他口里喷射着。后来我在一只乌鸦那里深深体会到这种气息的力量。

"真可怕！"

女屠户和二狗老弟对视几分钟后，终于避开视线。

"嘿嘿嘿……"

二狗老弟胜利地微笑着。屋顶上那只隐蔽的猫头鹰突然嚎叫起来。

"你——闭嘴！"

父亲打地上嗵的一声跳起来，脸色青紫青紫，下唇粘着半截纸烟一翘一翘地晃动。

"嘿嘿嘿……"

猫头鹰的嚎叫愈是猛烈起来。

"你……闭……闭嘴！滚——"

那天我父亲压抑许久的怒火终于火山一般喷发。

"我滚……嘿嘿……我滚！"

二狗老弟就地一滚，跳起来放声大笑，满眼里愈加渗透着阴险的光芒了。

我目睹了气得团团转的父亲打马棚里抽出一条熟过的皮条子，勒紧放声狂笑的二狗老弟的双手，拖着他吊在我家前园障的榆树干上面。

"你……干吗？"

我又看见父亲转身打马棚拿出一条皮鞭，我颤抖着声音询问道。

"滚！……你也滚！"

父亲怒目圆睁着回手一鞭子，我脸上立刻凸突一道。阳光照射着二狗老弟苍白的脸；晃晃荡荡地吊在一颗斜刺着伸向一旁的树桠上面，头顶上的榆树钱儿一嘟噜一嘟噜。茂密的榆钱里有翠绿的小山雀不停地啁啾不停地跳跃。

"疯了、疯了……"

女屠户呆望着我家发生的一切。我家窑地后面的那片苜蓿花呼啦啦地摇曳起来。屋顶上的草却纹丝不动。

二狗老弟五短的身子在充沛的阳光里开始忍受着鞭击直至遍体鳞伤；鲜血顺着树干注入树根里发出嗞嗞的声音。那棵喝足了人血的榆树在后来的日子里，叶子变得猩红猩红，树干也逐渐地变红。在那排榆树丛里，独有它是猩红色的。没有一只鸟儿落上去，却成了乌鸦聚集的巢穴。至今如此。

皮鞭下挣扎着二狗老弟的惨叫声传遍我家院落，如同一支利箭穿透了我祖父那颗苍老的心。他终于咬断了两颗残存的老牙轰然倒下，一头撞在院里的半截石磨上面，老血鲜艳地溅满院落。成群的蚂蚁打那血泊里挣扎着爬过来开始咬噬起我啦。我奇痒难忍地回望中见到祖父最后临终时绝望的目光……在祖父绝望的目光里，染红的蚂蚁们奋勇前进左冲右突，朝着父亲冲击过去，我又一次听到犹如从前那层层叠叠蚂蚁的欢唱声了。

父亲扔下皮鞭，开始遍地打滚。我身上的蚂蚁也朝父亲奔去。我松了一口气。

"咋办哪咋办哪！"

树丫上的二狗老弟已经耷拉着一颗血头奄奄一息了。我慌张起来了。

"大狗拿水来呀……"

女屠户接过我端来的水，一盆盆朝父亲泼过去。水渐渐汇成一条欢畅小溪，蚂蚁随着小溪漂走后，我听见祖父在院地吐尽最后一口长气，带着嗞嗞的蛇叫……父亲浑身红肿得像烧过的螃蟹，不停呻吟着。

"我……走了！"

淋湿的女屠户喘息着扔下水盆对父亲恋恋地一瞥。父亲抬着眼皮，张着嘴翕动一下，却说不出话了。

"你——"

我咽着酸涩的口水想劝慰她。

"你……家……我走南闯北也没见过呀！"

她打着战说。

"坏场——那坏场哪!"

我这时蓦然想起我家刚刚振兴的坏场。

"你长大了!"

她走过我家园障即将消失于塘坝下时猛地回头喊了一声,便永远消失了。

我埋葬了祖父。祖父是死不瞑目的。我将他两颗牙扔上了屋顶。

黄昏时,我打榆树上解下二狗老弟,唤醒父亲,才去坏场把另外一些溜砖卖掉。

我从此就不再喜欢回家,只是偶尔看看我家老屋和老屋周围影影绰绰的家园。父亲叫蚂蚁咬过的浮肿再没消减下去,奇痒时时袭上心头,尤其是阴天和打春季节,唯有酒精可以抵消一些痒劲儿。父亲嗜酒的日子就这样开始了。二狗老弟遍体鳞伤痊愈以后,他用血浇灌的山榆树,乌鸦如潮涌而来如潮涌而去。

我家砖坏生意日益壮大着,繁忙和劳累使人渐渐遗忘许多事情。

这一天,我和开四轮的女驾驶员搭上话之后,她就心甘情愿地熄了火,整夜地陪我在我家坏棚下重新导演出父亲和那女屠户曾演出过的辉煌灿烂的一幕!我惊讶我使用父亲的方法简直无师自通简直就是个老手啦……她痛快淋漓地呻吟之后,对着繁星闪耀的夜空长叫一声:我就跟你了,这一辈子就跟你不走了。

父亲猝然中风倒下也就在这个轰轰烈烈的深夜。他后来像长逝的祖父倚在墙上流着哈喇子喃喃自语着道出了一切:那天父亲垂头丧气、浑身奇痒着踏进久违的家园,迎面就看见打空中坠下一只乌鸦。父亲当即一阵战栗,呆傻着伫立到夜幕降临。晚风习习,四处弥合了雾霭。父亲才拖着沉重的步伐跨进门槛。

那天晚上是我无比痛快淋漓的一夜。

我不知道二狗老弟怎样睁眼看着父亲大醉后倒地而睡的。

我不知道转天天明我家院地躺着无数自毙的黑乌鸦之后,树冠上便没有从前那样壮大宏伟的乌鸦队伍了。

我不知道父亲酒醒后站起来,踉踉跄跄一出门便惨叫一声,咕咚一头栽在黑压压的乌鸦身上就中风不语了。

我和那女驾驶员在雾气迷濛的早晨睁开双眼,彼此轮流着走到坏场里,她让我看她,赤裸裸的浑身沾满湿雾走一圈儿又一圈儿。我们走完后激动着战栗着拥抱着伫立着站住了,像从前我家那匹老马在蒿草丛生的土豆地与一匹神秘莫测的枣红马交媾那样,我们再一次站在一起交媾直至浓雾散尽了。旭日的红霞里骤然响起我的二狗老弟的嘹亮的呼唤:"哥呀——"我们仍搂在一起回首看见灿烂的苜蓿地奔驰着那匹灰马驹,它的确确像二狗老弟说的那样长鬃披散、四蹄腾跃地飞快奔驰着。苜蓿花簇拥着灰色马驹,我惊奇地发现二狗老弟骑在马背上面,二狗老弟苍白晶亮的额头闪烁着飘逸的蓝光,宛若一朵风中摇曳的蓝花儿。

"哥啊——再见啦!"

我的二狗老弟随着马嘶般的一声长啸从此消失得无影无踪。苜蓿花在这一年秋天横遭一场早来的霜冻……

"那……是谁呢……"

我怀里那个女驾驶员现在是我的老婆啦。那时她迷惑地望着灿烂的苜蓿花中奔驰的马驹和马背上的二狗老弟。

"你……不知道!"

"嗯——它们可真神哪,他们跟神话一样!"

"就是神话!"

"嘻嘻……挺好玩的!"

"好啦,咱们得干活了!"

她不再离开我。我家窑地上从此便有了这辆八成新的四轮车。我们在坏场上用崭新的红砖重新建筑了一幢鲜艳的红砖瓦房。我们劳累一天后便坐在砖坏上面,正好能遥望我家老屋和老屋墙头上半瘫的父亲和不久前祖父溘然长逝后的新坟。

"我看见你家那里怎么总有团雾气?"

老婆问我。夕阳这时在远山上红着。

"是吗?"

我知道那雾的原因可我不想告诉她。

"可能是地势低吧。"

"可能吧。"

"对了,你给咱爹送西瓜去吧。我昨天送砖路过瓜摊买的。你去吧!"

"你去吧!"

"我……我一走进你家的老屋就闻到一股说不上来的气味儿……"

她又是那种疑惑的口吻和疑惑的目光了。

"嗯——我去!"

"对啦快去吧,都在坯棚下面放着,我怕晒蔫了。你爹这一辈子可不易呀!这窑地当初建得该有多难哪……"

我在老婆敬慕的目光里抱着两个花皮西瓜朝我家老屋走下去。临近,我听见父亲靠在墙头上独自嘀咕着,像打泥河里泛起水泡的声音……

泥 声

——《我的家园》之二

绵长而淳厚的长风漫过山岗，撞响合叶脱落的木栅栏门以及一棵七扭八歪的山榆树，妈妈腰间的蓝布围裙和姐姐头顶上的碎花头巾哗啦啦地飘扬如一面旗了。

那棵去年死去的沙果树，剩下半截树干下面滋生出来的桠子，正蓬勃旺盛地成长在风中。

山岗茅草一片金黄。

姐姐坐在朝阳的方石上瞅着山岗，山岗上面的天空瓦蓝瓦蓝。奶奶说那块方石在一场骤雨之后就黑得和土地一个颜色了。春播时节，爹将它挪到地中间窄道上，走过来走过去都要踩上一脚。秋收之后，又将它搬入垄沟里，或是妈或是姐姐或是爹或是我，就坐在这块方石上面摘着芹菜编着蒜辫子……现在，爹下颏下拄着一把老式的鸭嘴镐头，穿着晒白的粉背心，汗珠顺着眉骨噼噼啪啪钻进松软土地里的声音，极像葱花倒进油锅里的动静。

杨树填满爹的眼眶。杨树越来越粗，杨树皮越来越绿。

园障外面道路上行驶着一辆拉草的马车。

更远处，传诵着游街队伍永无休止的锣声。

总是在夕阳温暖地涂满山墙，那对鸟儿打屋檐下面的巢里蹿到猩红色的山榆树上面叽喳一会儿，山岗茅草间闪烁起来蜻蜓斑斓的颜色,鸟儿呼啦一声朝着它们飞去。

遥望中,姐姐的头巾滑落下来,两条黑粗黑粗长辫盘得突出来。姐姐头顶上闪烁出来青色的光亮。奶奶说那块黢黑的石头是老屋下面的一块基石。

我靠住山墙,透过榆树的猩红,透过纷披下来的阳光,看到那对鸟儿全然是蓝色的羽毛。

"妈的!"

笔直的阳光在爹的骂声里飘摇着弯曲下来。

"平白无故的,谁招你惹你了!"

妈妈举着锈迹斑斑的菜刀砍着白菜。菜帮很白菜叶极绿,妈妈丰腴的身子扭转过来,瞅见爹拱着干瘦干瘦的脊背,弯弓一样。

园地已是一派晚秋景象。

"树!"爹说道。

"树怎么你啦?"妈妈问。

"妈的!"爹又骂道。

鲜腥的气息顺着墙壁流淌下来,墙壁上都是粗粝的沙砾。沙砾闪闪发光,犹如洒满碎金。

"叮叮当……叮叮当……"

太平鼓骤然回响在墙面上,压住远处的锣声。鼓声里,伸出的双腿不由地回缩回缩……蜷成一团。腥气沾得满头满脸。黏稠的蛛网粘得满头满脸。

"想饿死我不致!"

"老飘"时时刻刻陪伴身穿黑色大氅的奶奶。奶奶的小脚尖厉,一歪一崴叩响院地里细碎的风化石粒。一面太平鼓呈现在阳光里面,耀眼的鼓面是那种薄而结实的高丽纸,鼓脊的竹披已经变黑。奶奶一双老手菠萝皮形状,托着鼓脊的骨节突凸出来,张开的四指曲折僵硬,木棍一样有力敲击着高丽纸结实的鼓面。

"想饿死我不致!"

竹披与高丽纸的脆响繁杂交错撞击着我脑后的墙壁。墙壁火星四溅。

栅门吱嘎一声响，奶奶小脚深深地陷进新翻的秋地里。软软的秋土留下两排小坑儿，酒盅一样深一样鲜明。"老飘"踩着一个坑沿往另一个坑里跳：轻盈自如的鸟儿一般……

"砍完这堆白菜的。"妈妈说。

茅草已经浑然一色。

"快弄吧！"爹说。

"你就眼看着她欺负我，白眼狼！"

"妈的！"

"你骂我！"

高丽纸又一次闪出亮光。鼓声繁杂如雨打空中降落，秋土里回响着噼噼啪啪的雨声。

"咚"的一声，山岗茅草间腾起一片的暗红，如云似雾。鸟儿打草尖上蹿出来，一射一射徐徐升空。岗上的瓦蓝燃成如火的颜色。

"鸟儿鸟儿……"

默默地目送着它们融进岗上的火焰中。鸟儿发出咔吧咔吧的动静。餐桌上，马蹄表咔吧咔吧地响。

"睡不着……表总是咔吧咔吧地响……睡不着……"

墙壁里渗出表声来，湿湿地，一滴一滴粘得满墙都是。

"唉——"

爹扭过脸，又黑又粗糙的面孔暗淡无光。妈妈的脸细腻饱满，光彩照人。

"刚才你骂谁？"

秋地里，奶奶勇往直前。"老飘"跳跃得愈加敏捷愈加自如，真就变成了一欲飞的鸟儿。

"我骂树！"爹说。

"净撒谎！"

锣声远去。道路上的马开始撒尿。尿声幽幽之处，马车停住。

"翻地哪？"

"啊啊——翻地！"

"就想饿死我，跟你娘们儿一样！"

"唉——"

马车开始行驶，车板上新鲜的麦秸高高地摞得像座山。光线暗淡下来，车把式的长鞭顺着麦秸落下来，鞭梢儿在辕马马背上蠕动，马痒痒地感到那条蛇的鞭策，辕马便加快了步伐。

"明天就下霜了。"

爹目送着马车。

"撒谎！"

"你看这天。"

"天晴着哪！"

"晴天才下霜。"

"喵呜——"老飘的嘴继续往奶奶的酒盅里面伸。猫声沉闷，一股一股的尘土打猫须周围四射开来。

"你妈总骂我！"

妈妈喊道。

"做饭去！"

爹拔出软土里的镐头，奋勇一扔。镐头击中路边的园障，弹回来牺牲在松软的地里。

"你妈骂我是狗！"

"别吵了！"

姐姐遥望中的头深深扎进臂弯中间，喊声凄凄漫漫。已经剩下最后的夕阳，最后的夕阳浓稠而且神秘。

"做饭做饭做饭……"

妈妈抛出手里的白菜，菜帮在空中散开脱落，再落进土里。豆秸上栖息着大片的红蜻蜓。

"喵呜——"

"老飘"打酒盅里昂起头，抖擞着，喵呜声马上嘹亮如同号角，幽蓝幽蓝的气息开放着。障子边上九月的向日葵开放着。

夕阳渐渐化作一抹彤云，岗上的茅草深紫下来。

"咣当——"妈妈摔掉栅门上仅有的一片合叶。

"姐，你在看什么？"

爹弯腰去拣牺牲在地里的镐头。我走进松软的园地。

"噢——弟弟。"

姐姐紧靠着豆秸垛,垛上的红蜻蜓轰然跃起,伴随着嗡鸣声,姐姐紧锁着眉头,瞥我一眼以后,依旧去瞭望前面的山岗。

"天都黑了。"

山墙上,密密麻麻粘满太平鼓的脆响声以及"老飘"的喵呜声。

"你不也一直坐在墙根下面吗?"

"我是在看鸟儿。"

"鸟儿——什么鸟儿?"

姐姐头顶上盘旋着一只钢青色的老蜻蜓。

"夏天飞来的。"

"夏天——那咱们家房顶上的茅草刚刚苫上……"

"就是刚苫完房草不久,你哪——"

"我什么?"

彤云趁着姐姐迟疑的工夫猝然消失,姐姐的脸色暗淡下来。岗上一只乌鸦开始聒噪起来。

"真静!"姐姐的眼睛依然很亮,"我就喜欢这么安静,"还在一闪一闪地闪着亮光。

现在,房顶上冒起一股炊烟,炊烟并不飘散,炊烟慢慢化开,炊烟变蓝变得晶蓝。园地里,沙果树成熟的果子暗红透着亮光。

"咚咚咚……真烦人!"

熄灭姐姐明亮眼睛的是那把重新站立起来的镐头。镐头锋利的白刃深而有力杀进树的"肉"里面,镐头把儿又在听从着爹的指挥。

"唉——"

姐姐的叹息缠着我的腿,我们站到院地里。榆树的猩红和头顶上钢青的颜色清晰可辨。

"什么这么腥!"

翕动的鼻息在院落里回响。

"腊肉!"

我闻到。

泥声

屋檐下的那串腊肉去年冬天妈妈用盐卤过，再用铁丝串上挂在那里。现在，久经风霜雪雨的腊肉沾满灰尘却亮晶晶地闪出油光来。

天完全黑透，一泡马尿变成白沫，透过障子在马路上显眼地浮动着白色。镐头刨开的树皮露出里面的"肉"，也是马尿浮动的颜色。

新房用沙泥抹成的，老屋用泥和稻草编织成的。老屋和新房相隔不过十米距离。奶奶和那只叫作"老飘"的猫日夜厮守其间。

那时晚上就有锣声与泥声相映成趣，只是我还睡得很死很香。

转天一场连绵的秋雨无比漫长。园障及院里的榆树叫雨淋得越发明亮。

"你净撒谎！"

洞开的后窗户对着奶奶的前窗户。雨不磅礴，淅淅沥沥。木耳在雨里吱吱咔咔成长出来骨骼发育的动静。透过雨幕，奶奶的老脸就像风吹日晒后褐色的雨布，雨布揉皱又展开的老脸。

"是你说下霜来着。"

雨中的连阴天散发出来腥味儿。

"天晴才下霜。"

爹把窗台当马骑上，嘴上的旱烟随着马背的起伏颤动。

"天哪晴啦？"

"昨天晚上有晚霞，晚霞行千里。"

爹的腿蹬出来马皮的响动。

"撒谎！"

奶奶闭上眼睛。

姐姐和我。我们的下颌支着窗台，姐姐的目光透过腥气冲鼻的雨幕，眺望着园地前面的山岗。我微觑双目，聆听雨檐下鸟儿的呢语。

"还不晴天。"

姐姐嘀咕一下。鸟呢戛然而止。

"看不见什么也看不见——"

咔吧咔吧的表声打墙里渗出来，我睁开眼睛，鸟儿将表声带进雨中。

"看不见什么?"

我问的时候看见姐姐用牙咬住窗台上的木头。表声停止。姐姐一下接一下用劲地咬,咬出咔吧咔吧的动静,木头一层一层剥落干净,黄色的木屑一片一片地落地。姐姐的细牙白皙整齐起来。

"没什么什么也没有。"

雨幕中的园障越发地闪亮,园地满树成熟的沙果,沾满雨水的暗红色,发出钢片一样的光亮,再往前就黑黢黢一片模糊。

"不是没什么……"

姐姐眼里浸满雨水,一闪一动,带着钢片的亮光。

"是没什么。"

我第一次注意到姐姐的胸脯十分显眼。我惊愕地听到砰然的水声。

"真烦人!"

姐姐在我那惊愕的水里挣扎,胸脯往下沉落,脸憋得通红,流散的眼光瞪我一下,才又投入雨里。鸟儿重新返回来,在雨檐下抖擞着翅膀,雨点儿溅我们满头满脸。

这之后,再也没有感到表声的渗透,再没有听到咔吧咔吧的鸟昵之声。恰时,后窗传来太平鼓的回响,夹杂着"老飘"的喵呜声。雨里,锣声在园障外面骤然而起。

"总敲这破东西!"

外屋地的饭勺有力地嗑响锅沿儿。

"一敲,我心就烦!烦死啦、烦死啦……"

妈妈正在做饭。在烟中在雨中的爹有了困意,在马背上中弹似的晃荡起来。冷风吹掉爹下嘴唇上粘住的纸烟。

"你怎么啦?"

姐姐问道。

"老飘"屹立在奶奶窗口上面。我的脸发烫。猫眼穿透紫色的雨幕,闪烁出来绿意森森的火焰。太平鼓遮住奶奶半张脸,鼓面照亮紫色的雨幕。

入夜的秋雨连绵不绝。火炕捂着我们的后背。炕上依次躺着爹妈我和姐姐。我们之间隔着薄薄的一层被子。雨天里，爹妈通常吹灭灯，早早躺下。雨叫满院寂静下来。这个晚上，我在雨里怎么也不能入睡。姐姐冲着墙壁并不动弹。我浑身燥热，心头涌起那种痒感。我踢开被子，赤身裸体着也无济于事。

"睡觉！"

爹突然吼道。

"睡不着。"

"慢慢就睡着啦。"

妈妈说。

"浑身是汗也睡不着。"

"心得静，心静自然凉快。"

妈妈又说。

"那也不行！"

眼睁睁瞅着纸棚，纸棚黢黑，耗子在上面搅动出窸窸窣窣的动静。

"妈的！"

爹骂道。

"唉——"

妈妈叹道。

随后，他们又汇合一声长叹之后。又过许久，才有妈妈细缓爹粗闷的鼾声，相伴相随走到门外细雨里面去了。

耗子的目光透过纸棚上面的孔洞。

"你睡不着也不应该动弹。"

姐姐没有入睡，这叫我惊骇不已。

"睡不着就想动弹。"

"别动。"

"不动心里难受。"

姐姐转身转得悄无声息。姐姐的眼睛明亮。

"睡吧，以后你就知道了。"

黑暗中，我的手叫姐姐捏一下。

"知道什么？"

我听见咔吧咔吧的表声。

"明天吧！"

耗子的目光透过纸棚，是绿莹莹的颜色。

转天，秋雨依然那样淅沥那样散发着腥气。木耳继续咔嚓咔嚓回响着骨骼成长的动静。我渴望着晚上的到来。外屋窗台上那盏灯熄灭以后，我一动不动数起窗檐下滴落的雨滴，心房第一次碾过一团橘红色的东西，我又要彻夜难眠，我把被角咬进嘴里为的是让身体不再动弹，被子上净是油泥和汗渍的味道。

"小狼——"黑暗里，爹喊我的嗓音喑哑饥渴。

"干——"我正要吐出余下的话叫姐姐的手及时塞进嘴里。姐姐动作像昨天晚上一样悄无声息。

"小狼、小狼……"爹在雨里干渴地叫我了许多声。

耗子在纸棚上开始了它们窸窸窣窣的运动。

"睡吧。"妈妈在雨里搅动的声音黏稠如粥。

"我得摸摸，"爹的手缠满我的浑身，"小狼、小狼……"我咬住被角吸吮着汗渍和油泥的苦味儿。"嗯——是睡着了。"爹放心下来。

"快点来吧！"妈妈再一次搅动黏稠的粥。

姐姐松开的手停在我的肩头上。外面，"沙沙沙——"净是雨，净是雨的声音。

"快点来吧！"

妈妈再一次黏稠之后，那边发出棚顶老鼠窸窸窣窣动静。姐姐的手开始哆嗦。我窝下去头，打枕头上看见漆黑的背景里面，妈妈白皙的身体暴露无遗压在被子上面，黢黑的爹与漫长的黑暗混为一谈地横亘在上面。

不久，雨声里渗进来另一种声音，就是一种开始极其微弱、没有老鼠声音大，后来变得肆无忌惮，变成无数只大脚踩在老深老深泥里面的声音。妈妈白皙的身体抽搐得一目了然。雨中有鸟儿突然叫了两声，又有妈妈黏稠的呻吟跟随过去："三奔三奔三奔……"三奔是爹的乳名儿。

"喵呜——"

"老飘"的喵呜在这时候响起，猫声穿过雨声和老鼠的声音，在后院里游荡不止。

爹鱼那样横亘着，凝然不动地骂道。

"喵呜——"后窗上一道闪电印上去紫蛇一样的图案，穿过雨幕站到窗台上其实是一个猫头，伴着那条紫蛇闪电的出现，变得清晰可辨起来。爹轰然倒在妈妈三奔三奔的呻吟里面。

我不知道我的手什么时候叫姐姐牵引着缓缓地游移到姐姐丰满的胸脯上面，也不知道猫声过后那团橘红的东西碾过我的心房奔向遥远的天边……油然之感小溪一般流遍我的全身令我喉咙发痒口干舌燥……

猫头撞击着玻璃窗咚咚直响……

恰如爹说的那样，天一晴霜就打蔫了杨树的叶子，山榆树猩红点点如一团火，园地那一堆秋白菜上落满凝结的霜花。凝霜晶莹如雪。

岗上茅草已是一片洁白。

下一个霜花闪烁的夜晚，"老飘"叫得凄厉悠长。爹妈一声叹息之后，再没有泥声骤然响起。我躺在炕上等待着姐姐手的牵引。院地里跳跃着寂静无声的月光。

后来就发出墙皮噼啪散落的脆响声，姐姐微弱又恐惧地呻吟一声，马上招来无数声喵呜声，窗棂上划过一道蛇光。爹妈或细或粗的鼾声刚刚开始弥漫开来，后院奶奶的鼓点热烈地响应起来……

"……天灵开，地灵开，妖魔鬼怪快躲开……"

鼓声夹杂的咒语，我不久之后在一部东南亚电影里听到过。

"烦死了烦死了……"

妈妈踢开被子赤身裸体躺成一个大字。

无比漫长等待黎明的时间里，四周充盈着奶奶的鼓声和"老飘"的喵呜声。再后来，树和房屋渐渐清晰，我们冲出屋门。

我先看见墙根下散落着一串鲜艳的红辣椒，墙壁上印满"老飘"

清晰的爪印儿，印记行至墙壁中间中断。"老飘"龟缩在山榆树下面瞅着房檐下那串美丽的腊肉，腊肉黑亮黑亮毫发无损。

脖颈上搭着红布腰带的爹瞥一眼檐下的腊肉，腊肉安然无恙散发着腥气。爹低头碰着"老飘"蓝色的眼光。

"非宰了你不可，不逮老鼠净想吃肉，吃你妈的个蛋！"

山岗上盘旋着檐下那两只鸟儿。

"喵呜——"

"老飘"极其响亮地响应着鸟语。

"宰了你，非宰了你不可！"

"喵呜——"

爹转身抄起门后的鸭嘴镐头，朝着"老飘"迎头砍去，猫身已经极早地缩成一团，奋勇跃出一条灰色长弧，射到门上发出砰然撞响，猫爪儿深深地嵌进敞开的门沿上，爹拔出陷进院地的镐头，回身再去砍门。

"喵呜——"

正摽在门上的"老飘"，猫眼绿绿地闪烁一下，仍那样苍劲地叫着，"噌噌噌"几下爬到门楣上面卧下来。门板上裂出一条宽缝儿。"老飘"侧着头瞅着爹，闭一下左眼闭一下右眼，左一颤动猫须右一颤动猫须。

"关门！"

爹气愤地喊道。

"关门！"

妈妈随即也气愤起来。

我站得离门最近。他们话音未落，我朝门板踹过去。轰然的门声响起，门板利索地关闭。

猫中弹一样栽下来，喵呜——喵呜——一片一片惨叫起来。爹紧攥着镐头妈半张着嘴，我们凝神睁睁观看着——

"喵呜——"

猫声确实响起来，却已经是并不惨烈，嘹亮地回荡在我家的房屋之巅。"老飘"踩着房顶上新苫上去的茅草频频回首，猫眼继续左一忽闪右一忽闪，闪烁出来琥珀的颜色。"老飘"悠闲地坐在房屋之巅的瓦脊上面，长须颤动，怡然自得，尾巴一下是一下敲击瓦脊发出清脆的响声。

"你妈的！"

爹扔出的镐头半途中已经力不从心。

太平鼓再一次骤起。后院又一次回荡起猫和鼓的回声。

后来的晚上再没有姐姐牵引我的手的事件发生。我渐渐感到那团橘红色的东西是个圆圆的软软的卵黄色的球体，它愈加真实地从遥远的山涧滚滚而来，在我心房中辗转反侧，我久久地不能入睡。我深深地陷入爹和妈搅动起来的泥声里面，这泥声一直影响到我黎明之后的自由。我依着墙恍惚而疲惫地展开一个又一个白日之梦……姐姐平静如初遥望着园地前面的山岗。我再不理会鸟儿怎样飞进园地飞进岗上茅草之间。茅草在霜日里日益变红，红草浩浩荡荡扑向天边，天极其高蓝，云彩流流散散，斑驳如画。檐下的鸟儿不间断地穿梭往来于茅草和屋檐之间。撒满院落的鸟声钻进墙壁钻进院地钻进咔吧咔吧渗出来的表声里。

"弟弟——你听！"

鸟鸣的日子里，姐姐总要及时提醒我。

"噢——我知道！"

那时候，那团橘红色的东西折磨得我小脸蜡黄。

"要不是你说它们是咱家屋檐下面的鸟儿……我现在会大吃一惊的。你怎么了？"

我瑟缩在墙根下窥视着姐姐的胸脯，脑海里全是泥的声音。

"没、没怎么……"

"好像有什么心事儿。"

"心事？没有。"

"天多好，你可不像从前啦！"

"从前，什么从前？"

"下霜之前，我坐在豆秸垛上……"

"豆秸垛……"

"你告诉我它们是春天里筑的巢……你还趴在窗台上闭着眼听它们叫唤……你那时候真认真……"

"筑巢……闭眼……我认真……"

"你都忘了?"

姐姐依着山榆树干,侧目而视。我再不敢抬头。地上钻出来蚂蚁。姐姐的胸脯突出得壮丽又傲然。

"它们怎么这么忙,从前我真的不见它们这么忙活呀!"

天上的鸟儿打屋顶上逮着毛虫、蛹、蛾或者草籽不断地飞向茅草间。

"从前……是那样吗?"

我眼前漂流着橘红色的光晕。

"你告诉我的时候它们就不这么忙活。"

"那时候还没下霜吧?"

"记起来了,是没有下霜。"

"那时候,它们经常晚上才飞出巢的。"

"现在不是啦。一下霜——你看园子里的蜻蜓……"

"蜻蜓……"

"它们都不能动弹了。"

"不能动弹……"

透过园障的缝隙,我看见那片黢黑的秋翻地,那堆豆秸上的凝霜叫初升的太阳光晒干,秸秆上栖落着无数或红或黄或黑的蜻蜓。等半天,确实不见它们飞舞起来。

"怎么会呢?"

我自语着。眼前那片橘红已经悄然逝去。

"蜻蜓翅膀都碎了。"

姐姐沉痛地说。

"碎了……翅膀碎了……"

我徐徐站起来,惹得膝盖里面咔吧咔吧发出来阵阵的表声。

"瞧,那不是吗——你逮它们,它们准不动弹。"

"在哪呐……"

"那不是——"

我顺着姐姐手指的方向看见一只蜻蜓站在障子中间的木杆头上，我像春天逮它们那样垫着脚尖朝它悄然挪过去。

"不用这么小心翼翼的……"

夹障子的木杆太高，我举手也够不着它。几株向日葵就在旁边，还挺灿烂地开放着黄花。

"你摇晃一下。"

"那不就飞了。"

"你摇晃吧。"

我终于像姐姐说得那样，摇晃一下障子杆儿，蜻蜓果然从上面掉下来。放在手心上面，它们团成一团的爪子毫无用处，翅膀不像从前那样富有光泽，正如姐姐说一样支离破碎。我碰一下，它们马上飞来许多碎片儿，独剩下两个光杆儿，鱼刺一样僵立着。

蜻蜓翅膀破碎的日子，也就预示着冬天即将来临。我是在冬天即将来临的深秋季节里，发现岗上茅草间那个游荡不息男孩的。那天我随着檐下飞出去的鸟儿穿过园田地。那块透明的黑石盘踞到沙果树下面，遍地红通通的沙果儿。

岗上男孩腰间扎着一节麻绳，头上戴着一顶帽檐很大的草帽儿，手掌间攥着的麦镰闪出来蓝色的光亮。茅草上栖息着无数霜打过的蜻蜓，破碎的翅膀鱼刺那样尖锐可怖。

岗上男孩打草丛间猝然蹿起来吓了我一大跳。他身后展开一长溜割倒的茅草，犹如一条宽敞的大道。岗上男孩脸颊红润，目光明媚，眉宇间生长着一颗显眼的黑痣。他身材比我高比我修长，脸上的微笑宽容又温和。

"你要鸟儿吗？"

他向我伸出手，手掌上有一团毛茸茸的草窝：一团乌黑的鸟头极像屋檐下面某只的后代。鸟头打他拇指和食指间一蹿一蹿地伸缩。

"松手！"

我喊道。

茅草在微风里摇动着淡白色的波浪。

"给你的。"

鸟头在他指间挣扎。

"你会把它掐死的!"

鸟鸣已经很微弱。

我扑过去,发现他并没有掐住它们,鸟儿很舒服地躺在草窝里,只是鸟嘴儿比我家屋檐下的某只要黄嫩许多。

"还不会飞呢。"

"怎么不会飞?"

"你看——多着呢!"

我这时候发现岗上的茅草极其辽阔,茅草上果然挂着无数的鸟窝。我家屋檐下面那两只鸟儿盘旋着,把毛虫、蛾、蛹或草籽纷纷送进幼鸟儿嘴里,随后鸟鸣很舒缓很悠长起来。

"给你吧。"

岗上男孩撒开手,那草窝重又挂到厚实的茅草上面。鸟鸣马上停息下来。

"怎么不飞呢?"我问。

"它们还是幼崽儿。"

"幼崽儿?"

我惊讶地再一次眺望无边无际的茅草,鸟窝们随着草浪飘飘摇摇。

"真大呀!"我惊呼起来。

"什么?"男孩问。

"草地!"我说。

"大吗?我没觉得,我天天都在割草就不觉得它大了。"

岗上男孩消失在茅草深处。红日正向天边沉落,红草浓稠如血。

"你看见了什么……"

姐姐在园地里等我。"老飘"站在屋顶上瞅着姐姐。

"我看见……"

正要脱口而出的秘密，撞到姐姐发亮的眼神和颤动的胸脯，仿佛骤然咽住——姐姐太异乎寻常啦——我想到。我听见砰然如水的动静。

"噢——没看见什么。"

我终于一言没发。障子外面又有锣声骤起。姐姐没有理睬我。姐姐哼着一首"叮叮当叮当当玲儿响叮当……"的儿歌悄然地离去。

奶奶加入游街队伍那天，天空正式飘扬下来稠密如麻的雪片儿。院障栅栏上挂满抠去瓢儿的倭瓜壳儿。

奶奶胸前挂着她那面心爱的太平鼓。四周叫雪片儿遮得严严实实。奶奶头戴一顶又尖又高的白色纸帽，纸上用毛笔写着一行黑字：横扫一切牛鬼蛇神！奶奶穿着她那件黑绸大氅。

爹妈攥着粗大的栅栏等待着游街的队伍，雪落满他们的后背和前胸，他们白白花花从外面的世界款款而来。

"我早就猜到会有这么一天。"

那天妈妈的口吻轻松自如。

"住嘴！"

"她一敲那破玩意我就心烦。"

"住嘴！"

"本来就是。"

哈气凝成一团一团棉花形状。

唯独倚在门上无动于衷的姐姐，两只手压在门板上，遥望着前面的山岗。山岗已经叫皑皑白雪覆盖，秃败的山榆树上面栖息着屋檐下面两只鸟儿。

没人注意"老飘"在沿途颓败的树枝上跳跃了多久。

我最先听到软雪里发出来咔吧咔吧表声，间杂着零零星星锣声，就像无数只老鼠跑过纸棚上面发出的动静。我打木栅栏缝隙间向外张望。

日益壮大的游街队伍默默地行进至栅栏外面风化石道路上。

我看见许多背着巨大木箱、抱着釉彩瓦罐、腰插铜杆烟袋的人们：木箱暗红斑驳，带着极其细腻花木纹路，瓦罐黝黑，釉彩鲜艳，烟袋杆上泛着乌铜的光亮……他们自个儿敲一下破锣，破锣传诵出来的锣声此起彼伏，参差不齐。奶奶边走边拍着那面薄如蝉翼的太平鼓，鼓声显然失去以往嘹亮的脆声，间或得很长很长……锣声夹杂着鼓点飘扬下来，如天上飘扬下来的雪片儿。

"老飘"跟随着奶奶在树上跳跃成一只南方的猴子，猴子抓着沿途仍然富有弹性的杨树枝条，悠荡之中，打一棵树荡到另一棵树上，在另一棵树上再悠荡起来，再荡到下一棵树上……喵呜声盖过奶奶的鼓点以及别人的破锣声，雪寂中听得令人心寒。

枝头的积雪纷纷散落下来……

有乌鸦在山岗上空盘旋，有乌鸦巨大的暗影映满白雪覆盖的山岗。

游街的队伍轰轰烈烈走过园障下的风化石道路，走向另外的世界，停在另外人家的门口，等待另外的人家加入……

一只鸟儿飞回屋檐下面，另一只鸟儿仍栖落于枝头。

踩着爹的影子朝家园走去，岗上白雪深紫深紫，零零星星乌鸦的聒噪一声比一声幽远。

"你怎么没有看你奶奶去？"

爹冷冷地询问依着门板的姐姐。

"她走啦。"

姐姐嗫嚅着另一件事。门板黢黑，姐姐的红袄格外显眼。

"还会回来的。"爹说。

锣声和鼓点儿和"老飘"的呜咽在黄昏的雪寂里游游荡荡。

"不会的、不会的……"

"会的！"

爹走进屋里。

"嘿嘿嘿……"我微笑地站在姐姐对面。"冬天真好！"我断定道。

"不好！"姐姐说。

"要么茅草怎么会没有……"

这句话一下子叫姐姐眼里噙满泪水，妈妈拍打满身积雪走过来。

姐姐的眼睛逐渐红肿起来。

我暗暗地打出一个响亮的响指儿。

归巢的一只鸟儿又蹿出来，围绕着榆树飞翔，鸟鸣整整半夜没有停息。

许许多多黑褐色的蚰蜒不时从炕沿的缝隙中爬出来。爹用烟头一一挨上它们，烫死的蚰蜒变成红色的虾米。油灯跳跃中整个屋子变得恍恍惚惚，爹干得认真而富有耐心，直到后院响起"老飘"疲惫不堪的声音才停止下来。

"睡觉！"

爹在一阵"喵呜"之后扔下烟头。

灯灭了。黑暗里，"老飘"的喵呜声又在屋顶上滚动起来，夹杂着软雪里散发出来的羡声。

"早晚都得有这么一天。"

妈妈幽幽地说。

"睡觉！"

"这回可好啦！"

"睡觉！"

"噢——可是好了啊！"

妈妈轻松地叹息一声，便转身酣然入睡。我、爹和姐姐叫妈妈的鼾声折磨得辗转反侧，久久不能入睡。

新的一批四方形状的白肉用盐卤过，串到铁丝钩上面，屋檐下那批晒干的腊肉已经换掉。从此，吃腊肉的美好冬日宣告开始。

"给你奶奶送点儿过去。"

小瓷碗里的腊肉一切成薄片儿，便透明得发亮起来。

现在，后院开始回荡起奶奶烟袋锅的呼噜声。那面太平鼓挂在老屋房檐下面，破碎的高丽纸哗哗啦啦叫北风吹拂着，发出来嗖嗖的哨音。

"你去！"

姐姐说。她正对着冰封的窗口发呆。

"你怎么不去?"

窗口又对着前面的山岗。

"妈——叫他去!"

姐姐向我推过来那一小碗透明的腊肉。

搬出老屋之后,我和姐姐再没有踏进后院半步。

"外面的风太大,妈——"

又是姐姐说道。

"风大——是吗?"

我的音调拐着弯地问。

"真烦人,你真烦人!"

姐姐跺起脚来。

"烦吗?挺好啊——"

我继续用那种调门说。姐姐的胸脯一起一伏。

"你去吧,你是男孩子。"

妈妈最后把小瓷碗塞进我的手里。我是男孩子,我也想到,我没有争辩,顶着是十二月呼啸的寒风,端着那碗漂亮的腊肉朝后院里挺进。房顶上吹下来大片的雪粒落到腊肉上面,像撒上去一层白砂糖的模样。

"喵呜——"

积雪里,猫声叫我打一个趔趄过后蓦然抬头,斑驳的老屋黑黢黢得令人眼晕,"老飘"趴在屋檐上面,浑身绒毛耸立得蓬蓬松松。屋顶上的雪粒渗进猫毛里面,"老飘"犹如一只巨大的白果,卧在上面纹丝不动,只是一双猫眼蓝晶晶地间或一轮,散发出来阵阵腥气。

"我送给你——腊肉!"

冲着"老飘"举起盛满腊肉的碗,让它闻到腊肉的味道。

"喵呜喵呜——"

"老飘"根本不予理睬。

"腊肉——"

铅灰色的天空低得令人窒息。

"喵呜——"

"老飘"抖擞一下身子,雪粒雾一般四散开来。

"回去,你回去!"

老屋的玻璃全部叫冰凌封住,冰凌花枝招展,像南方生长的棕榈树。奶奶苍劲的声音令"老飘"猝然一颤,雪雾在猫周围四下飞舞。

"腊肉——"

原来妈妈随后躲在山墙拐角处张望着我。

"叛徒!"

奶奶愤然骂道。

"喵呜——"

"老飘"又一声长鸣。

妈妈白皙的面孔稍纵即逝。我茫然四顾。唯独一只乌鸦在空中聒噪。

"回去,我不要,你回去!"

冰凌的窗口渐渐叫奶奶哈出一圈透明的玻璃,奶奶的眼睛鼻子额头粘到圆圈上面。奶奶的哈气融化十二月的冰凌花。

"喵呜——"

"给你吃吧!"

我继续恳求道。雪地上我的一行崭新的足迹很深很深。

"你们都想害死我!"

"不是我们!"

"什么不是?小兔崽子!"

那块玻璃叫哈气完全融化,奶奶更狠更用力将自己脸挤上去,首先是鼻子摊成一块柿饼。

"妈——"

我头发里满是雪粒,手冻得红红通通。碗里的腊肉叫雪粒完全封住,像一块松软蛋糕的形状。

"叫你姐去——"

妈妈的声音又打拐角处传过来,不过没有出现妈妈的面孔。

"叛徒!"

奶奶不失时机地骂道。

姐姐踩着我的足迹接过那碗腊肉，我赶紧转身跑开。雪又厚了一层，雪都灌进鞋壳里，冰凉扎脚。

自打那一刻起，就再没有猫声和奶奶的呵斥声。姐姐也再没有归来。夜幕降临，偶尔听得见后院"老飘"的呼噜声。

"你去看看。"

爹又用烟头烫那些打炕沿缝里爬出来的蛐蛐。

"叫我去……天这么黑……"妈妈说。

"跟你妈去！"

爹回头冲我说。

"妈——走吧！"我说。

一出门，我拽紧妈妈的衣角。四周并不太黑，都是雪反射出来的幽光。我们停在房山下朝后院张望：老屋一片死寂，星星挺稀疏，雪地一派幽蓝气氛。

远处，有锣声和踩着积雪散发出来咔吧咔吧的表声。

"妈——不走啦？"我问。

"太黑，我们喊吧。"妈妈说。

"喊吧。"我说。

"姐——"我喊道。

"小霞——"妈妈喊道。

我和妈妈的喊声撞断路边的树枝，折断的树枝欢快地跌进雪窝里。

"妈——我挺好的，你们回去睡觉吧。"姐姐轻柔地回答我们。

"滚——臭娘们！"奶奶抓紧时间骂妈妈。

"你骂我干吗！"

"臭娘们——叛徒！"

"妈——你回去吧！"

老屋有一盏油灯亮了。冰封的窗口上摇晃出来奶奶及姐姐的身影。屋檐下马上又浮现"老飘"幽蓝的眼光。

"那我们走啦啊——"

妈妈的声音有些哆嗦。

"滚——叛徒!"

窗口上影子一闪。

"我不理你我不理你……"

母亲的哆嗦声即将折断。

"别吵了啊——"

姐姐终于凄厉的一声尖叫,划破夜空。"老飘"的眼光飘动一闪。妈妈吐出来那口长气一团一团凝成棉花,棉花噗噗地降落下来。

"什么味儿?"

我这个工夫翕动着鼻孔已经半天。老屋的灯灭了。

"什么?"

"有一股味儿。"

"噢——腥气,冬天都是这种味道。"

其实冬天的味道我是知道的。鸟儿在我们低头进屋时候叫两声。山岗上有狐狸或狼的眼睛,眼光阴沉而且幽远。

白天,爹叼着烟蹲在路旁,久久地瞅着那些发青的树干,直到那根烟吸完为止。整个冬天爹都是这样度过的。

没有姐姐的夜晚孤独难忍,目光撞响冰封的窗棂,叮叮当当的冰凌声,声声入耳。我用被子蒙住头,听到的又是金属的撞响声。数着阿拉伯数字想马上入睡,却又渴望又恐惧爹妈搅动出来的泥声。泥声犹如青蛇犹如鲜花的泥沼,将我深深地陷落下去。

"三奔三奔……"妈妈打泥潭的深处呻吟着呼喊着爹的乳名,爹在月光的清辉里精精瘦瘦像一只破碎翅膀的老蜻蜓。泥声已经轰然作响,轰轰隆隆地将我淹没……我捂在被子里的头慢慢裂开,滚动出来一团橘黄的软球滚向天边,又滚回来碾过我蓬乱的心房……我闭上眼也无济于事。

天一亮,就有我恍惚又漫长的白日梦开始,我总是依着山墙,迷迷蒙蒙地展开着橘黄色的梦魇。

"你妈个屄地!"

不远处,爹蹲着叼着烟骂着那些树。

奶奶劫持姐姐的日子里，曾经相对平静一阵子。爹有工夫聆听遥远的锣声和踩着软雪发出来的表声。"老飘"仍卧在老屋檐下像一只巨大的白果。粗大的栅门死死锁住。锣声和表声逐渐由远而近……

"唉——我真想春天快点来到！"妈妈说。"冬闲的日子叫人心烦！"

"什么意思？"

爹的头打栅栏那边扭过来。

"谁知道，我就有这种感觉。"

"快啦，屋檐水都开始滴答了。"

"人一闲着准没好事。"

"秋翻地都种土豆。"

"没那破鼓声好多啦。"

"他妈屄地！"

"鼓一响我就特别心烦。现在想起来还心烦哪……"

"他妈屄地！"

"你骂谁？谁理你啦！"

"树！"

"树，什么树？"

"杨树！"

"你有病！"

爹对园障下那排杨树怀有无限的仇恨。

后来的一段漫长的冬季里，姐姐开始讲述自己秘密。奶奶在老屋里聆听着姐姐的讲述。"老飘"趴在奶奶黑色大氅上，舌头一下一下舔着。奶奶叼着那只老烟袋咕噜咕噜叫唤。

老屋黢黑的纸棚上面回荡着耗子的足迹。

"你没看我总坐在秋翻地上……"

"秋翻地里你爹骂过我。"

"不是！"

"什么不是，白眼狼！你爹是只白眼狼！"

姐姐面颊绯红地低下头。

"你像你妈一样！"

奶奶用烟枪指着姐姐的胸脯。油灯下，姐姐丰满的胸脯剧烈地颤动一下。

"我不知道，我不知道……这儿怎么这么鼓……我也不知道怎么回事……"

"不是好东西！"奶奶的烟枪杵一下姐姐丰满的胸脯。奶奶的大氅越发地亮堂起来。"老飘"舔得极其认真，极其认真地舔出来吧唧吧唧的泥声来。

"哎哟——什么这么亮！"

姐姐挨着奶奶仰面睡下的晚上，纸棚上无数的小洞闪烁着幽亮的光芒。

"耗子！"

"耗子——我害怕！"

姐姐一轱辘滚向奶奶的被窝。

"喵呜——"

我们没有听到喵呜声，因为泥声刚刚开始，也因为奶奶睡的被窝被姐姐一挤，猫打被子下面发出很闷很闷的喵呜声。

"该死的，你看着点儿……"

棚上的耗子一阵骚动，四壁沾满它们的足迹。姐姐越发地挤得紧啦。

"放开我放开我……你把它闷死啦！"

"我害怕——"

"躲开，你躲开！"

奶奶奋力推开身上的姐姐，一道蓝光紧蹭着姐姐的脑门一掠而过。"老飘"打被角里挣脱出来。

"哎哟——"

我正辗转于爹妈肆无忌惮的泥声里大汗淋漓。没人理会那声惨叫之后的情况。不久，我们才听到后院里回荡起"老飘"的喵呜声。

"死丫头，这么大丫头往人被窝里钻！和你妈一样不要脸！"

姐姐再次缓缓地靠近奶奶的被窝。

"哎——起来起来——"

奶奶推动姐姐丰满胸脯的手突然停止。

奶奶躺在炕上浑身哆嗦了好一阵子。

"三奔三奔……"妈妈日日夜夜召唤着儿时的爹，搅动着肆无忌惮的泥声。

屋檐水开始彻夜回响的日子一旦开始，山岗上的茅草就打积雪下面钻出头来，黄白黄白的茅草完全失去了秋天的光泽。岗上的乌鸦渐渐奔向远处的群山……

"都种土豆吗？"

妈妈望着雪融后黑油油的秋翻地问爹。

"都种。"

爹说。

"地太大啦，都种土豆。"

"听你的听我的？"

那时院子里一丝风也没有，山榆树上落着那对鸟儿。我和妈妈坐在院地的石磨上切着土豆种。土豆打窖里拿出来，生满或白或粉的牙子。我们用两块木板垫上，把所有的牙子从土豆上切下来，扔进小灰里面。存了一冬天的小灰堆得和我们一样高。爹在摘园障上扣着的倭瓜壳子。

"你摘它们干什么？"

妈妈切着土豆问爹。

"有花椒吗？"

爹继续摘着倭瓜。

"你摘它们干吗？"

"花椒花椒……"

天现在恢复了那种蔚蓝的颜色，北归的大雁成群结队地赶回来，鸟儿在头顶上啁啾不已。

"你要花椒干什么……哎哟！"

妈妈皱着眉头瞅着爹，心不在焉的刀剁到手指肚上，血汩汩地流到木板上。

"喊什么！"

爹看着妈妈手指在流血。

"疼死啦！"

"离心还远着哪。"

爹说。

"疼死啦！"

妈妈咬紧牙关，抓过一把小灰涂上，死死攥住。

"该死的！"

妈妈小声地骂那把锈迹斑斑的刀的同时，蓦然回首。

"闭上你的臭嘴巴！"

妈妈将一把小灰嗖地朝爹脸上扔去。小灰弥漫开来。

"喵呜——"

没人知道"老飘"始终站在屋顶上盯着我们。爹揉开眼睛看见"老飘"歪头坐下来，又在怡然自得地用尾巴一下是一下地敲出来瓦脊的脆响声。

"喵呜喵呜——"

猫声缓慢而悠扬得像远处隐约的锣声。

那股风是这时候骤然而起的。

我们看见那股风是打前面山岗上吹下来的，岗上茅草只是泛起一波一波的灰黄。后来小灰忽然在院地里飞扬起来，我们还没有风的感觉，小灰像爆炸一样腾空而起，满院里飞扬起来……我、爹和妈妈像迷途的羊羔在飞扬的小灰里四下乱撞着……

悠扬的猫声滚过屋脊。

小灰仍旧四处飞扬的时候，游街队伍碾过园障下面的道路。我们伫立着一动不动聆听着锣声。我们看不见任何东西。我们仍然被小灰迷着眼睛……我们一动不动聆听着锣声……

是后来姐姐彻夜不停地呻吟才使我从泥声里偶尔醒来。窗外有鸟鸣还有一只老青蛙的聒噪。我悄悄溜出门,看见硕大无比的红色球体奔向天边,我心里便轻松许多。

我没有顾及这时"老飘"闪烁不息的眼光和茅草间无数孤独狼嚎。

老屋在星光下寂静无声。刚一接近奶奶窗下,"喵呜"声就在头顶上骤然而起。

"还想吗?"

奶奶问姐姐。

"想啊——疼!"

"不疼能好吗!"

"我……能……好!"

姐姐的呻吟伴随着嘭嘭的闷响。

"能什么能!嘿嘿……"

奶奶的冷笑轻快自然。

"来吧来吧……不怕不怕……"

姐姐在奶奶笑声里咬紧牙关。

屋里漆黑一片。猫声愈加激烈。老屋的屋檐下不时落下细碎的草沫和墙泥。

"姐——"

我抬手敲碎一块玻璃,一股气息扑面而来:清晰又鲜明的腥气。这气息我曾经问过妈妈,妈妈说那是冬天的味道。

"你——回去!"

奶奶说。

"你回去吧——没你的事儿。"

姐姐已经有气无力,仍然随着奶奶的口吻说。前面突然传出来肆无忌惮的泥声,淅淅沥沥如一阵雨。我一惊。

"姐——"我想压住那雨声的嗓门很高。

"没事儿。"姐姐说。

"去告诉你爹你妈去!"奶奶说。

"我想姐姐。"我说。

"我没事儿。"姐姐说。

"他们干得好事儿！"奶奶说。

"姐——"我说。

"哈哈哈——当我不知道他们干的好事——"

奶奶一味地狂笑着，泥声及屋檐下的草屑及墙上的土粒落我满身满脸。奶奶一味地狂笑声中，我抓一把满手都是蜘蛛网的黏稠……

爹是用很粗的铁钉往那排杨树里钉的。杨树这时候已经返青，枝头不再像冬天那样清脆而易折。爹把院障下的杨树逐根钉得很深，随后再用钳子拔出铁钉，再钉得很深很深，再拔出来。往返几次，树上出来拇指般大小的洞。

这时候一切都很寂静。

"你不来背垄呀？"

妈妈淌着汗拖着镐头问爹。

"你嚷什么嚷！"

爹压低声音说。

"地这么大什么时候才能背完垄，你不来……"

"嚷什么嚷！"

"我嚷，本来就是这么大！"

"老飘"爬上杨树静静地坐在枝丫上瞅着爹。岗上的茅草重又叫风吹拂，黄白的茅草上仍不时飘过乌鸦幽蓝的影子。

这时候也很寂静。

我蹲在妈妈后面往松软的土里按着拌了小灰的土豆种子。我数一遍院障下的杨树一共21棵。我数完杨树就听见茅草上无数只鸟鸣就是在这个春天。骤然的鸟鸣射出茅草在空中盘旋。它们的模样都与檐下的鸟儿一模一样。它们旋即就遮住了日头。它们在阳光里浑身幽蓝。

"天哪——"

妈妈扔下镐头惊呼道。

"怎么搞的……"

爹停下手里的活计喃喃道。

"喵呜——"

"老飘"打树上这么叫了一声。

"那是谁!"妈妈喊道。

哦——是他呀——漫长的冬季里,我几乎忘却了那个头戴巴拉马草帽,腰扎麻绳的男孩,他在这个冬天里也未过露面。眺望过去,岗上男孩仍旧是去年秋天的装束,只是更加消瘦一些,满头蓬发迎风飘扬……

山岗的鸟鸣嗡嗡嘤嘤,渐渐鸟鸣扩展到园地上空,鸟儿先是站满枝头,鸟儿仍是黄嘴巴蓝翅膀儿。

"喵呜——"

"老飘"四周落满了鸟儿。猫声没有引起鸟儿的恐惧。

"喵呜——"

我听见"老飘"又叫一声,同时看见第一只鸟儿无声无息落进猫嘴里,只有一瞬间的工夫。"老飘"这样无声无息吞噬第五只鸟儿之后,我的子弹才轰然击中那棵树冠。鸟儿散去。"老飘"俯在树冠上,缓慢吐出来鸟儿的羽毛。"老飘"吃起来鸟儿肉十分慢条斯理。

"真吵人!"

妈妈用劲捂住耳朵,侧头听着满空中的鸟鸣。

"这是怎么回事……"

爹嘀咕着。每棵树上都清楚地出现钉出来的洞。

天空被鸟儿幽蓝的翅膀遮得暗无天日。

屋里的泥声曾一度叫鼾声替代,我的白日梦也曾一度被飞舞的小灰掠走。这都是因为春天来临我们日夜繁忙的缘故,我想。

那天早晨,前面山岗充满氤氲的白气,檐下的鸟儿早就奔向绿意浩荡的茅草之间。那里的鸟儿仍在睡觉。

我和妈妈用锹装那堆小灰,爹依着潮湿的墙壁在抽烟。

"还是少啊!"

爹拨弄着手掌上摊开的花椒粒儿。

"你把栅门打开去。"

妈妈说。我们准备将小灰撒到园田地里当肥料用。

"买也买不着,现在这东西买也买不着……"

"把栅门打开呀!"

妈妈语调高了些。

"唉——"

花椒揣进裤兜里。

"够啦!"

小灰漫过筐梁,妈妈有力一踩,脚陷进灰里。

"妈——"

我们抬着踩瓷实的小灰打山墙一露头,姐姐的叫喊顺着墙壁追来。

老屋的门从未像现在这么大敞四开过。奶奶坐在门口的黑椅里,姐姐偎着奶奶的腿。老屋苫草上生满苔藓,苔藓极其翠绿。太阳挺大挺红挺远地升腾。

"妈——"

"我们干活哪!"

妈妈抹着满额的汗,细密均匀排开的汗珠。

"妈——"

"喊什么!"

我看见奶奶不动声色地解开姐姐胸前的玻璃扣子。我立刻眼晕了。首先看见那遥远的山涧里沉睡着橘红色的软球,同时听见它滚过万水千山,发出来轰然的巨响声……姐姐在哭。姐姐的胸脯布满伤痕——广袤草原上缀着紫色的鸢尾花——鸢尾花点点滴滴缀满广袤草原……

"你、你把她弄成这样!"

妈妈这才一松手,整筐小灰撒得满院。

"哈哈哈——"奶奶沉醉在自己的笑声里。"是不是?"她勾下头问姐姐。

"是!"姐姐回答。

"是什么是！妈妈疯狂地摇头。

"怎么回事？"

爹走过来打正面瞅见后院的一幕。

"白眼狼！"奶奶一见爹就蹿起来，"白眼狼！"奶奶愤怒地骂。

"你看你看……"妈妈指着那边冲爹喊。

"姐——"我也喊。冲着白色的空气，冲着空气里的院落。

有了风。小灰开始在院子里满院飘飞。爹凝然不动。

"你们干的好事！"

奶奶喊。

"谁干的！"爹嘀咕着，"谁干的……"

"你们你们……就是你们！"

"妈——"

姐姐的眼光越过妈妈及整个园地去望山岗。岗上茅草间腾起一片鸟鸣。姐姐奋力挣脱奶奶的怀抱，摇着满头散发。满院游弋着黑色的小灰。

"喵呜——"

始终卧在青苔上的"老飘"，这才敏捷地一闪，越过屋檐和椅子之间的空间。"老飘"前爪儿勾住姐姐后背，后爪儿嵌在门上。姐姐正欲前奔跑，蓦地动弹不得，只剩下一蹿一蹿的动作。"老飘"被拉长拉长——一只韧性极好的弹簧被拉长拉长……

"白眼狼！想饿死我没门！"

奶奶轻易地拽回姐姐。姐姐仍张着双臂向前蹿动，一副鸟儿蹿动的姿势。鸟鸣一寸一寸地向我家院落推进。

"你们干的好事！"

奶奶笑脸上的皱纹愈加深刻。

"喵呜喵呜——"

"老飘"坐在奶奶膝头上，猫声一声接一声凄厉起来。

"你放不放——你把她放开！"

妈妈开始小心翼翼朝后院噌去。奶奶闭上眼睛。氤氲的湿气全部散尽。鸟鸣在院地及园地上空回响起来。

"喵呜——"

"老飘"敏捷地蹲下来挡住妈妈去路。妈妈站住。猫头全然耸立着又白又长的须子。猫牙呲得很森然,发出呜呜的嘶鸣。猫眼一动不动地射出蓝光。院地的尘土叫猫的长气吹得四散。

"滚,滚开——"

妈妈骂道。并伸出脚踢猫的白牙。

"喵呜——"

"老飘"侧头一躲便躲开,继而朝前一扑,妈妈便后退一步,"老飘"又一扑,妈妈再一退。妈妈退至房山拐角处,"老飘"方才罢休。

"哈哈哈——"

奶奶睁开眼。

"当我没看见是不是……当我没看见是不是……"奶奶菠萝样的手掐一下姐姐的胸脯,姐姐就呻吟一声。"给我钱!"奶奶停下手,"给我钱!"嗓音低哑下去。

"快、快给钱呀!"

妈妈依住墙头喊。

爹将一枚一毛钱钢币扔过去,钢币很亮地闪动着尚未落地,"老飘"蹿起来一口叼住,返身回到奶奶身边。

"不够!"奶奶看过带国徽的一面,再翻过来瞅带领袖头像那一面,然后放到嘴里沾湿帖到膝盖上。"不够!"奶奶又掐一下姐姐的胸脯,又惹的姐姐一阵呻吟。

爹赶紧再扔,奶奶再正面反面看过,再贴带膝盖上,再去掐姐姐。爹慌忙地扔,奶奶看过刚要举手去掐,钢币已叫"老飘"叼来。膝头上钢币摞得很高,钢币闪闪发光。

妈妈呆立在前院里默默地哭起来。

鸟鸣在我们头上盘旋经久不散。小灰虫儿一样游移着落我们满身满脸。

屋顶下泥声逐渐消失鼾声与日俱增的春夜,蛐蛐不时打炕沿缝里爬出来，父亲已经没有精力烫它们，蚰蜒沿着炕沿自由自在穿梭往来。这时候，正是我在想象的泥声里苦苦挣扎，久久难眠，时间已是后半夜子时。

"醒醒，喂——你醒一醒——"

爹推我也就在某夜的那个时辰。我先是听见妈妈在梦呓中喃喃自语：霞霞霞……霞是妈妈对姐姐的昵称。

"我我……我都睡着啦。"我心里扑通扑通跳动着一只肥壮的兔子。

"穿衣服穿衣服……"

爹站在炕沿边上，黑黢黢地散发出来一股腥气。

"快点儿！"

爹催我。妈妈的梦呓逐渐有了笑的动静。笑得动静细细痒痒，抓人心脾。

"给你。"

我的手被撞一下。

"什么？"

我手心里满满扎扎地攥住。

"花椒。"爹说。

"干什么？"我问。

"一棵里放两粒。"又是爹说。

"嘘——"爹朝我耳朵里吹一口气说，"走！"又是爹命令我。

四壁回荡着外面青蛙的聒噪。

我跟着爹走进院落。春夜净是无比美妙的星星，蛙鸣似远似近，院障旁边一排乌黑的杨树，这会儿有了树声，一派沙沙的动静。后院寂静。岗上茅草一片深紫。

爹蹲下去。

"就两粒，记住没有！"

爹俯到地面环顾一圈儿。我随爹扶着障子走路。我摸着树干有些咯手，却也很光滑，上面沾满夜露，夜风现在十分地清爽。

"摸着了吗？"爹问。

"摸不着。"我说。

夜露沾到手上湿漉漉的。我舔一下手掌,尝到露水是甜中带苦的滋味儿。

"还没摸着!"

"没有。"

"撅半天腚你干吗哪!"

爹猫腰奔过来。

"我摸哪。"

"笨蛋!"

爹骂过之后就地一蹲,树洞原来很低,是在树根的部位。我学着爹蹲下去。夜风摇响我头顶上的树冠,我正要将花椒塞进树洞里面,不由仰望一下:夜空幽蓝,繁星闪烁,树冠极其地葳蕤,树叶没有完全开放,但也摇曳得清清脆脆,汇入远近的树声里,树声再渗进蛙鸣中……真好啊!我想,真是好听啊!我赞叹着无比美妙的声音,手一哆嗦,花椒撒进地里。

"干吗哪你!"

"真好听啊!"我仍在赞叹着。

"好听个蛋!"

屁股上挨了爹一脚,一头撞到树干上。

我猛醒过来,慌慌地向下一棵树奔去,爹抢在前头一猫腰完了事。

"等你——等你天都亮了。"

爹回头对我说。

鸟鸣在山岗零零星星响起来。

我在园地里叫那块方石绊一下,地里的土很软,我坐在石头上。爹在黎明曙光中猫腰逃窜的背影一闪,剩下的花椒刚好埋进土里,"老飘"在檐下一闪即失。夜空渐渐蔚蓝起来。

爹推开木栅门才挺直腰杆。

"喵呜——"

猫这么低沉叫一声。

"哎哟——"

爹的惊呼顺着垄沟飘过来。

一直坐到星星——退去，天边出现一溜领带样的早霞，山岗茅草上漂流着氤氲的气流，有鸟鸣在气流里面纷纷扬扬。

妈妈在这个天大亮的早晨加入游街队伍的。妈妈听到这一消息百思不解。妈妈刚刚倒掉唰碗水，刚刚解掉围裙，刚刚捎着镐头，准备下地听到这个消息的。

"我怎么啦——"

临行前，妈妈紧锁眉头，奋力跺着双脚，豆大的汗珠蹦了一地。

我和爹，我们是第二次抓着栅栏等待妈妈出现。外面完全不是以往的季节，外面是接近夏天的春色，公路上新铺上风化石路面，一辆拉麦种的马车遗落下一些麦种，茅草间的鸟儿跳着啄着……鸟儿惊飞不久，游街队伍轰轰烈烈开来。

没有"老飘"的影子，后院很寂静。

妈妈现在像游街的人们一样沉默不语。妈妈胸前挂着两只露脚趾露脚跟的鞋子，表情木然平视前方的妈妈手里敲一面铜光闪烁的锣。妈妈像奶奶一样，头戴一顶又尖又高的白色纸帽，纸上同样用毛笔写着一行黑字：横扫一切牛鬼蛇神！

"怎么回事！"

胸前晃荡的是露着脚趾脚跟的棉鞋。

"那得问你妈！"

爹一夜未睡，语气仍凶蛮仍底气十足。

"问我妈什么？"

"没看见挂着什么玩意儿！"

"那玩意怎么啦？"

"那玩意儿，操他妈，那玩意儿，操他妈……"

拳头砸着粗大的障子哗哗地响。

"我妈从未离开过你。"

"谁说你妈从未离开过我。"

"你应该知道。"

"我知道什么我知道。"

"你知道……"泥声总是在半夜响起来的,"你们不是总在半夜……"

"在半夜什么?"

爹扭头瞅我。

"你知道……"

"半夜什么?"

"你知道!"

我嗫嚅着低下头,看见园障根下喧土里有很多很大的蚂蚁,蚂蚁推着比自己还大的蚁蛋。蚁蛋白而耀眼。

外面,妈妈回头看一眼爹痛苦挣扎的模样,妈妈扭过头,面孔却是漠然视之的表情。爹愤然离开园障向家里走去。

"喵呜——"

猫声响起来,却没有"老飘"的影子,猫声纷纷飞向灿烂的阳光里。

"妈——"

是姐姐打后院老屋伸出苍白的脸与一只同样苍白的手,朝着远去的游街大队招展着。

锣声经久不息地回荡着。

就是从这天开始,园障下那排杨树绿叶开始发蔫,唯独夹在它们中间那棵绿意峥嵘,它总叫我联想那天晚上埋进土里的花椒粒儿。

我再见到岗上男孩是一个黄昏背景之下。这时候,岗上茅草绿意飘荡,岗上男孩坐在隔年的黑草垛上,嘴叼半截空心草叶做的口笛,他背后跟随着那轮红太阳,极大极圆地漂浮着。蜻蜓与鸟儿都已经疲倦不堪。

"是我把鸟儿哄起来的。"他说。

"就是那些鸟儿……"我想起铺天盖地的鸟鸣。

"我还向你晃草帽来的。"

"是、是晃来着……"

"你连头都不抬一下。"

"地里正在种土豆。"

"你和你妈还有你爹。"

"你都知道。"

空心草在他嘴上移动,空心草是透明的。

"我在这块儿看得一清二楚。她哪?就是没有她呀!"

"谁呀?"

"你姐姐,"

"你认识她?"

他脸上游移着一种表情。一种表情在夕阳中神秘莫测。

"这话得问她。"

"她从来没有说过你。"

"这就对啦。"

"对什么?"

"你姐坐在园地里摘着芹菜,戴一块绿头巾,摘着摘着……"

岗上男孩耷拉在草堆上的两条腿,晃晃荡荡,眼睛细眯起来,瞅着浩荡的草地深处。

"摘着摘着就'哎哟'一声……你姐的手叫芹菜汁儿染成绿色的……"

"绿色的?"

"嗯——绿色的。"

"谁说的?"

"那双绿色的手时常举起来朝着太阳看……"

"没有!"

"那双绿色的手朝着太阳一举起来,我就闻到一股味儿……从来没有闻到的一股味儿……就像是鱼塘里的泥味儿……"

"你净扯淡!"

他一脸沉迷激怒了我。

"鱼塘里的泥也是乌蓝乌蓝的颜色……又蓝又腥……鱼塘里的泥

味儿……"

他没有醒过来。

"别竟瞎扯淡！"

"她手上那颜色和那味道就像鱼塘里的泥……"

我一时一言不发瞅着他，同时也瞅着那轮殷红的太阳在他背后开始沉落，绿草愈加深远而又幽静，鸟声不那么烦人，蜻蜓的翅膀上面很亮地闪烁着一抹一抹夕阳。

"整个一冬天我就守着一筐塘泥，一闻到那股味道儿就想起那双绿色的手，那双在阳光里浸泡的绿手……你闻过鱼塘泥味儿吗？"

他低头问我。

"鱼塘的泥……"我张着嘴想象着鱼塘的泥……

"你把手搓一搓放到鼻子底下……"

他的手真的搓了一搓，真的放到鼻子底下，翕动起鼻孔，鼻孔的动静像忽忽闪闪的薄纸。

"啊——真好闻啊！"

"真好……"我也那样凑近两手去闻。

"泥味儿……"

"泥……"

我听见心里怦然心动，马上深刻地感到泥的动静，我在泥潭里面挣扎起来。

"泥声儿……"我开始呢喃。

"泥味儿……"他也呢喃着。

"泥声儿……"

"泥味儿……"

"泥声儿……"

"泥味儿……"

岗上男孩从草垛上滑下来。我们一同坐在草地上，低语地呢喃着有关泥的话题。草地静下来，我们满脸密布紫色的阴影。鸟儿已经有了睡意。

那排杨树在一场夏日骤雨之后，万物蓬勃时节彻底干枯下来。这是一个触目惊心的场面，雨滴还在草叶上闪烁，东面天空彩虹的长桥跨过天幕，园地土豆秧刚开放头一片叶子，十九棵茁壮的杨树死了，杨树的叶子像深秋一样金黄金黄。

这样的日子里，爹妈伴着纷披的落叶之声不休地争吵。

"你给我坦白！"爹眼里充满绿色的血丝。

"坦白什么？"妈妈摇着头。

相形之下，后院寂静无声。奶奶坐在太阳下的椅子里静目养着神，姐姐苍白着脸贴在奶奶背后玻璃上面。

爹妈的争吵日见高涨中，爹的拳头架到妈妈鼻梁上。这是一个阴霾的下午，外面刮着那种扫过地皮的微风。

"你不说？"爹两腮的肉上下地颤。

"没有！"妈妈喊。

"再问一遍！"

"就是没有！"

随后就开始尘土飞扬，随后尘土里有爹的喘息声，也有妈妈的呻吟声。

"喵呜——"

"老飘"红而亮的舌头舔着奶奶的大氅，越舔越快，舔出吧唧吧唧的动静，大氅叫阳光照出幽亮幽亮的光芒，奶奶纹路纵横的老脸绽放出怡然自得的笑意。

妈妈打降落的尘土里爬起来时，妈妈的衣袖叫爹打肩头上撕下来，白皙的膀子整个袒露无遗。爹脸上留下一条突凸起来的血檩子，妈妈朝栅门跑两步，爹打后面追上去，半只小臂伸出去，揽住妈妈的脖颈，精瘦的爹鸟儿一样向上蹿上去，再沉沉地坠落下来，高大的妈妈缓缓地仰倒下去。

"婊子——"

爹骑在妈妈身上。

"活该！"

奶奶枯手里捂着一只白瓷碗，碗边儿嵌着一圈油腻，碗里是她爱吃的炒黄豆,开花的黄豆一颗接着一颗扔进奶奶老嘴里,撞出来老牙的脆响声。

"好!"

奶奶赞叹着前面的一幕。

"老飘"不再舔那件大氅,它跪在奶奶腿上,一动不动凝神静睇,猫眼这时变成两粒成熟饱满的榛子。

妈妈的头发松散开来,妈妈的胸脯袒露无遗。

"还想跑?"爹问。

"想跑!"妈妈回答。

"想死吧!"

"美的你!"

"还——美的我!"

爹将一根准备好的板条从腰带上抽出来,木板是榆木做的,剥了皮很白很亮。木板一下一下抽下去。

"啊——"

妈妈伴着哀号遍地乱滚。

"好!"

奶奶赞叹声中,伴随着嘎嘣嘎嘣嚼碎黄豆粒的脆声。

"妈——"

姐姐一拳一拳将整块的玻璃捣碎,碎玻璃楂儿刺破姐姐的脸及手指。

"妈妈——"

姐姐搭在空荡荡窗棂上的手指头,汩汩地滴着血滴,血滴顺着窗木雨滴那样排开,又雨滴那样坠落下来。

"老飘"看见墙上嵌着姐姐的血脸及血指头。

"喵呜——"

"老飘"一身的绒毛有条不紊地耸立起来。

"看看你姐姐去呀!"

妈妈乱滚中冲我喊道。

我扔下镐头奔向后院。"老飘"冲下奶奶膝头,像从前那样龇着牙向我扑过来。我全然不顾仰头望着姐姐,脚尖踢到"老飘"的头,"老飘"一侧头,一口咬着我的裤脚。

"站住——"

奶奶枯手上皮很薄很亮,薄皮下蠕动着暗红色的血脉。那些手指嵌进我胳膊里。血脉跳动得像离开土的蚯蚓一样。

"你说!"奶奶让我说。

"姐——"我喊道。

"看着我的眼睛!"

奶奶硬是扭过我的头。我一看那张脸,还有皱纹簇拥下的眼睛,就如同枯手一样的感觉。这感觉令我脚后跟抽动一下。

"放开我!"

"说了就放开你!"

"说什么?"

"喵呜——"

这时候,"老飘"扑上了窗台,朝姐姐呲一呲尖利的牙,姐姐眼神哆嗦起来,血手血脸一点一点往回滑去。

"嘿嘿嘿——"奶奶松开我的手臂。

"说什么?"

"什么都说!"

"什么什么都说?"

"装得挺像哪!哼哼——"奶奶的冷笑使我生出虚汗。

"装?"

"对!"

"没有。"

"你去看看霞啊——"

妈妈俯在地上对爹说。爹这才动身朝后院奔来。"老飘"迎头截住爹,爹在喵呜喵呜的猫声中败退得狼狈不堪。

那一夜很晚很晚,奶奶才放我回家,奶奶对我盘问了许久许久,其实就是好让我说我知道一件与爹有关的事情。

后来，土豆地里开满蓝色花躲的日子，妈妈浑身紫色伤痕才渐渐褪去。那时候恢复起来的泥声又开始彻夜不停。泥声里，蚰蜒趴在炕沿上一动不动，四肢哆哆嗦嗦。

姐姐的抽泣整夜与泥声相伴相随。

"你听你听——"

妈妈在泥声里辨别着抽泣的方向。

"什么……"

爹支支吾吾断断续续。

"霞在哭！"

"什么……"

"霞在哭霞在哭……"

"别说话别说话……"

爹奋力搅动着泥声而泥声断断续续的晚上，外面仍然是一个异常美妙的春夜，有一只粗大的柳笛伴随着姐姐的哭泣，如泣如诉。

我再也看不见那团红色的软体球滚滚而来的情景。我是被那只柳笛搅得心烦意乱，依在黎明时分的墙壁上。

爹时时刻刻拽紧妈妈的衣摆，一寸也不让她离开自己。

我俯身拔着土豆地里的水稗子草，土豆地白花和粉花粘满晨露，满是晨露的花香撞到院墙上面，晶晶莹莹如雨似雾，纷纷扬扬，爹和妈仍然沐浴其中。

"我去干活。"妈妈说。

"你别想逃。"爹说。

"我逃什么我干活！"

"哼哼哼……"

"老飘"在后院里咀嚼着爹的冷笑声，咔吧咔吧发出来表声。姐姐的脸在表声里愈加低垂下去。

"对，就是想逃跑！"

奶奶伴随着自己漫长的懒腰，闪出门来。老屋墙根下面，一把黑漆剥落的木椅。奶奶坐进木椅里。

"早就该这样。"

奶奶平淡地说。

妈妈蓦然间不再挣扎，奶奶在妈妈愣怔时候愈加努力地将头朝着天空吐出一口昨天晚上的浊气。浊气是绿色的。一只鸟儿在"老飘"嘴里化作羽毛，巨大的鸟鸣在空中传播开来。

"我恨你——"

妈妈把牙咬出来咔吧咔吧的表声，细密如雨的表声钻进干旱的土里，滋生出来丝丝缕缕蓝色的气息。

"你竖着耳朵干吗？"

爹冲我刚一吼叫，我赶紧俯下身去。土豆秧上露水散发着白气，我的裤腿湿湿地粘住皮肤，一只发青的蝈蝈踩在一朵盛开的土豆花上歪着头瞅着我。

"我恨你我恨你——"

嘶嘶拉拉的表声颤若琴弦，蝈蝈摔下来，巨大的鸟鸣如潮般退回茅草间。

妈妈张开两手又一次在爹的手里挣扎，两只手的十个指头向上伸展出来。

"妈——"

姐姐喊道。

"回来！"

爹说。

"哈哈哈……"

奶奶兴奋起来，阳光照耀着奶奶头顶的发丝，发丝散发着藏青色的油光，奶奶越发地往椅子里缩进去，缩成一团破棉絮。

姐姐在柳鸣中难以入睡的情景，是我和"老飘"混熟之后发现的。这时候，那只巨大的柳笛尤其在深夜异常清晰。

"小狼，给你猫。"

那个白天，奶奶喊我，我正从园地归来。

"什么？"

我站住。

"给你猫呀!"

"给我猫?"

我惊愕地望着奶奶。

"对——给你猫!"

"老飘"趴在奶奶大氅上紧张地舔着。

"给我猫?"

我听见那声久违的水声。

"过来过来——"

奶奶语调天真柔和,满脸是菊花般灿烂的笑容。

我不由自主走进后院,姐姐神情凄凉地挂在窗棂上,像一块黢黑的脏布,挂在那里好久好久。"老飘"跳进我的怀里,埋头舔起我的手背来。我低头发现"老飘"浑身幽青的绒毛,绒毛柔软光滑。我小心翼翼抚摸着绒毛,手渐渐热得发烫。猫的牙齿尖利,一颗一颗紧挨着,微微颤动的舌尖儿,活灵活现,舔湿我的手背,潮湿处痒痒起来,痒得人心颤。

一整天里,我为猫舔出的痒感发出来痴迷不已的笑声。

黄昏之际,鸟鸣再一次回旋在山岗和房屋的上空,白气打土豆秧下面萌生出来,柳笛骤然而起。伴着笛声,氤氲的白气成长着,一寸一寸爬向前面的山岗。

"你总坐着干吗?"

妈妈出现在墙角里。

"土豆垄才背了一半。"

爹抢在妈妈前面说。他们脸上汗珠叫斜阳照得一颗比一颗亮。白气在他们脸前穿梭往来。

我掐着"老飘"的腰,举起它。猫声大作,凶猛异常。猫嘴里的腥气一股一股喷射出来,身上的毛耸立得茅草一般葳蕤可怖。

爹妈在猫声里不知所措,踌躇不前。

"都怨她!"妈妈嘀咕道。

"怨谁?"奶奶问。

"怨你!"妈妈说。

"怨我什么？"

"走吧——"

爹拽住妈妈。他们拐进墙角另一端。

暮色降临，鸟鸣沉寂，剩下猫舌头舔我手背发出来吧唧吧唧动静，点点滴滴笛声壮大起来。

"咕踊什么咕踊！"奶奶说。

我坐在老屋屋檐下的椅子里，仰头看见夜空，星星在空中，又深又遥远，像无数颗眼泪含在天上。

"睡不着……"姐姐说。

"咕踊能睡着吗！"

"笛子……"

"什么笛子！"

"老飘"舌头越舔越快，手背上湿润感觉弥漫全身，仿佛全身发出来水的动静。我在水里不能自制摇晃起来，两眼上上下下眨动着，仰望着星星的眼泪。吧唧吧唧的水声，极像刻骨铭心的泥声。

泥声大作！

花甲虫在不到一天时间里将园地里的土豆秧弄得千疮百孔。我坐在椅子里沉迷在"老飘"舌头弄出来的泥声里。为了轰跑那些疯狂的红色花甲虫，爹第一次松开妈妈的衣摆。

"小狼帮帮忙去吧！"

挂在窗棂上的姐姐说。

"闭嘴！"奶奶说。

"小狼你得去呀！"

"小丫头片子！"

爹妈所到之处，便有一团又一团花甲虫轰然而起。土豆地里仍然发出它们咬噬土豆秧发出来咔吧咔吧的表声。巨大的表声扑面而来。

"小狼，你就眼看着妈妈吗——"

妈妈停下来摇动的手臂。

"她一点劲儿也没有啦！"

姐姐说。

"老飘"舔出来的泥声水一般浸没了我。

妈妈头顶上重新盘旋起来蜂拥而至的花甲虫：它们没有出声，阳光里面，浑身反射出太阳的光芒。

"闭嘴！"

奶奶说。

"完啦！"

姐姐说。

"跟你妈一个德行！"

"妈——"

姐姐呼喊着妈妈，越上窗棂，半截身子伸探出来。绿意荡漾山岗中那个男孩蓦然出现。午间光线里，岗上男孩举起双手，冲着姐姐来回来去摇晃，搅动起来绿意荡漾的茅草跟着摇晃。摇晃的茅草里沉睡的鸟儿骚动起来，盘旋着向着园地挺进挺进。岗上男孩继续摇晃着手臂，继续搅动着茅草，继续搅动起来沉睡的鸟儿，鸟儿继续挺进挺进。姐姐的嘴半张半合着，一句话也说不出来，脸上浮现出来异样的光彩。

"下来！"

奶奶去拽姐姐。

抵达的鸟儿们开始吃土豆秧上面的花甲虫。花甲虫是卵黄色的，鸟儿是蓝色的。空中顿时一片斑斓繁杂的鸟鸣和虫鸣。

爹妈颓然坐到土豆地里，望着头顶上空斑斓繁杂的景象。正是土豆花凋谢的季节，田野流动着干燥的微风。

"就怨你！"

奶奶瞪着姐姐。

"怎么啦？"

姐姐轻松起来。

"它们要不是不会飞起来。"

"我也没叫它们飞起来。"

"撒谎！"

"我没有撒谎。"

"跟你妈一样!"

她们彼此回敬着。

我看见鸟儿们一个接一个地逮着,花甲虫一会儿被消灭干净,土豆秧像霜打的叶子黢黑一片。

茅草间的男孩已经无影无踪。

后来的白天和夜晚再没有"老飘"的身影出现在前面的某处。妈妈安然入睡。我独守着"老飘"痴痴想念着泥声。

"你一点精神都没有。"

深夜里,姐姐说。

"我没有觉得。"

"你像一个老头儿。"

夜风吹动岗上的茅草,茅草摇曳出来紫色的波浪。

"我没有劲儿。"

"你听——"

"听什么"

"别出声!"

"什么?"

"别——出——声——"

午夜露水降落下来,柳笛又一次随夜声传来,姐姐声音颤抖起来。

"它真好!"

"别出声——"

"猫真好!"

我手上的泥声随着夜的深入紧密起来。

"那动静真烦人——"

"什么?"

"你手上的动静——"

"我喜欢。"

"你别叫它舔啦。"

"舔吧舔吧……"

"你接着——"

"什么?"

"哗啦——"我的手叫一件东西砸了一下,掉到地上,又"哗啦"一声响。

"火柴。"

"火柴?"

"你会有用的。"

"我有什么用?"

"你会的——"

夜风渐渐冷飕飕起来,已经不是夏季那种滋味。

整个夏季又这样过去,山岗的茅草再度变白。现在,爹妈默默地拔着土豆秧。土豆从土里带出来,滴里嘟噜一大串儿,摆到秋阳里面,大大小小,摆了一大片。

奶奶和我坐在墙根下,窗口用麻袋钉死。"老飘"仍然卧在我的膝盖上。老屋屋顶上生长的灰菜一片枯黄,灰菜同样布满前面屋顶。前面屋顶上的灰菜,还是一片绿意峥嵘的样子。

"你听——"

奶奶听见锣声。

"什么?"

"锣——"

"什么锣?"

"我听见啦——"

姐姐的脸从门缝中挤出来,神色黯淡。

"是锣的声音,对不对?"

姐姐问。

"对!"

奶奶说。

我打了一个激灵，腿向外展开，猫从膝盖上掉下去，掉到两腿之间地上。

爹往起直腰，他们都听见锣声，爹腰直得缓慢，直起来以后，一直怔怔站着，手里拎着一棵土豆秧，拎着滴里嘟噜一大串土豆。

游街的队伍在风化石公路上出现。

我听到了锣声。

"火柴！"

姐姐说。

我望着园障下的杨树。猫在地上瑟缩成一团。杨树仍然发黑，仍然粗壮，已经是落叶季节，活着的那棵树叶金黄，死去的19棵光光秃秃，树皮没有光泽。金黄色的树叶徐徐落下，落叶被踩得沙沙作响。

"火柴！"

姐姐悄然依在门板上面。

火柴攥在我手里，已经被攥热乎。

妈妈开始往后院挺进，奶奶见此情景，缓慢站起来，妈妈越过前面的房山，奶奶往前走两步，她们在后院里停住，彼此注视着对方的眼睛。

"妈妈——"

姐姐终于亲切地叫道。

"进屋去！"

奶奶回身制止姐姐。

"你们看——"

姐姐亲切而杳然地指向前方。

我们仰头看见了岗上的男孩，他正在手里晃动着那顶草帽，草帽已经很旧，已经摇晃了很久，随着晃动，一片一片破碎下来，落入茅草之中。

姐姐越过奶奶，奶奶企图抓住她，被妈妈阻止住。

"老——"

奶奶还要发出"漂"的指令，还没有完全说出来，已经被妈妈的手卡住了喉咙。

"老飘"在我腿下面发出来"喵呜喵呜"的声音。

我同样卡住它的喉咙。

"再见——"

姐姐回头冲我们粲然地一笑。

"记住火柴!"

最后叮嘱过后,姐姐越过了我,越过了奶奶,越过了妈妈,越过土豆地里凝然不动的爹,独自一人飘然而去了。

院地里尘土重新飞扬起来。妈妈的头发奶奶的头发,被一缕一缕拽了下来,躺在地上仿佛活物,被风轻轻吹动得有气无力地挣扎。

"老飘"的喵呜也已经颤若游丝。

游街的队伍停在园障下面,锣声一阵紧似一阵,像是催促着我们家中谁的加入。

妈妈依然卡住奶奶的喉咙,奶奶也已经卡住妈妈的喉咙。她们的脸一同地红润起来,一同富有活力起来。她们一同仰倒下去,一同滚动起来,一同弄得尘土飞扬起来。

"老飘"的"喵呜"依然颤若游丝。

"火柴——"

我最后听见姐姐来自远方的叮嘱。

我猝然间划着火柴,划出来一道炽白的光亮,我松开"老飘","老飘"的绒毛重新耸立起来,尾巴重新翘立起来,火柴挨上去,马上变成一股火苗,马上变成一团火种。

爹缓慢走出土豆地。

"老飘"携带着那团火种,跳上前面的屋顶,越过苦草的屋脊,播下一道又一道的火焰。

她们继续在院地里滚动,彼此拥抱得严丝合缝,完全是一副欢乐的架势。

穿越漫长土豆地的"老飘",火种同样穿越漫长的土豆地,抵达草地的边缘。姐姐在前面张开手臂,男孩也张开手臂,他们停在草地边缘上,火种在茅草里腾空而起,他们在火焰的边缘终于拥抱在一起。

　　我坐下来，看着尘土里的欢乐，看着熊熊烈火里的欢乐。

　　"烧吧！"

　　我看着爹推开栅栏门，看着爹主动加入游街的队伍里。

　　"天哪——"

　　爹蓦然回首。

　　爹已经两手空空。

　　爹胸前挂上两棵枯死的树根。

　　爹像奶奶像妈妈一样，头戴一顶又尖又高的白色纸帽，纸上同样用毛笔写着一行黑字：横扫一切牛鬼蛇神！

妈　妈

　　姐姐皱着眉头看着我。我对她说："我能跳过去。"我们在麦地与房子之间的空地上玩跳房子。空地上画着要跳过去的格子，一共十个格子，代表十幢房子。我一条腿站在地上，等着她给我数数。我告诉她可以一下子跳过两个格子，她只能跳一个。"不玩了。"她没有等我跳起来不再瞅我，眼睛转移到辽阔的麦地深处。"那我们干什么玩？"我放下腿等着她说话。她没有说话，还是望着麦地深处，麦地已经有了毛茸茸的绿色，绿色晃晃荡荡，好像通过我们跟前长在墙根下面，没有间隔中间一段空地，坐在屋里随时抬眼能够看见它们，辽阔的绿色就像从墙根下面开始生长出去，阳光照在上面，绿色分外突出分外晃眼。它们是种子刚刚发出来的细芽。"它们刚刚发芽。"我告诉她。"我知道。"她说。"那你来玩跳房子。"我说。"真烦人！"她扭过脸去。"烦死人！"她一个劲地说。说着走到空地上的一个树桩跟前。空地上有六个这样的树桩，原来它们都是树，着过火之后变得黑黢黢的树，爹锯下来上面的树头，剩下下面 50 厘米高的树桩。姐姐坐在树桩上面，树桩和她的小腿一般高。她侧着脸，注视着脚底下的地面，注视一会儿又抬起头，望着前面绿意突出的麦地，"这么晃眼！你晃眼吗？"她皱着眉头问我。"我不晃眼。"我也感到突出的绿色晃眼，我说不晃眼是想让她站起来继续跟我玩跳房子。"晃得我心烦！"她又低头看地上，地上什么也没有。我跑到另一个方向，依着房山的柴火堆，看着她的眼睛。她的眼神有一种焦躁不安的神态。

"你盯她干吗?"我问她。我一抬头就晃眼睛,她抬一下头又低下头再不吭声。明亮的光线落在柴禾堆上,新鲜的柴禾还带着水份,还发出来柔和的光泽和绽放的绿芽。有一只鸡站在上面。她不只是怕晃眼就不抬头!我替姐姐想着,我得让她抬起来,我从背后抽出来一根软椴木,砍下来上面的枝丫,剩下半截短棒。她越来越焦躁的眼神凝聚在一起,凝固到地里面,地里面我看不到的东西上面,她仿佛能看到,看到叫她晃眼的麦地一样。我瞄准那只鸡,鸡在伸头伸脑,准备往起跳。我扔过去短棒。砰的一声打在柴禾的乱枝上,嘎嘎嘎,鸡飞起来。哎唷,姐姐抬起头,吓我一跳,她看着鸡飞得和屋檐一边高,落到崭新的房顶上,顺着风向跑过梯形的苫草。跑过压着一排红瓦压住的屋脊,消失在房顶后面。"鸡飞得可真高呀!"姐姐慢慢地说,眼神渐渐地扩展开来,渐渐地明亮起来,渐渐忘掉能够看到的东西。"你们干吗?"爹从屋里跑出来,披着一件上衣,"干吗弄得鸡嘎嘎叫?"他问我们,眼睛往房顶上望过去。"它飞得可真高呀!"姐姐站起来,手指着房顶上,眼睛睁大,面向麦地对我们说,不再怕晃不晃眼睛,飞过了房顶,她把辫子从前面甩到背后,撒腿往房后跑去。她总说她心烦,我说出来她真正的原因,不是麦子晃不晃眼惹起的原因。"别管她。"爹扛上背垄的镐头往房后走去,让我找把镐头跟他去干活。

菜地的面积不大,用不着马,两匹马站在对面的马棚里面。地里还有去年背过旧垄的模样,我们叉开两条腿,骑在垄背上倒退着把旧垄从中间破开,用带凹兜的镐头兜住土往垄沟里面堆,堆出来一条新垄的模样。"全都是树根。"爹指的是埋在地里的树根,树有多高树根就有多长,爹指的是风化石路边的杨树,杨树离我们有十多米远,也有十多米高,也有十多米长的树根,地里的水分都叫它们吸走了。爹用镐头把发现的树根砍断,咚咚咚,镐头不断地落在树根上面。"爹!"有人在喊他爹。那个人从我们家旧房子后面迎面走过来,迈过排水沟来到菜地里面来。"爹!"他不停地叫喊着爹。妈妈跟在他身边跟着他走过来。

"有人喊你爹。"我说。

"嗳嗳——"妈妈也在喊。

"谁,喊谁爹?"爹抬起头,下巴颏挂着镐头把上面。

"有人喊你爹。"我又说。

"喊我爹!"爹吃惊地瞪大眼睛

"爹。"那个人依旧叫喊着爹。他背着一个草绿色的硕大的帆布背包,背包上净是耷拉下来的草绿色带子,带子耷拉到他的腰下面。他一直不停地喊着爹来到我们面前。

"这就是你爹,"妈妈停下来指一指爹,"这就是园子,"又指一指我,"他是小键,是你哥。"妈妈告诉我。爹没有说话,也没有伸出手表示欢迎,下颏始终杵在镐头把上,眼睛盯着新背起来的垄沟。妈妈转动着脑袋,看看爹又看看他。他们相互看一眼,很快转移开视线。没有人再吱声。"走啊!"妈妈推一推爹。"噢——"爹才抬起头,转身迈过几条新背起来的垄沟。他们跟着爹,朝着我家的方向走去。走过马棚,他拍一下半截身子伸在外面的马背,马往后一跳,撞到后面的栏杆上,栏杆撞开来,他没有喊叫,纵身跳起来,跳得真高,栏杆从他的脚下面扫过去。

我哥,我想不起来我有这么一个跳得这么高的哥哥。我不知道哥哥是什么样的感觉!我知道姐姐,真烦人!姐姐总是说真烦人!剩下我一个人,我没有心思一个人背垄,和他们拉开一段距离,迈过几条新背起来的垄台。路过马棚下面,像他一样拍一下马棚里伸出来的马背,马没有跳开来,回头龇着牙伸过来舌头,舔一下我的手背。我哥,我有哥哥吗?我躲开它的舌头,看见他们走进房山的阴影里面。我如果有哥哥妈妈早应该告诉,我妈妈为什么不告诉我。我走进房山的阴影里,他们已经转到房子前面去了。

"是咱哥!"姐姐说。她依在房前的墙壁上,手里捧着一捧毛葱头,挨个往下剥葱皮。

"谁是咱哥。"我说。门里面响起掀动锅盖的声音。

"从老家来的。"姐姐说。

"那个老家。"我说。我感到非常遥远。

"咱妈的老家。"姐姐说。

"我知道咱妈的老家。"我想起来。

"咱哥长得像你。"姐姐说。她的眼睛里没有了刚才焦虑的神情，换上了闪烁着兴奋的神采。好像她一直就等待有这么一个哥哥的到来，等得她心烦意乱，现在终于来了，终于叫她兴高采烈起来。

我没有理她，推门进屋，妈妈在外屋地哈着腰做饭，我们没有说话。我进到里屋。他坐在炕沿上，两只胳膊挂在后面的炕面上，两只手正好压住糊在炕面上的两朵油纸花上。咱哥长得像你。窗户射进来明亮的阳光，落在他的后背上。他的脸上长了一层的雀斑，我脸上没有雀斑。爹坐在一只马扎上，抱着两只胳膊，闷着头抽着旱烟。

"我下火车打听了半天。"他说。

"顺着铁道南走过来就到。"爹说。

"我搭上一辆拖拉机。"他说。

"吃饭啦，"姐姐打开门，门外涌进来白色的水蒸气，"放桌子。"她说。我依在火墙上，看着他看着爹。爹抬起头，他也正看着爹。他们的目光遇到一起，脸上都显得不自在，马上躲开来目光。姐姐把矮桌放到炕面上，"快吃饭呀！"她惊喜地叫喊着，又跑到外屋端进来三碟菜：毛葱头炒鸡蛋、白菜片炒木耳、醋炒土豆丝。又跑出去端进来一盆汤，汤上漂着一层鸡蛋花儿，漂着零星的紫菜叶儿，汤盆放在三个菜中间。

"你坐炕里面。"爹站起来。"我不会盘腿。"他看一看爹。"我上去。"爹爬到炕里面盘上腿。妈妈进屋拿出来一瓶酒，瓶嘴上倒扣着三个酒盅。爹倒满白酒，先给他一杯，他把酒杯推到我面前。"我不喝酒。"我说。他不会喝酒，爹把酒杯拿到自己面前，又给他倒满一杯酒。

"妈！"他首先说话，没有等爹说话，自己举起酒杯。"吃饭吧。"妈妈低着头看着桌上的菜和汤。"妈！"他又说，酒杯在他手里微微地颤动一下，"妈！"他的手停在半空中，"你不知道，"白酒撒到手背上，流到桌子上。我们都放下筷子。他不看我们也不看爹，怔怔地盯住妈妈，目光急切，并且渐渐红润起来，"我找了好长好长时间，没有人告诉我。"他把白酒一口周下去，头埋在胸前，头发冲着我们，长长的头发坚硬粗实，"我找了好多好多年，没有人告诉我。"他摇着头，重复地说着。妈妈夹起菜没有送进嘴里，嘴唇已经把牙整个包住，喔喔喔，好像嘴里已经有了菜，腮帮鼓起来，又塌下去又鼓起来，发出来喔喔喔的闷声，菜从筷子上掉到桌子上。"快吃饭别喝酒。"爹说。"不，我喝！"他又周下去一杯白酒。姐姐把一碗饭放到他跟前。"我的饭。"我说。"你自己盛。"她说，"妈你干吗？"她的眼睛盯住妈妈，"干吗呀妈？"她低下去声音。我们不再说话，饭桌上一片吃饭的声音：吧唧吧唧吧唧。"快吃吧！"爹敲一下碗边。妈妈没有动筷子，没有再发出来闷声，一直盯着桌上的菜和汤，一动也不动。"妈，我现在真高兴。"他嚼一会儿米饭，露出来高兴的笑容，"妈，我给你带来了东西。"他放下饭碗下到地上，把放在地上净是带子的背包打开来。"这是给爹的，"他先把一瓶精制的竹叶青白酒放在桌上，酒瓶用红纸包着，用金黄色绸带扎住瓶口。"这是给妈的，"他把一顶帽子递给妈妈，帽子里里外外都是短毛，又黑又亮。"我哪还能戴这个。"妈妈的脸一下子红一下。"还有这个，"他又递给妈妈一件红色的披肩。"我哪还能披这个。"妈妈的脸又红一下，"还有这个，"他又递上来一双红色的皮靴子。"我哪还能穿这个。"妈妈红着脸把这些东西紧紧地抱在怀里，望着他在地上翻腾着东西。"这是给你们的，"他又翻腾出来一件东西，"我不知道你们是两个人，"他把东西递给我们。我们看见一件奇怪的东西，用竹子做的，还有两个轮子，像车轴连着两个车轮，只是小好几十倍。"什么呀？"姐姐说。"空竹。"妈妈说。"是吗？"姐姐说。"对。"他说。"有单轮的有双轮的，这是双轮的，六个响的。"妈妈说。"对。"他指出来竹轮上的窟窿眼，每个轮子上三个，一共有六个。"你怎么知道的？"姐姐看看妈妈又看看他。"妈妈什么都知道。"他说。"是吗？"姐姐说。妈妈含着笑意没有吭声。他又从背包里拿出来像鞭子又不是鞭子，两头带鞭杆的东西。"走，我给你们玩去。"他站起来真高大，头差不多顶到顶棚上。"不吃饭啦？"爹说。"不吃啦。"我们说。

我们跟着他走出屋子，他在门口把那个空竹缠到绳子一头。"看着啊。"他让我们看着。他比我高出一头,比我宽出一倍。空竹从绳子一头滑向另一头。就这样,他说着开始上下摇动两个像鞭杆一样的竹棍儿,一边上去一边又下去。空竹旋转起来,越旋转越快,看不见原来的形状,看不见那些洞。我们却听到那些洞发出来声音:呜呜呜!越来越响亮,像天空中飞过来带哨的鸽子,首先把一趟房住的杨香吸引出来,她从房子前面的玉米楼里探出头,跟着国顺也从里面探出头,两个脑袋一上一下,向我们家这边张望,两张脸上布满了惊讶和羡慕的表情。"给我试试。"姐姐脸色红润,眼睛闪闪发亮。"你得快点儿摇。"他把两个竹棍递给她。"怎么摇啊?"姐姐焦急地看着他,双手握住竹棍不再动弹。空竹刺刺拉拉地滚到竹棍上面,不再响了。"我不会呀。"她摇着头。"慢慢来。"他接过去。"你把着我的手。"姐姐说。他们的手握在一起。"这么样。"他把姐姐的手向斜上方摇上去。"嘻嘻嘻!"姐姐笑起来,脸上出现两个小小的酒窝儿。

　　他说先到屋子后面看看两匹马,再去看看叫作斯大林100号的拖拉机。"吁吁吁。"他到马跟前拍着马背,马转着圈不让他拍。"你骑上去。"姐姐把马缰绳解开攥在手里面,另一只手摸着马的鼻梁。"我骑。"他抱住马的脖子,看着我们。他穿着一双回力牌球鞋。马向他翻动着嘴唇,向后闪动着脖子。"你们在干吗!"妈妈在后窗户里面向这边张望。"骑呀!"姐姐说。"骑!"他一用力,抱着马脖子骑上去。唉唉唉,马叫起来,四蹄向后蹦过去。"我拽不住!"姐姐喊起来。"吁吁吁,"我上去抓住马笼头。"哎呀!"妈妈也喊起来,她翻过窗台,奔跑过来。"哎呀!"他也喊了一声,从马背上摔下来。"你不会骑呀!"姐姐松开缰绳,扶他坐到喂马的干草堆上面。马跑起来,缰绳拖在地上,跑到榆树下面,绕一个圈儿,朝着背了一半垄的菜地跑过去。"你不会骑干吗还拍它!"姐姐说。"你们干吗让他骑马!"妈妈瞪我一眼,扶着他的胳膊,疼不疼,摸完他的脸,又摸他的后背。"我没有叫他骑。"我说。"没事儿。"他摇着手。"我以为咱哥会骑马。"姐姐说,"是不是?"她问我。我点一点头,一声不响地看着他和妈妈面对面,对视的目光中流露出来意味深长的东西。"你别光瞅着。"姐姐也瞪我一眼。她让我也去扶他,三个人去扶他一个人,妈和她还有我。他其实不想起来,妈妈也没有扶起他起来的意思。他们面对面在交流着谁都不知道的意味深长的东西。

我们上了通向礼堂方向的大道。两边的树影把路面遮住,树影后面是一栋又一栋的房子。我们走在树影里面。"给我讲一讲。"姐姐拉住他的袖子。"讲什么?"他看着姐姐。"你坐火车来的。"姐姐说。我们走过三杨家的院子,他们家的牛车停在院子里,他们家的两个人,杨香和国顺,还在玉米楼上一上一下地望着我们,好像他们一直在一上一下望着我们,一刻也没有停止过。"我在火车上遇到一个人,他走道时手插着裤兜,胳膊向两边摇摆着,那个人是个结巴,火车到站了,售票员来管他要票,"他看看我们,"爱听吗?"他说。"爱听爱听,"姐姐拍着巴掌,在大道上转着圈儿,连蹦带跳。"你到那儿下车,售票员问结巴,我……我……我……"他学着结巴说话,又挤眉又弄眼。"那是一个偏僻的小站,叫作窝里车站。我……我……我……售票员以为他坐噌车不让他下车。火车只停1分钟。我……我……我……火车就开了。我……在窝窝窝窝里车站……下下下车!这才报出来窝里车站的站名。""嘻嘻嘻。"姐姐弯下腰,手捂住嘴笑出声音。"篮球!"他突然说。我们来到礼堂前面的篮球场旁边。已经有两个人正在球场上打篮球。他们是后面牧场兽医所的兽医,曾经牵走过我们家一匹辕马的三个人中的两个人,没有穿白大褂,浑身依然散发着紫药水味儿,跟牵走那匹辕马时候的药味一样,辕马再也没有回来。"我投篮你们俩看着。"他飞快地迈过路基下面的排水沟,跑到球场里面。"来球!"他也不认识他们就喊他们给他球。兽医把球抛出来。他举起一只手在空中接住球,直接往地上按下去,拍动着球。回力鞋蹬着球场上的沙子沙沙响。他在三米线的地方托起球,脚步变大,腿变得舒展起来。兽医退到三米线外面。一步两步,第三步跃起来,球飞出手,砸到篮板中间画出来的四方框里,弹回来弹到篮圈内,在篮圈里逛荡几下,穿过篮网落到地上,滚进球架空档里面。

"你行吗?"姐姐问我。

"我不行。"我承认。

兽医又给他球。他站在罚篮的白灰圈内,球放在脑袋斜上方,胳膊自然收回来,对准篮板伸出去。唰!没有挨着篮圈,球直接落到网内,落下来。"咱们分伙玩一会儿,"他说,"正好四个人,两个人一伙儿。"他指一指我,又指一指兽医。我没有动看着兽医。"玩吗?"他向我伸长脖子。"玩吧!"姐姐什么都忘了。她依在一棵树干上,手背在后背后面。"你不玩!"她说。我没吭声。"他不行!"姐姐说。"你怎么知道我不行!"我说。"那你去玩呀!"姐姐嘲笑着我。他们分好伙儿,他自己对两个人。那两个人先发球。

"我回家。"我没有再看下去,球砸得篮板咣咣响。"我看。"姐姐说。"你看吧。"我看见许多屋顶冒出炊烟来。她没有理我,侧着头,一只脚蹬在树上。"真棒!"她不时地赞叹道。

外面天黑下来之前,我们坐在空地里的树桩上,看着麦地里蒸腾出来白色的气息。没有人说话,仿佛都在等待着他说话,等待着他告诉许多我们不知道的东西,直到天黑下来他也没有说话,没有告诉我们东西。"进屋吧。"爹决定不在外面等待下去,让我们全部进屋。屋子里全是煤油灯味儿。后面好多人家都点电灯,他临躺下之前往后窗户外面看一眼,看见好多人家亮着电灯。"咱们家是新房子,还没有拉过来电灯。"妈妈告诉他。再没有人吭声,我们都躺下来。他躺在北面的窗台下面,一张用板子临时搭起来的床铺上面。爹妈、我和姐姐,躺在南面的炕面上。我们继续等待着他告诉我们。黑暗里,他吸着烟,烟头一闪一闪,烟气弥漫过来,我们强忍着烟味,不发出一点儿声音。藏在墙缝里的蛐蛐儿叫起来:嗞嗞——嗞嗞,停一会儿叫两声。其实我从小就感觉到,他在蛐蛐儿嗞嗞的叫声里开始说话,"我感觉到她不是我妈,"他说,"她对我的一举一动我都感觉到不是我妈。我问过她我在胡同里听人家说过南所胡同 36 号里面发生的事情,"他把烟掐灭,两只手压到枕头上,脸朝着顶棚,"人家说南所胡同里的桃儿从孔德中学放学以后,坐在门口的石狮子上面,冲着小大院大声地说:'小大院的叔叔阿姨们,你们听着,我的后妈买了苹果买了糖馅点心，给她的儿子和黑心肠的二叔吃，给我剩下半笼屉包子'渐渐打开的院门里伸出来一张张熟悉的面容，'小大院的叔叔阿姨们，你们放心我吃得饱饱的，我就是让你们知道他们是些什么东西……'后来桃儿大了，总往外面跑，不愿意回家，再后来桃儿和水电部的职员生过一个孩子，他们说着说着，看见我到来马上不再说话。我就问她。'你别跟他们玩。'她不让我去胡同里。我们还住老水电部的楼房。墙院外面就是半爿街，现在叫明光胡同，拐过去就是南所胡同。胡同里都是四合院。'爸到底是怎么回事？'我也问过我爸（他不说爹他说爸）！'没事。'他说没事。眼神马上躲闪开。'不是，我不相信。''不是什么？'我爸反过来问我。我没有继续问下去。我自己去打听。很快跟36号冯家的钢儿混熟，跟他玩瓷片儿玩蛐蛐儿。'你有姐姐吗？'我问钢儿。'有，在西城。'他告诉我。'有没有不在西城？在外地？在东北？'我问他。'东北！'他稀溜稀溜地吸着鼻涕。'对！东北！'我说。钢儿想一想，摇一摇头。'你回家问一问你妈，'我说。'那你给我那个"老黑盖儿"，'他要我的蛐蛐儿。'那你得去问，'我要求他。他答应了。我把脊背上带两条黑杠的"老黑盖儿"送给他。几天以后，钢儿也不见我。我去找他他也躲着我。我更觉得纳闷，更想弄清楚。后来我遇上过去老四面钟银行职员，叫金禹久，我叫他金爷爷，他住独门独院，总一个人出门推蜂窝煤。妈，你知道金禹久吗？"屋子仿佛无比巨大，仿佛是空空荡荡的大殿。他的声音荡过来荡过去，像麦地里刮过来的风，刮在我们脸上。我们仰面躺着，一声不吭，像睡着了一样，其实都睁着眼睛，眼睛前面什么都没有，空空荡荡。"我知道，"妈妈开始说话，"金禹久年轻时候穿着一身黑绸大褂，带着一副金丝边眼镜，穿着一双红色火箭头皮鞋，口袋上垂挂着镀金的表链，戴着一顶白色礼帽，打着一把黑色遮阳伞。"妈妈的声音像从姐姐嗓子里发出来，又比姐姐声音悠远有韵味儿。"他的腿不好使唤，"他又接着说，"我帮他买菜买煤。"通过窗口射进屋子的月光下面，他伸出来一条腿。有一天，我正依在他们家门口的石狮子上面，等着他出来搬煤。他看见我，叫我进去。"请进请进。"他总那么客气，又拱手又哈腰。我第一次进他家的独门独院。满院里都是葡萄架，葡萄藤爬到东屋的房顶上。葡萄架下面放着一把竹椅。是小键吧！一位白发苍苍的老太太从玻璃后面探出半张脸，另外半张叫玻璃上的纱布帘遮住。"那是金禹久的太太金太太，"妈妈说，"金太太那时候比他就小一岁，三天两头换一身旗袍，大红的水绿的藕荷的好多种颜色，两个人经常手挽手出现在小大院里面。""我不知道，我吓了一跳，她从来没有出过院子。""她从前是一家新加坡银号老板的闺女，银号就在半凡街小教堂后面。"妈妈说。"'快坐下来，'老太太走出屋，拄着拐杖，让我坐在竹椅上，他们坐在北屋的台阶上面的布椅上。""他们跟你讲啦。"妈妈说。"'你跟别的孩子不一样，'金禹久说。'所以我们把你叫过来，'金太太也说。'你应该知道！'金禹久挺起胸脯，'应该知道自己的妈妈！'"他说，他仰起脸看着四合院上面的灰瓦。我一句话没有说，心里怦怦直跳。"他都对你讲啦，"妈妈说。"我不知道该不该说，爹！"他问。他用爹称呼我爹。他还有一个爹，他不叫爹叫爸的爹。"嗯！"爹嗯了一声，也没有说该不该说，就像一个局外人。我从被子上看见爹，他一动不动，躺在窗外射进来的月光里，鼻子和眼睛清清楚楚，死人一样嗯了一声。"'那不是耻辱！'金禹久说。"我们看不见那个场面，我们都是局外人。

前窗和后窗都打开着，对流的空气穿梭往来。姐姐带他去后面牧场上看黑白花奶牛。"奶牛奶牛。"他惊喜地喊着，从打开的窗户前面跑过去。他和姐姐手拉着手，笑声追赶着笑声，追赶着他们的脚步声，直到我听不见为止。

爹在房后面给马铡草。他穿着一件挎栏背心，手握着铡刀把儿，弯下去又站起来，膀子上散发着皮肤的黄色光泽。妈妈蹲在下面，戴着一副白线手套，用头巾包着头，把成捆的草放进铡刀底下。咔嚓咔嚓咔嚓，铡草的声音随风传进屋里，还有他们断断续续的说话声传进屋里。

妈妈："你怎么不说话。"

铡刀：咔嚓咔嚓咔嚓。

爹："你让我说什么话。"

铡刀：咔嚓咔嚓咔嚓。

妈妈："我知道你是怎么想的。"

铡刀：咔嚓咔嚓咔嚓。

爹："我怎么想的！"

铡刀停下来，爹提着刀把儿，刀刃儿磨得中间凹进去，闪烁着凹进去的亮光。爹挺直身子，盯着妈妈。他们周围都是铡碎的稻草。阳光照在碎草上面，发出来新鲜的淡黄的颜色。妈妈仰起脸，脸上凝聚着困惑与不解的神情。

妈妈："干吗这么看着我。"

没有爹的声音。

妈妈："干吗这么看着我。"

又停了一会儿。

铡刀：咔嚓咔嚓咔嚓。

爹："那我怎么看着你。"

铡刀：咔嚓咔嚓咔嚓。

妈妈；"慢点儿。"

铡刀：咔嚓咔嚓咔嚓。

妈妈："我都跟不上你铡啦。"

爹："你早就应该跟不上铡。"

铡刀：咔嚓咔嚓咔嚓。

妈妈："你这叫说话吗。"

铡刀：咔嚓咔嚓咔嚓。

爹："什么叫说话你教教我。"

铡刀：咔嚓咔嚓咔嚓。

妈妈："你慢点儿。"

铡刀；咔嚓咔嚓咔嚓。

爹："操！"

铡刀：咔嚓咔嚓咔嚓。

妈妈："你骂人。"

铡刀：咔嚓咔嚓咔嚓。
爹："我骂人。"
铡刀：咔嚓咔嚓咔嚓。
妈妈："什么东西！"
铡刀：咔嚓咔嚓咔嚓。
爹："你再说。"
铡刀：咔嚓咔嚓咔嚓。
妈妈："什么东西！"
铡刀：咔嚓咔嚓咔嚓。
爹："婊子养的！"
铡刀：咔嚓咔嚓咔嚓。
妈妈："哎哟！"

妈妈从草垛下跳起来，捂着手上下蹦跳着。白线手套还挂在手指上。
爹："我不是故意的。"
妈妈："该死的该死的。"
爹："我真的不是故意的。"

"妈！"我想到妈妈的手指头在草堆里跳动的情景。"妈！"我的喊声大起来，在房前房后来回蹿动。妈妈朝我这边走过来，用手套紧紧捂着手指。我快要看到血啦！我心里的恐慌加剧着，像一只见到猫头鹰的兔子。我们相遇啦。在牲口棚旁边站住。面对面望着对方。仿佛都很惊讶。都很意外。"你没有跟他们去，"妈妈问我。脸上没有刚才该死的该死的时候的表情。"妈，你的手！"我想到她的手。"没有事，"她把手放进怀里。"我看看，"我喊道。她怀里的手指在流血，流到衬衣上。妈妈没让我看。我走到他们刚才铡草的地方，没有血迹挂在稻草上面。我把稻草拨弄开来，它会像活物一样在里面跳动。"你找什么！"爹说。他好像什么也没有发生一样，把夹在铡刀床缝里的草棍拽出来。"手！"我说。"什么手！"爹平静地问道。"手！"我转身往回跑去。嗡嗡嗡，脑袋里总有个声音，嗡嗡嗡。

"妈!"她已经站在炉灶间把手指用小灰裹好,缠上布,准备做饭,"干吗!"她同样平静地望着我。同样像什么也没有发生一样。

"能踩吗!"他往绿茸茸的麦地上伸着脚。麦子刚刚开放第一片叶子。麦子没有目的地摇荡着,仿佛一片碧绿的水面。"我们正准备去镇压。"我拉着离我不远的石滚子。"镇压!"他不解地瞅着我。我告诉他镇压过的麦子长出来不至于叫风吹倒。"那我也去。""你不行。""行!"我没有再跟他争执,把拖拉机开过来,把石滚子挂在牵引架后面。他坐进驾驶室。我们往麦地里开去。

我没有听清他冲着我说的什么话。拖拉机链轨哗啦哗啦地响。"你说什么?"我冲着他的耳朵问他。"我没有见过这么大片的麦地。"他也冲着我的耳朵回答。耳朵里吹进来一股热气。他的脸上闪动着喜悦的神情,好像不是坐在拖拉机里,好像坐在没有坐过的地方,东张西望,大惊小怪。拖拉机开进麦地深处。"你就光动这个东西?"他的喜悦的神情回到驾驶室里,指着我来回来去拽动的操纵杆问我。"还有这个。"我往上提一下控制油门的手柄。机车向前猛蹿出去。我又把油门手柄压回到原来的位置上,机车又平稳地行驶起来。"光动这两个东西。"他轻松地说。"不,"我还想对他说。他不听直接伸过脚来。"别踩!"我说。"我试试。"他直接踩到离合器上面。前面烟囱里冒出来一股黑烟。"松开!"我喊道。他没有松开。发动机憋灭了火。"怎么办!"他紧张地看着我。"没有办法。"我说。"怨我怨我。"他点着头,脸上挂满歉意,以为机车坏了。"没有事!"我笑着说。我们下车,我用绳子重新缠到启动轮上,机器重新响起来。"嘿嘿嘿。"他又笑着跳上车,拍一下我的后背,一边去,让我坐副驾驶的位置上,"我来!"冲我比画一下。"不行!""行!"他绷住脸,朝着油门踩下去。机车向前扬起头。压过的麦子和没有压过的麦子分出来层次:压过的地方发白,没压过的地方显得绿。我们来来回回往返于麦地的南北方向。他已经学会不动操纵杆让机车自己前进的办法。"歇歇吧!"我们正好又回到麦地中间,我先跳下车,机车继续往前开。他也跳下来。"熄火呀!"我喊道。机车自己往前开去。"才二档。"他像没事一样望着行进中的拖拉机。"不行!"我追上去,踩着转动的链轨把油门压到"0"的刻度上。"应该让它自动走,"他说,"无人驾驶,"他走到机车旁边,"就是不能拐弯,"他看着拖拉机链轨,"能拐弯儿就成了无人驾驶。"我跳下来,他跟着我,我们坐在麦地里。"我认识韭菜。"他的手在麦子上摇晃。"韭菜和麦子不一样。"我说。"我开始看见地里绿油油的一片还纳闷,怎么种这么大片韭菜,能吃得了吗?"他抬起头。我们的目光搭在一起。你们长得像!姐姐告诉过我。"我们长得像吗?"我问他。"像吗?"他转动着脖子,让我前后左右看他的侧脸和后脑门。他的头发剪的时候下了一番功夫:后面长前面短。长得像扫帚,短的遮不住脑门。他的左脸上除了雀斑,还有起过青春痘之后留下来的黑点儿。我脸上粗糙但没有黑点儿。他脸白脖子也白。你们眼睛像!姐姐说。他是双眼皮,我也是双眼皮。"我们是一个妈生的。"他望着我。一个妈生的!我心里跳动一下,并不好受。"你一直在妈身边。"他伸手拍一下我的脸。"别动!"我忙闪开。"兄弟怕什么!"他笑着说。我脸上热乎乎,不是因为他说兄弟而高兴,是因为不是一个爹而难受。"嘿嘿嘿。"他并不计较,翻身跳起来。"你干吗不坐下来?"我又拍着绿茸茸的麦地让他坐下来,我不知道该怎么办,中间隔着一个爹一个爸,两个不同的内容。"妈!"他说,"妈!"他又说,"妈妈!"他一声比一声大地喊起来。手臂在胸前张开,冲着辽阔的麦地,好像那里的更深处有他的妈妈存在。"并不是我的妈妈。"他往怀里搂着空气中存在的形象。"你坐下。"我说。麦地上空晴朗无云。他不肯听我的话。"兄弟!"他低下头,望着我的目光我从未感觉到过,像这一片绿意浩荡的茸茸的麦地,绿意上面沾满湿润的露珠。我低下头,我们不是兄弟,我们还是什么?我还不知道,总觉得中间隔着的东西清晰可辨。他的回力鞋上沾着柴油,敞开怀的夹克衫上也沾上柴油。领子却竖起来。"你很漂亮,"他说,"很潇洒。"我站起来,才到他眉毛处。"你也很漂亮,"我说完心里直发慌,"你也很潇洒。"我又说了一句,脸上直发烫。"我知道。"他说,他不发慌,脸不变色。"你的日子怎么过的?"我突然问他。"什么日子。"他看着我。"你生下来以后的日子。"我不禁想到。"噢。"他噢了一声,转过去脸,"我待过业,下过乡,到过工厂,进过拘留所,到大兴县挖过沙子,"他望着麦地深处,"我就像这些麦子,"他指着麦地的深处,"倒下去挺起来再倒下去再挺起来,"他比喻着自己,手掌放下去又立起来,"我就是走到天涯海角我也要找到妈妈,就是走到天边,"他的手伸出去,指向麦地之外,指到远处的蓝色山脉,"那山可真蓝!"他惊叹道,就地头朝下翻下身去,头没有着地,转一圈儿,脚又站住,"蓝蓝的天上白云飘!"他张开手臂大声唱道,"白云底下马儿跑……"

姐姐在喊我们。她在麦地边上冲着我们招手。她换了一身新衣裳,站在家门口的树桩上喊我们。"她是一个好姑娘。"他转过头望着她。我们往拖拉机那边走去。"你摸过姑娘吗?"他站到链轨板上问我。"什么!"我吓了一跳。"摸过姑娘这儿吗?"他的手往我胸前摸一下。我闪开身,身上的血全涌到脸上。"哈哈哈!"他笑起来,"别害怕。"他瞅瞅我。"我想都没想过。"我说。我们坐到驾驶室里。"没想过吗?"他问,眼睛意味深长的眨动着。"没有。"我说。"哈哈哈……"他笑得越来越难听,眼睛里越来越复杂,堆了好多的东西。

她和那么大男人手拉着手,我能够听到杨香的说话声。"喂!"我跟在他们后面,叫他们家的园障挡住,杨香没有看见我。"干什么?"他们听见我喊他们,停下来,我指一指他们跑过去的院子,他们退回来,等着我赶到,我们一起来到他们家的院子里。

他们在给牛身上泼柴油。正是那头牛发出哧吃哧吃的声响,烦死人!姐姐总是说的那头牛。其实是国顺在泼柴油,杨香站在玉米楼下看着他干活。废柴油味儿弥漫开来,像沾在身上一样,躲也躲不开。黄牛拴在障子边上的一棵杨树上。三杨也在,在朝着路边的牛背后面,我们没有发现。他和国顺站在树荫下面,站在牛的两边,他们轮番用脸盆往牛身上泼着柴油。"躲开!"三杨见到我们过去马上说。我们后退几步,退到他们家仓房下面的一堆木头上,房山上落下斜长的阴影遮住我们。"这是干什么!"他站在木头上半张着嘴,看着眼前的牛身上沾满黑乎乎的柴油,一副弄不明白的样子,柴油滴滴答答地往下流。落下来的树影打到牛的头部,牛哞哞地叫着,鼻孔上穿过来发亮的铁环,铁环拴在绳子上,绳子拴在树干上。"这是干什么!"他口中喃喃自语。我们踩在同一根木头上,他的腿在上面颤悠,带动我们也跟着颤悠起来。"嚯!"他又回头看见和仓房连接着的房山,房前房后支着好些柱子,"这还住人!"他惊叹道,"你们还住里面?"他问他们,没有人回答他,"四处漏风!"他看着裂开缝子的房子。"躲开躲开!"三杨又说我们,并向我们走过来,"看什么看!"他向我们挥着手,"去去去,"满脸不耐烦的表情让我们离开,不让我们说他的房子,说他的房子裂开的口子,说还能够住人吗。"接着!"他扔过去一支烟。"唷!"三杨没有准备,烟掉到地上。接着,他又扔过去一枝,扔得比第一只高。"唷唷!"三杨捧着手举起来。接着,他扔过去一支,扔得前二只还高,两支烟都在空中,一前一后往下落,"唷唷唷!"三杨不知道接那支,捧着手来回跑。"哈哈哈……"他笑起来。"嘿嘿嘿,"三杨也冲我们笑起来,把掉到地上的三支烟捡起来,"我回屋抽口烟去。"三杨不再让我们躲开,一支烟就不让我们躲开,就说回屋去抽一口烟去,不再管我们说他的房子,说还能够住人吗。"去吧去吧,"他冲着三杨喊道,好像是他批准他去的。"就他和他妈住屋里,"国顺看三杨进屋告诉我们。"不是你爹哈!"杨香说。"是我爹!"国顺改口道。"那能住吗!"他撇着嘴冲着房子指一指,又喊着道。"反正我不住,"国顺脸红一下,停下手里的活,拎着沾满黑色柴油的脸盆,绕过黑色的柴油桶,走到我们站的仓房下面,离我们一米远的距离,站在充足的阳光里,脸上总只有一种寄人篱下的复杂表情。"干吗往它身上泼柴油?"他看着他走近,不再问房屋,高声问干吗泼柴油。"噢。"国顺脸不红了,噢了一声。他又高高地扔给他一支烟。"好烟!"国顺接住了,脸上有了巴结他的笑容,低着头看着烟牌子,把烟夹到耳朵后面。"抽啊!"他让他抽烟。"不行,火挨着柴油就坏啦。"国顺说。"是吗!"他扔掉烟。"没事,你离油桶这么远没有事。"国顺说。"别介,轰的一声我们都得完蛋!小命就没了!"他开始满嘴的油腔滑调,与在我们家里诚恳的表现完全不一样。"我们是乡下。"国顺说,语气低沉下来,脸上充满对他的羡慕。"你们和乡下不一样。"他摇着头。"乡下都一样。"国顺说。"不一样,我们那儿的郊区那才叫乡下。"他用手在脸前比画出来跟他的脸差不多大小的地方,"屁股大小的地方一个村子连着一个村子,像样的山都没有。"他高声告诉我们。"那才是农村。"姐姐说。她已经跑过去,离开我们,和杨香站在玉米楼下面,和我们隔着乱七八糟的院子,笑眯眯地望着他。"我们不是农村?"我头一次听说。"农场!"姐姐说。"呵呵呵。"国顺笑起来。"不一样就是一样,一眼望不到头的山,山连着山。"他指着我们视线所及的山脉。连绵起伏的完达山脉,永远发出淡蓝色的光芒。"你不是说像外国的农场!"姐姐说。"对,像外国的农场,你们都是农场主。骑着一匹马,戴着一顶巴拿马草帽。"他伸手够到仓房房檐下探出来的一根椽木,摇动起来,摇得房顶上的草掉下来。"倒啦!"我说。"是吗!"他叫道。不敢再摇,眨着眼睛往我这边躲一躲身子。"再来一杆枪抱在怀里。"姐姐说。"对!"他转过头冲着姐姐赞叹道。"真带劲儿。"姐姐伸手搂住杨香的脖子,摇晃着杨香,眼睛里闪闪发光。杨香咯咯地笑起来。"外国,"国顺摇着头,"外国,"他嘀咕着,拎着盆走回到黑色的柴油桶跟前,拧开带丝扣的桶盖儿,快把油桶推倒,才倒出来满满一盆柴油,"那是做梦!"他端起脸盆,把半盆柴油泼到牛背上。"没有梦就没有现实,"姐姐继续摇着杨香,杨香继续笑着。"你做梦去吧,"国顺绕到黄牛前面,"你现实去吧,"又把半盆柴油泼过去。咔吧一声,我们脚下的木头断了,"哎唷!"他跳出去,站到阳光下。"有什么好看的,"姐姐放开杨香,跑过院子,拽住他的手。"我看看,"他弯下腰,看着牛头上除了两只眼睛,鼻子、嘴都变成黑色,还在滴滴答答流着柴油,柴油滴了满地。"走啊!"姐姐把他拽到风化石路上。"我看看,"他侧着身子往后看着,"干吗往它身上泼柴油?"他边往后看着边问。"因为牛身上都是癣,"姐姐说,"牛身上也生癣吗?"他站下来。"当然生癣啦!"姐姐说。"我以为就人身上生癣,"他眨着眼睛。"快点儿,"姐姐又听到篮球声,用力一拽他,她喜欢看他打篮球。他们往三杨家房后跑去。

"你和他长得像,"杨香一直走到路边,依到在园障上,看着他们跑进球场,才像我投过来目光,目光耐人寻味。"他是我哥,"我瞅着牛脑门上一圈一圈的卷毛儿。"你哥!"杨香拖着长声,"他是你哥呀!"声音越拖越长。"对呀!"我学着她拉着长声。"可是你妈是城市人,"她不再拉上声,"我们都不是城市人,"她指一指国顺。"我也不是城市人,"我说,"我爹是本地人,"我看看杨香,又看看国顺,他还在干活。"我爹也是本地人,"杨香说,"国顺他爹也是本地人,"杨香甩一下头。"那我们都是东北人,"我跟着她说。"我爹和国顺的爹一样,"杨香又说,"他们是本地人,"杨香骄傲起来,"是开荒种地的本地人。""行了,"国顺说。"我爹也是开荒种地本地人,"我说。"你妈不是啊,"杨香又拉起来长声,"郑图声也不是啊,"她拉着长声提到一个伙夫,"崔瑞兰也不是啊,"又拉着长声提到一个饲养员。"行啦!"国顺说。"怎么啦!"我看见她那双挑衅的眼睛。"你妈干活总戴头巾,"她又不在拉长声,"崔瑞兰干活总戴着手套,"她把嘴撇开来,"郑图声做饭总叼着烟斗。""怎么啦?"我说。"你妈来这之前不认识你爹,"她把眼睛也瞥起来,"那时候就有你哥,你们是一个妈生的!"她终于说道。"非得是一个妈生的,"我说。"喊——哥!"她喊着学一声"哥"。"非得是我妈生的我才叫哥,"我说。"你别没话找话,"国顺干完活,满手黑乎乎。"你妈早就生过孩子!"杨香变得傲慢起来。"杨香!"国顺喊着她。"本来就是!"杨香也喊道。"你别理她,"国顺说。"我没有理她,"我说。"嘿嘿嘿。"国顺又有了巴结的笑容,笑着拽下来房檐上的一把草,来回来去地擦呀擦呀,擦着手上黑乎乎的柴油。

天完全阴下来,阴得低低的,灰蒙蒙的,仿佛一片灰色的草。我们坐在树桩上面。一共六个树桩。我们五个人。剩下一个空着,爹把脚踩在上面,爹坐着一个踩着另一个。

"等我过几天带你上山去。"姐姐说。

"别听她的。"妈妈说。

"听咱爹的。"他说。他说爹不说爸。他们是两个人。

"我才不愿意听他们说。"姐姐噘起嘴,表现出与她年龄不相符的天真神态。

"听着听着。"他说。

爹放下来脚,没有说话。他在抽烟。阴沉沉的天气里,吸进去的烟,从鼻孔喷出来,在脸前散开,脸变得模糊不清。

"我进过一次山,山里头什么都没有,"姐姐说,"我以为什么都有。"

"听着听着。"他说。

"我也进过山。"我说。

"你们别坐那么近。"妈妈说。

姐姐的两只手拄在他的膝盖上,头好像要扎进他的怀里。我们看见一匹马从房后面走出来。我们并没有注意他们。马低着头缕着树干走,从一棵树下走到另一棵树下。在每一棵树干上闻一闻,打一个响鼻儿。

"你们还坐那么近。"妈妈说。

"我哥怕什么。"姐姐说。

爹看他们一眼。他侧身坐着。余光看到他们。

"起来起来,"他把姐姐推起来,"坐好啦!"他说。

"不!不!"姐姐又噘起嘴。

"瞅你的样子。"妈妈说。

"谁!"爹说。

"绷着脸给谁看!"妈妈说。

"我就烦那么严肃。"姐姐说。

"有你什么事。"我说。

"你也少插嘴!"妈妈说。

"你去把它哄走,"爹说,他用夹住烟的手指着房山对面,对面一排树,在阴天里,树干上渗出一层细密的水珠儿。树在阴天里出汗。

"你把它哄走。"爹说。

"我去,"他站起来。

"你坐着!"爹说。

"我去。"我站起来。

马开始啃树干上的皮。马白色的牙露出来，往上翻动的唇部露出来，一下一下抽动着，皱起来黢黑的鼻子。隐隐约约有雷声在遥远的山顶上响起来。我走近马，看见它竖起耳朵不停地颤抖。

"爹！我想我还是回去。"他说。

"回去干吗！"妈妈的声音吃惊又空洞。好像在胸腔里转悠半天的声音传出来。

"你要走！"姐姐喊道。

"爹！"他说。

爹没有说话。他们在我身后一动不动，仿佛他的话没有说过，仿佛爹在思考着很远的事情。爹！仿佛这个称呼不是对爹说的。爹！我想回去。这种称呼肯定不是对爹说的，也不是想回去的意思。

"你听见没有！"妈妈探过身子，冲着爹喊道，喊你那么多声爹爹爹，你听见没有！

"噢！"爹噢一声，笑一笑，脸上皱起许多褶子，噢，他没有说什么，只是这么噢了两声。

"你说话呀！"妈妈说。

"爹！"姐姐喊道。

"什么！"爹说。

"爹，我回去吗！"他说。

"噢！"爹噢了第三声。

"你噢什么噢！"妈妈说。

我用脚踹着马的屁股，我不断地揣它的屁股。它总是在下一棵树下停顿，总是把嘴伸到树皮上面。我必须接二连三，无休止地揣它。直到把它揣到房后为止。

我往回走，看到灰暗的天上有积雨云在发展在壮大。我们家的房子，还有他们：爹、妈妈、姐姐和他，坐在树桩上，显得很老实，很呆板。像又长出来一截截的树干，顺着树桩长起来的树干。他们之间像这会儿阴沉的天空，酝酿着一场大雨来临。

"回去吧！"爹终于说话。

"这是你说的话!"妈妈说,她站起来,离开树桩,手指在爹眼前晃动,"你这叫说话!"她说,"说的什么狗屁话!"

"妈!"他站起来。

"狗屁话!"妈妈转身往屋里走去。

"爹!"姐姐看着爹喊,"妈!"她又看着妈妈喊。

"妈!妈妈!"他只喊妈,不喊别人。"妈!"他连声喊着,紧跟在妈妈身后,高大漂亮的身躯紧粘在妈妈后背上。手在她肩膀上悬着,随时要放下来,随时要把她搂在怀里。

我们等着火车从四号地里东西走向的山包后面出现。这是一个叫新建的五等小站,和我们家相隔十里地。一条铁路穿过:1、2、3、4,四幢瓦房。瓦房上面涂着黄土粉子。房前房后摞着铁轨下面用的枕木。浸过防腐剂的枕木,黑黢黢地摞成一垛又一垛。人们陆陆续续从我们对面的稻田地里,从我们身后宽敞的土道上,往这条铁轨跟前聚集。聚集起来的人们,说话声音很大。他们说的话我们都听不懂。他们说的是上海话、安徽话、湖南话。或者是男人或者是女人,俩俩一对的装束当中,总有一个是外地人的装束,拎着旅行包,眼睛望着对方,像夫妻像父子像母女,共同攥着旅行带,叽里呱啦,连比画带说,旁若无人,表情焦急,好像说也说不完。

我们没有站在一起,我们站成三拨。妈妈和他一拨。他们站在一道铁丝网下面。姐姐和我一拨,我们倚在枕木上。爹自己一个人倚在另一垛枕木上。

"过去看看,"姐姐说。她的头压在胳膊上,胳膊支着枕木。"我想过去看看,"她说。她背朝着我,脸朝他们望去。妈妈也是背朝我们。他的脸一侧朝着我们,另一侧朝着铁轨对面的黄色房子,正面朝着稻田地。"我想过去看看,"姐姐光是嘴上说,也没有行动。他们也没有任何动作,手垂在衣服两边,各自望着各自的方向,一动也不动。也看不见他们嘴动,他们应该在说话。他们又该说什么。我们在想。"我真想过去呀!"姐姐几乎喊起来,不停地用脚踢枕木,眼光又急躁又闪闪发光。

铁轨周围的人们，脸上停止了焦急的表情，一起扭向一个方向，一起行动起来，离开铁轨，向两边跑开，让出来铁轨两边七八米远的距离。突然都不说话了，一起望着哪个方向。山包后面出现火车头喷出来的白色蒸气，一股接着一股，连成一道又粗又长的白线，横着飘散开来，越飘越宽，变成一片白雾挂在更低的积雨云下面，也不消散。

爹从我们身边走过去。"爹！"我想把他叫住。"干吗！"他虽然答应着我，但没有停下来，摇晃着身子，两只手背在背后，迈着自信而又稳健的步伐。姐姐在我眼前挺直身体，看见爹走过去，她指指爹，没有出声，摆摆手，也不让我出声，自己悄悄地跟上去。我没有她那么小心，跟在她身后看着她小题大做的样子。

我们离他们很近，我们停下来，看着他们：妈妈和她的儿子。不包括我，我好像不是她的儿子。我看着另外一对母子，他们即将分别。爹也和我一样，不是他的爹，也不是妈妈的丈夫，是他们的局外人，他们之间还有一个人，我们看不见他，但他存在着，横在我们中间。我们平静地看着他们，看着那个看不见的人。

"过去呀！"姐姐推推爹，又推推我。她不像我们，她把他真正当成哥，真正把自己当成他们中间的一员。她脸色发红，眼睛发亮，激动得浑身上下都在跳动。"干吗！"爹故作镇静，"让他们说会儿话。"他说。我们不再吭声。我顺着两条铁轨看出去，它们发出两条耀眼的亮光，在越来越远的地方，变得越来越窄，变得光线在上面闪烁的过程。爹对着妈妈头发浓密的后脑勺，眯着眼睛，好像那里面埋藏他不知道的所有内容，令他迷惘令他费解，更令他愤愤不平。姐姐哪，我正想到她。"哥！"她已经做出回答：丰满的圆脸庞上，像成熟的柿子，鲜艳夺目，她的喊声被四周的嘈杂声压下去。

"他听不见我喊他。"姐姐告诉我们，转身奔过去，横在妈妈和他的中间。

"妹妹，"他低沉地说。妈妈紧闭着嘴没有说话。他们脸色沉闷，像刚刚苏醒一样，刚刚从谁也说不清的里面苏醒，他们自己也说不清楚的里面。我们长吁一口气，是我和爹。不是他们。我们不看他们，都面向铁轨,等着火车进站,铁轨发出出咣当咣当的振动声,连同我们脚下的地面一起振动起来。

"你!"他伸出手臂,越过姐姐,双手扶着妈妈的肩膀探过头,"你要对我妈妈好。"他说的是"你",不再是他的爹,不再是我妈妈,是他的妈妈,你要对我妈妈好,他瞪大眼睛喊起来,好像是另外一个人,一个我们谁都不认识的人,呼喊着自己的妈妈,警告着另外一个人。

"给!"爹转过身,好像没有人喊他,他出人意料掏出来一沓钱,三百块钱,爹没有瞅他,晃动着手里的钱,钱松松散散地展开来,一张又一张耷拉下来。"我不要钱,"他几乎要冲过来。"拿着!"妈妈说。"不要我不要,"他喊起来。"哥!"姐姐尖厉地叫一声,抓住他越过自己的一只胳膊,把它拽下来,拽到自己的脸上,把她的脸压到他的手掌上。"你干吗要离开妈妈,干吗要离开我!"她的声音从手掌里发出来,发出来她和他共同的妈妈。

蒸汽机车头开进站,巨大的车头连同巨大的曲轴从我们眼前轰轰隆隆地掠过去,带来的风吹动妈妈的头发,还有我们身上的衣服随即鼓起来。

"拿着吧!"爹停下晃动的手,把钱放到指向自己空着的手里。"我不缺钱!"他的声音低下来。"就算我给的。"妈妈接过来钱,说明钱归属了她,说明她和爹分开来。"行!"他才过去钱,放进上衣口袋里。"别放那儿!"妈妈掏出来,"放哪儿呢?"在他身上寻找着安全的地方。"放这儿!"姐姐抬起头,夺过去钱,拉开他的夹克衫,把钱放进背面的兜里,从自己怀里解下一个别针,别在兜盖和衣服之间。"没有人敢偷我。"他说,脸上又生动起来,又变得油腔滑调起来,一瞬间又消失了。火车停下来。"快上车吧!"爹说。"才停一分钟!"我说。"我走了。"他盯着妈妈,盯着妈妈朝后退过去,退到车门口,撞到梯子上,转身抓住车厢上的把手,踩住梯级,把身体用劲带上去。信号员在我们前面笔直地站住,打开两面旗子,一面红的一面绿的,举到头顶上,交叉着摇晃起来。

"妈!"他挂在车门上,车门上还挂着几个人,"妈!"他半截身子伸出来，几个人也都伸出来半截身子，也都呼喊着各自的亲人。"妈妈！"我们拽住妈妈，不让她往前跑，不让她离开我们，不让她和我们周围跑起来的人一起奔跑，"撒开我！"妈妈严厉地说。我们撒开手。她并没有往前跑，和奔跑的人一起离开我们。也没有流眼泪。一点表情也没有。"哥！"姐姐跑了起来，火车开过去，奔跑的人都停住了脚步，只有她随着车尾跑呀跑。大雨下了起来，很快又很急，把她奔跑的身影渐渐地吞没。

它已经不再是一匹马

我驾驶着拖拉机,妈妈和姐姐,她们俩站在牵引架后面挂着的播种机上面,用棍子搅拌着播种箱里的种子,麦种通过一排胶皮管流进垄沟里面。麦地经过平整镇压,在我们眼前有条不紊地铺展开来。我们能够看见爹,他和我们相隔着一个拱起来的山岗。爹在山岗后面用三匹马耕地,马的脑袋和爹的脑袋时隐时现。机车调过头,妈妈跳下播种机,跑到机车前面挥动着两只手。"怎么回事?"我停下来没有熄灭油门。"还能怎么回事。"姐姐也正在从脚踏板上往下跳。她们脸上满脸灰土,只剩下两只眼睛在闪动。"呸呸呸。"妈妈吐着嘴里的灰土。"呸呸呸。"姐姐也跟着妈妈学着吐。我看见爹出现在山岗上面。"就怨你!"姐姐开始埋怨我,"你跑得那么快肯定有漏播的地方。"妈妈迎上去。你们就说不怨我,我们跟在后面,脚不时陷进松软的土里。"我不管!"姐姐说。"管不管!"我抓住她的胳膊。"撒开!"她喊道,往两边扭动着身体。我撒开手。爹来到我们身边,并没有理我们,脸上也没有愠怒的表情。他凑近妈妈耳边低声说着什么,两只手向身体外侧摊开来,半天没有收回来。妈妈听完,跟着爹往山岗上走去。"我们不播种啦?"姐姐问。爹没有听见。"我去把火熄灭。"我说。"你去我等着你。"姐姐蹲下来,把露在外面的麦粒用土埋好。等我关掉机车油门,返回来发现姐姐已经不在。我顺着他们留在地里的三行脚印跑过去。

他们停在一片洼地里,洼地刚刚翻过,像我们播种之前的耕地一样：大块的土翻过来，露着树根和草皮。马站在上面，没有任何动作，低着头跟在爹身后。"你看，"姐姐抓住我的手，让我看见一匹马躺在地里。正是三匹马中的辕马。辕马躺得很安静，好像它是在休息。"怎么啦？"我不明白他们为什么不吭声。爹蹲下去，回头看看我，他的眼睛里有一种令人不安的东西。"它累了，"我也蹲下去，手伸到马的身体下面，手上沾上一层汗，"起来！"我拍它一下让它站起来。"别动！"妈妈说。"不是不是，"爹摇着头，也没有说出不是的内容。我挪到马头的位置上，两匹外套也跟过来，伸过来脑袋，嘴贴到辕马的脸上，往它的鼻子眼睛耳朵里面呼沓呼沓地喷气，辕马也没有睁开眼睛。从倒下去就没有睁开眼睛，爹抚摸着马的腹部，抬头看看我，又看看他们。"那不是在动！"妈妈说。她发现辕马身上一层茸毛正在微微地颤动，就像风掠过草地。"不！"爹摇着头，目光转向遥远的山脉那边，山离我们仍然那么远，仍然是淡蓝色的。"我去叫兽医！"姐姐说。她看看爹又看看我。"我去叫！"眼睛盯住妈妈。"让她去吧！"妈妈看着爹。爹没有说话，还在看着蓝色的山脉。"去吧！"妈妈说。姐姐撒开腿，往我们家的方向奔去。"慢点儿！"妈妈说。她的脚从翻起来的土块上滑下去，再提上来，再拌到树根上，膝盖跪下去，再直起来，踉跄的身影消失在灌木丛后面。我们脑子里一片空白，好像木偶一样，呆呆地杵在各自的位置上。"你们瞅着我干吗！"爹突然紧张起来。其实我们谁也没有瞅他，他自己感觉谁都在瞅他。我离开他们，把另外两匹马从马套里解下来，牵到烧过荒，又滋生出来的再生草跟前。青草又绿又嫩，它们却不吃，又跟在我身后，回到辕马身边。爹又把它们牵回去，拴在两根手腕粗的树干上。它们过不来，但它们扬着头往这边张望着，咴咴地叫唤，拽得树叶哗哗作响。

兽医来到我们面前仿佛从天而降。他们肩膀上背着画上红十字的药箱，胳膊上套着套袖，脖子上挎着听诊器。姐姐已经气喘吁吁，她不时停下来等兽医跟上来，来到我们跟前，又在翻过来的土块上摔一跤。"慢点儿，"妈妈说。"我来晚了没有！"姐姐急切地喊道。

我们站起来，兽医蹲下去。他们是三个人，分别蹲在辕马的脑袋肚子和屁股的位置上。一个兽医把马尾巴掀起来，把带刻度的玻璃棒杵进去。一个兽医用听诊器听着马的腹部，听一下移动一下位置。另一位捏着镊子，撑开马的眼皮。我们看见马的眼睛里蒙上一层血丝，还有一层白色的黏膜蒙在血丝上面。

"别让它们叫！"拿玻璃棒的兽医指着另外两匹马。它们在用蹄子刨着地叫唤。我和爹跑过去，拽住它们脸上的笼头。"吁吁吁，"爹冲着马的耳朵说。"你们别叫唤，"我用手去捂它们的嘴，把它们的脑袋抱在怀里。它们仍然挣扎，仍然叫唤。把我和爹甩来甩去，就好像甩嘴边上的草一样。"不行不行，"爹脱下衣服，扎起两只袖子，蒙到马脸上。我照着爹那样蒙住另一匹马。两匹马蒙在衣服里，发出来呜呜的闷声。衣服一会儿粘到马脸上，一会儿鼓起个大包。"我们没有别的办法！"爹冲着兽医摊开双手。兽医没有理会，他们把爹叫着离开我们，到没有耕过的灌木丛后面。他们在灌木丛后面，脑袋挨着脑袋。光能看见三个兽医在说话，爹盯着地上的草一言不发。一个兽医先站起来，走到辕马跟前打开红十字药箱，拿出来粗大的针管，吸上满管暗红色的药水，长长的针头扎进马的腿部的肌肉里，辕马开始哆嗦。"一会儿就会站起来，"兽医说。这是他们第一次对我们说话，严肃的脸上第一次露出笑容。我们长吁口气，这才感到四周的空气在阳光下流动，才感到空中乌鸦在聒噪。"一会儿就会站起来！"姐姐不顾脚下凸凹不平的土地，又拍手又跳跃。我们注视着辕马，它的身子一半躺在耕地上，一半躺在翻起的树根上。"眼睛睁开啦！"妈妈首先说。我们看见辕马果然睁开眼睛。它先是朝着另外两匹马嘶鸣的方向望过去。"快把它们脸上的衣服解下来！"妈妈说。我解下它们头上蒙着的衣服。它们朝着辕马的方向伸长脖颈，长嘶不已。辕马翻过身，卧在地上，先是两只后腿站起来，跟着前腿站起来，四条腿再把整个身体撑起来，颤颤巍巍地向着那边的两匹马走过去。三匹马的脸凑在一起，相互磨蹭着，发出来轻微的咳咳声。

我们经过一场虚惊重新翻过山冈去播种麦子。"干吗让他们牵走！"姐姐跟在后面说。她的话起初没有引起我们注意。我和妈妈走在前面。我们已经走过刚刚翻过的荒地，来到正在播种麦子的松土里。"干吗叫他们牵走!"姐姐又说。她追上来告诉我们。我们回过头才发现兽医牵着辕马走到在耕地外面,消失在我们家旁边的风化石路上。"干吗让他们牵走?"我们返回来问爹。爹依然蹲在灌木丛后面。"你说!"妈妈推着他。他低着头不瞅我们。"你说呀!"我和姐姐也去推他。我们把爹团团围住。"我说什么!"爹仰起脸,脸上布满阴云,仿佛就要化作雨水流下来,流到草丛里,"你们让我说什么!"爹冲着我们喊道。

我们奔跑在牧场的两排畜栏中间。"我跑不动啦!"姐姐两只手扒住畜栏的横栏,才不至于坐到地上。"我们非要把它牵回来!"她喘息半天,终于扶着横栏站起来,脸色已经煞白,腿在打哆嗦。兽医所的铁皮屋顶在前面出现。"我抄近道过去!"我说。"我还得站一会儿!"姐姐说。我没有再绕道,朝着畜栏外面一座积肥堆径直地跑去。积肥堆上长满蒿草,踩上去咕噜咕噜地冒出来发黄的水泡。"你别陷进去!"姐姐在后面注视着我,"你把蒿草压倒踩脚底下,"她叮嘱着我。兽医所的后窗户对着积肥堆,窗户上钉着白色的纱帘,看不见里面的情况。我沿着后墙绕到房子前面,房前种着一排细瘦的杨树。杨树和杨树之间用半截砖头围成花圃,种着一簇一簇的扫帚梅。花朵要在九月里开放,现在像一丛丛树丛的形状。房前房后的窗户敞开着。前窗没有钉纱帘。房子里面打着水泥地,给牲口看病的架子直接筑在水泥地里,地上扔满沾着紫药水红药水的药棉花,药味扑鼻,直浸进肺里。还有两扇门,门上的玻璃有一块是透明的。我趴在透明的玻璃上往里看,里面没有人,有一排分成许多木格的架子,木格里摆满装药的广口瓶。另一扇门上的毛玻璃隔得很严,看不见里面的情况。两扇门都敲不开。"怎么回事!"姐姐从前面敞开的窗口往里探进头来。"不知道,"我说。"我出来。"我们站在房前,注视着兽医所前面的景象:一片十亩地面积的水面,水面前面一大片玉米地,玉米地里矗立着一座废窑,一条土路穿过玉米地穿过废窑,通向更远的地方。"我们上哪去?"姐姐问。"上哪去!"我看着更远的方向想,"马在哪儿我们上哪儿!"我想起来。"马在哪呀!"姐姐说。她的脸色依然苍白。"看我有什么用!"她推我一下,"我们去找!"她说。我们离开兽医所,离开来时的路线,沿着墙根下延伸出去的小路,朝着一片漫坡上走去。"他们真该死!"姐姐说。"真该死!"我也说。路上的砖头瓦块拌她一下。"看着点儿!"我说。"你听!"她停住脚,苍白的脸色十分警觉。有马嘶叫的声音。"是它!"姐姐说。"跑啊!"我说。我们跑到漫坡顶上,看见经过球场通向礼堂的道路上走动着许多人。我们来的时候没有通过那条风化石大道,我们沿着场院后面的机耕道直奔牧场,以为那样可以抄近道,所以犯下不可饶恕的错误!"等等我!"姐姐发出来忽沓忽沓的喘息声,"等等我!"她一个劲地喊。"你慢慢跑!"我没有放慢脚步。"马不叫啦!"姐姐站住。马已将不再叫。球场上发生的事情被一幢涮上白灰的房子挡住。我们在房子后面奔跑。涮上白灰的墙壁上写着红色的大字:农业的根本在于机械化。每个字都有半个人那么大,硕大的红字在我们眼睛里跳动。"呜呜呜,"姐姐张大嘴,嘴里发出来风一样的声音。"你别叫,"我说。"我不叫!"姐姐咬住嘴唇。我们已经知道发生的事情。我们慢下来。我们来到房子前面。前面的球场上聚积着许多人,仿佛是所有的人,手里都拿着盆。看见我们,他们背过去身,把盆扣在脸上,不瞅我们,就好像不认识我们。我们推开人群往里挤。"别叫他们过来!"屠夫说。他从人群中伸长脖子。他叫王启路,又打铁又杀牛。是铁匠又是屠夫,脸上长满肉瘤,长满倒立的胡须。"你们脸上都是汗!"他们突然说,像是关心我们。"别让他们过来!"屠夫用沾满血的手指指着我们。人们挡住我们,往路基上推我们。"放开我!"姐姐说。她被推到另一边,靠在球架的铁管子上面。"这是怎么回事!"她问道。"不是你们家的马,"他们说。他们相互看一眼,相互间显得心照不宣。"用不着骗我,"姐姐说。我靠在这一边的球架上,我听见姐姐的说话声。看见好多人挡着我,也不让我过去,不让我看到悲惨的场面。"过来吧!"屠夫停了一会才说。他已经干完活,已经无所谓,脸上挂着轻松的笑容。人们这才闪开一条道,道路通向前面,好像无限的远!迎面撞上屠夫,屠夫拖着马的尾巴,马变成一张毛朝下的马皮,在他身后铺展开来,在球场的碎石上发出来唰啦唰啦的响声。"是你们家的马吗?"屠夫问我们,好像他不知道谁家的马,围裙上沾着鲜红的血迹,让我们辨认着朝上一面鲜红的东西。"这是怎么回事!"姐姐已经认不出马。"我操你妈!"我骂屠夫,低头冲着他撞过去。他闪开身,"嘿嘿嘿!"他低头笑起来。我跟跟跄跄,马!我在想。脑袋里嗡嗡作响,像个柳观斗子那么大!闪开的道路上有一条马皮拖过的血迹。我不愿意看到它躺在那里我不能看到它躺在那里。它已经不是那匹马!这是怎么回事!我也和姐姐一样。呜呜呜,我们一样。但我不能!我把快要涌上来的东西重新吸进身体里,不让它们留在脸上。"分肉啦分肉啦,"屠夫说。他哈哈大笑起来。人们都跟着哈哈大笑起来。没有人理我们。我们的脸在哆嗦。我和姐姐。"没有办法!"兽医说。他一直站在人群里面,双手插在白色大褂的立兜里。"那你还打一针干吗!"姐姐说。"打一针为了让它自己站起来,"兽医说。"站起来怎么还不行!"姐姐说。"站起来也不行,你们不懂!"兽医不想再说。他离开我们。我们没有走近那匹马,那堆支离破碎的东西。它们要装进那些盆里。那些端在手里的盆。我走到马的另一边,它被分成了两边,走到它被扔在另一边的马皮跟前,早晨它还不是这样,它还能动,还能够散发出来激动人心的热气。现在里面空空荡荡,里面从前装的东西在哪儿,不是那些装进盆里的东西,它是一些激动人心的东西!那些变幻的四肢,那些喷出来的气息,从我的手上转移到爹的手上,回过头看我的眼神,转过来又转过去,一直到看不见我,一直走到山岗的后面为止。现在血淋淋地铺在地上。"我不想看到它!"姐姐说。她的脸色更加苍白,表情却无动于衷起来。"走!"我说。"行!"她变得听起我的话来。"你别怕,"我说。"我一点儿劲都没有!"她说。我拽着它往家里走去。"我以前一点儿都闻不了它的气味,"她说。"我也不愿意闻,"我说。我们走在风化石路上,我把它顶在头顶上,走在路中间。血腥的气味儿压下来,黑烟一样压下来。压得我胸闷,气喘吁吁。我张大嘴:呜呜呜。发出来呜呜的声音。"我们用不着忍着,"姐姐说。我看见她的腿,她的脚摩擦路面的声音我听得清清楚楚。

我一直顶着它，它流着血的那面冲着天。我们一直走到松软的麦地深处。"咱爹！"姐姐首先发现爹。我看不见他，我在它里面听见爹的喊叫声。喊叫声混杂着地里的尘土迎面扑来。"谁让你们把它弄回来！"爹喊叫道。他在刚刚翻过的地里弯着腰，身子往前伸着，从一块草皮土跳到另一块草皮土上，两只手臂在身体两侧张开着，像两只弯曲的弓。来到离我们不远的地段，又像一只受到攻击的猫，蹿到电线杆顶端的瓷瓶上，趴在上面，头朝下耸立起来全身的短毛。我停下来，把它放到地上，又细又密的垄沟和垄台凸凹不平。姐姐拽着一边，我拽着另一边，把它拽平坦，放下去，又跟垄沟垄台一样凸凹不平，怎么也弄不平展。我和姐姐看着它，铺展在地上，血红的那面，像一面叫风吹皱的旗子，散发着血腥气味儿。麦地辽阔平坦井然有序，红剥剥落的拖拉机停在麦地另一端，地里向上蒸发着淡紫色的气息，麦子在土里面发芽。爹依然奔跑在松软的土地上，越跑越近，一只脚陷进土里，另一只脚拔出来，步伐生硬有力，带起来的尘土，在身后飞扬。他就像一匹马，一匹死去变成马皮的那匹辕马。姐姐眼睛里饱含的东西流出来，晶莹的东西无声无息流过发白的脸庞，流到蓝布衣襟上面，浸进布纹里面。"我不会的！"我在对自己说。"我要像在球场上，对待那些人一样面对爹。"我认为爹和他们一样，是他们的帮凶。"谁让你们把它弄回来的！"爹吼叫着，他的面孔越来越清晰，越来越让我们看到全部的表情，表情愤懑又紧张。"我们没有错！"姐姐没有这么说，我能感到她在对自己这么说，她的脸上表现出来这句话的内容，带着发自心底的力量，带着沸腾的血液在她皮肤下奔跑的情景。爹没有停下来，不是指他的脚步，不是指他做出来的动作。是指他望着我们的神态：专注蛮横又紧张。我们望着他，没有丝毫的退缩。我们知道我们和爹之间正在较量着某种东西，像箭镞或像刀刃。姐姐和我一样明白这个道理，她一动不动，攥着拳头，扬着下颏儿。我们渐渐看见爹垮下来，他先是低垂下目光，跟着是脸上专注蛮横的表情，随着松弛的肌肉变得木然。"谁让你们把它弄回来的！"爹低下头，自言自语着从我们眼前走过去，蹲下去，对着那张生动的马皮，"我也没有办法，"他说，"我一点儿办法也没有，"他总是说这么一句话，手在像从前那样抚摸着马，他的那匹辕马，现在是他想象中的马匹，咳咳嘶鸣着，挂着细密的汗珠儿，四肢变幻着，走过他身边，低下头，冲着他打一串儿饱满响鼻儿。他把它卷起来，抱在怀里。他的手已经染红。爹抱着它往家里走去，背影渐渐远去，不再像朝着我们奔来时那样有力那样矫健，显得衰老显得疲惫不堪。爹一直走出麦地，走到我们家简易房后面，返回屋里拿出来一把锹，在两棵榆树之间，挖了一个坑儿，把它埋进去，让它拱起一个土包，变成一座坟墓。我们看到它变成坟墓才转过头。

"妈！"妈妈已经站在我们身后，低着头冲着地死死地盯着，那是它最后铺展过的地方，现在什么也没有。"妈！"我们想把她叫回来，她好像钻进了地里面，听不见我们叫她。